ANNA CASANOVAS
Donde empieza todo

Editado por HARLEQUIN IBÉRICA, S.A.
Núñez de Balboa, 56
28001 Madrid

© 2014 Anna Turró Casanovas
© 2015 Harlequin Ibérica, S.A.
Donde empieza todo, n.º 190

Todos los derechos están reservados incluidos los de reproducción, total o parcial.
Esta edición ha sido publicada con autorización de Harlequin Books S.A.
Esta es una obra de ficción. Nombres, caracteres, lugares, y situaciones son producto de la imaginación del autor o son utilizados ficticiamente, y cualquier parecido con personas, vivas o muertas, establecimientos de negocios (comerciales), hechos o situaciones son pura coincidencia.
® Harlequin, TOP NOVEL y logotipo Harlequin son marcas registradas por Harlequin Enterprises Limited.
® y ™ son marcas registradas por Harlequin Enterprises Limited y sus filiales, utilizadas con licencia. Las marcas que lleven ® están registradas en la Oficina Española de Patentes y Marcas y en otros países.
Imagen de cubierta utilizada con permiso de Dreamstime.com.

I.S.B.N.: 978-84-687-6159-6
Depósito legal: M-2524-2015

Para Marc, Ágata y Olivia

Quería elegir una cita para presentarte *Donde empieza todo* y el poema de E.E. Cummings describe a la perfección la clase de amor que existe entre Harrison y Victoria. Harry siente que lleva el corazón de Victoria en el suyo, que cuando la conoció su vida empezó de verdad.

I carry your heart

i carry your heart with me (i carry it in
my heart) i am never without it (anywhere
i go you go, my dear; and whatever is done
by only me is your doing, my darling)

i fear no fate (for you are my fate, my sweet) i want
no world (for beautiful you are my world, my true)
and it's you are whatever a moon has always meant
and whatever a sun will always sing is you

here is the deepest secret nobody knows
(here is the root of the root and the bud of the bud
and the sky of the sky of a tree called life; which grows
higher than soul can hope or mind can hide)
and this is the wonder that's keeping the stars apart

i carry your heart (i carry it in my heart)

CAPÍTULO 1

He asistido a numerosos funerales, algunos han sido multitudinarios, otros más íntimos, unos pocos dolorosos, dos o tres una farsa, ninguno hiriente y desgarrador como el de Harry. No puedo ni pensar su nombre, si lo hago una lágrima escapará de mi control y le seguirían muchas más. Infinitas. Es imposible que Harrison esté muerto. Él no, nunca él, y sin embargo lo está.

Nunca más volveré a verlo.

El ataúd es marrón oscuro, parece demasiado frío y rígido para contener el calor que siempre desprendía Harry. «Ya no es él el que está dentro». Cierro los ojos un segundo, aprieto los párpados para contener el escozor y las fotografías del accidente se cruzan ante mí. Estaban en todos los periódicos de Washington, la motocicleta de Harrison MacMurray, uno de los miembros más prometedores del equipo del senador Holmes, arrollada por un camión de alto tonelaje cuyo conductor quintuplicaba la tasa

Donde empieza todo

de alcoholemia. Los dos murieron en el acto, la cisterna del camión transportaba líquidos inflamables, aunque no lo hubiera hecho el resultado habría sido el mismo. La motocicleta quedó reducida a un montón de chatarra.

Siento arcadas, el sudor frío me recorre la espalda y tengo que sujetarme del respaldo de la silla que tengo delante para no caerme.

—¿Te encuentras bien, Victoria?

Ben me sujeta por la cintura, coloca la mano en un extremo y flexiona los dedos para darme ánimos. Intento sonreírle sin conseguirlo.

—Solo estoy un poco mareada.

Deja la mano allí y los dos esperamos a que llegue nuestro turno. Apenas hay veinte personas en esa pequeña iglesia. La familia MacMurray ha elegido ese lugar tan íntimo para oficiar la ceremonia de despedida de su hijo, es una ermita que podría parecer abandonada a cualquiera que tuviese la suerte de pasar por delante y se encuentra dentro los límites del rancho de la familia. No tenía ni idea de que Harrison fuese un MacMurray, conocía su apellido, por supuesto, pero no sabía que fuese uno de ellos.

No sé nada de él, pero durante un instante pensé que podría serlo todo para mí. Quizá no sucedió nunca, quizá existió solo en mi imaginación. O en mis sueños. Él ahora está muerto y parte de mí también. Voy a llorar, lo único que me lo impide es un escalofrío que me recorre la espalda al sentirme observada. Suelto el aire por entre los dientes y giro la cabeza pero no hay nadie, somos los últimos, los únicos desconocidos que estamos allí. De repente me siento como una intrusa.

El señor y la señora MacMurray están destrozados a pesar de la serenidad que aparentan, ella tiene los ojos enrojecidos de tanto llorar y él le acaricia el rostro y el pelo siempre que puede. Se abrazan, se necesitan el uno al otro para superar ese momento, y tal vez siempre. Ella debe de tener unos sesenta años, es una mujer hermosa y elegante, aunque es evidente que ni la belleza ni la moda han sido nunca sus preocupaciones principales. Él es un poco mayor, su mirada me recuerda demasiado a la de Harry y soy incapaz de afrontarla. Unos metros a la derecha se encuentra Kev MacMurray, el hermano mayor de Harrison, solo por unos años, y la esposa de éste, Susana. No les conozco personalmente pero ambos son demasiado famosos como para que no tenga la sensación de que son viejos amigos. Él, Huracán Mac, es el capitán de los Patriots de Boston, y ella es la presentadora de un programa de economía de éxito nacional.

Tampoco sabía nada de ellos, Harry me había dicho que tenía un hermano y una hermana. Tiemblo al recordar esa conversación y me muerdo el labio para no llorar.

La hermana existe, es una chica de unos veinte años, tal vez más, que está junto a Susana. Las dos parecen muy unidas, toda la familia lo parece. Debe de ser extraño, no logro imaginármelo, pero me sirve para comprender algo mejor a Harry.

No estaba preparada para conocerlo. No sé si lo habría estado nunca y ahora ya no voy a saberlo.

—Vamos.

La mano de Ben me empuja levemente hacia delante, las personas que teníamos enfrente ya han dado el pésame y ha llegado nuestro turno. No debería estar allí, no debería haber insistido en acompañar a Ben. No debería…

Donde empieza todo

—Señor MacMurray, señora MacMurray, lamentamos profundamente su pérdida. Harrison era un hombre brillante.

La voz de Ben me eriza la piel, le he oído pronunciar frases como esa infinidad de veces pero me hiere que las utilice para Harry. Trago saliva, no puedo ponerme a llorar ahora. Cierro los puños y contengo las ganas de gritarle que no hable así de Harry, de él no.

Desvío la mirada hacia el señor MacMurray y lo que veo en sus ojos me sorprende tanto que me aleja de mi dolor. Normalmente la gente mira a Ben con adoración, con admiración, incluso con reverencia, pero ese hombre no se siente ni lo más mínimamente impresionado por estar frente a Benedict Holmes.

Igual que Harry.

El señor MacMurray me mira, no me atraviesa con la mirada igual que hace todo el mundo al verme, siento que para él no soy un mero accesorio, un adorno colgado del brazo de uno de los hombres más poderosos de Washington y tal vez del país. Esa lágrima que he logrado contener hasta ahora me resbala por la mejilla, ese hombre sonríe igual que Harry y me está matando.

—Gracias por venir, señora Holmes.

Me tiende la mano y se la estrecho, notará que estoy temblando. Él cubre la mía, la engulle entre las suyas y me consuela con el gesto y la mirada.

—Tanto mi esposa como yo teníamos a Harry en mucha estima.

Ben está a mi espalda, hablando con el señor MacMurray pero este sigue sin prestarle demasiada atención. Me suelta la mano para aceptar la de mi marido, la postura carece de la calidez con la que me ha tratado a mí aunque Ben no lo aprecia. Él estrecha tantas manos a lo largo del día que estoy segura de que su cuerpo ni siquiera lo siente. Vuelvo a notar el escalofrío de antes, es como una gota de agua helada resbalándome por la espalda. Se me acelera el corazón y desvío la mirada hacia el ataúd en busca de... ¿en busca de qué? Harry ya no está, su ausencia me golpea de repente y me muerdo el labio para disimular el temblor.

—¿Se encuentra bien, querida?

Oh, Dios mío, la madre de Harrison me mira preocupada. ¿Qué puedo decirle? Nada, ella acaba de perder a su hijo y yo...

—Mi esposa está un poco mareada por el viaje —responde Ben en mi nombre—. El vuelo de Washington hasta aquí ha sufrido turbulencias.

—Oh, venga con nosotros a casa, le preparé un poco de té.

—No, no se moleste. En seguida estaré bien.

No puedo permitir que esa señora tan dulce se aleje por mi culpa de su hijo. Ella adivina lo que pienso y alarga una mano hacia atrás para colocarla encima del ataúd.

—Harry ya no está aquí y si lo estuviera no le importaría —habla en voz baja, con tristeza—. Tengo que dejarle ir.

El señor MacMurray abraza a su esposa, me siento más intrusa que antes y aparto la mirada. Me topo con la de Kev MacMurray y veo que me observa intrigado, demasiado. En sus ojos hay rabia, está furioso, la tristeza parece ausente. No puedo aguantar la inspección, tengo miedo de perder la poca calma que me ha permitido llegar

Donde empieza todo

hasta allí. Debería decirle algo, estoy frente a él, me corresponde a mí tomar la palabra.

—Siento mucho lo de su hermano, señor MacMurray.

—Llámeme Kev —me tiende la mano—, señora Holmes.

Se la estrecho solo un segundo porque no me veo capaz de tocarle más. Demasiada angustia, demasiadas similitudes.

Ben le da entonces el pésame y en menos de unos segundos nos encontramos frente al ataúd. Acelero el paso, no voy a acercarme. Eso sí que no puedo hacerlo. Ben, sin embargo, camina hasta allí y coloca la mano encima de la madera unos segundos. Lo observo intrigada, no sé si es sincero o si forma parte de su repertorio de emociones postizas y perfectamente calculadas.

La hermana de Harry, Lilian, está hablando con su cuñada, si las hubiese conocido en otras circunstancias probablemente me acercaría a ellas e intercambiaría algunas frases educadas, quizá también alguna sería verdad. Cojo aire despacio y salgo de la pequeña ermita, en el exterior están esperándonos distintos coches. Hay dos todoterrenos algo magullados que pertenecen a la familia MacMurray, incluso sus vehículos desprenden calidez. Al lado hay tres coches más, seguramente de los pocos amigos que han asistido a la emotiva despedida de Harry, y más allá está aparcado el nuestro. Veo a Jones apoyado en la puerta del conductor, las gafas negras, la cara de pocos amigos y el bulto que esconde bajo la americana delatan que va armado y que es mucho más que nuestro chófer.

Nunca me ha gustado, y yo tampoco a él, aunque siempre ha sido muy profesional.

A Harry tampoco le gustaba.

Estoy sola allí fuera, sopla una brisa que me despeina y unos mechones de pelo me hacen cosquillas en la nuca y en la frente. Se me eriza la piel, vuelvo a sentirme observada pero al girarme reafirmo mi soledad. El único que está cerca es Jones y él se mimetiza tanto con el entorno que es prácticamente invisible. Oigo unos pasos a mi espalda y la voz de Ben llega después.

—Tengo que hacer una llamada antes de volver.

Lleva el móvil en la mano y el rostro sin ninguna emoción.

—¿No puedes llamar desde el coche?

No es que quiera irme, sino que no sé cuánto tiempo podré seguir manteniendo la calma. Conocer a la familia de Harry me ha recordado lo que he perdido, lo que nunca he llegado a tener y quiero llorar. Necesito llorar.

—No, lo siento, cariño, pero es importante. Además, así no te molestaré en el coche.

Pasa por mi lado y me da un beso en la frente. Me muerdo la lengua para preguntarle a quién tiene que llamar con tanta urgencia y sobre qué. Si lo hiciera, si se lo preguntase, levantaría una ceja y me diría que no debo preocuparme por esas cosas. Quizá me daría otro beso antes de alejarse, o quizá no.

—De acuerdo.

—No tardaré, te lo prometo.

Asiento y Ben se da media vuelta y se aleja de mí en dirección al coche. Sé que tardará, esa clase de llamadas imprevistas nunca son breves, y sé que ya no me creo sus promesas. Me parte el alma —otra vez— comprobar que lo estoy perdiendo todo.

Donde empieza todo

Levanto una mano furiosa y me seco las lágrimas que me resbalan por las mejillas. Los MacMurray salen de la ermita, el sonido es solemne e íntimo y sin ser consciente empiezo a alejarme. No quiero estar presente cuando se despidan del ataúd de Harry. Sería una despedida, una más e irrevocable. Camino sin rumbo fijo, no puedo perderme aunque quiera, los tacones me molestan, son realmente incómodos para caminar por ese terreno y me agacho para quitármelos.

«No deberías llevarlos si no te gustan». La voz de Harry suena en mi mente cruelmente. Por qué, si he mantenido los recuerdos encerrados hasta ahora, empiezan a asaltarme. Camino más rápido, alejándome de ellos y un grupo de árboles capta mi atención.

«De pequeño tenía una casa en un árbol, estaba en casa de mis abuelos, en el hueco del tronco ocultaba cómics y salía a leerlos a escondidas.»

—No, Harry...

Mis pies me llevan hasta allí y mi mano busca el hueco que solo oí descrito en la voz de Harry. Toco una bolsa de plástico y tiro de ella, me tiembla la mano y el corazón late tan despacio que me da vueltas la cabeza.

Echo para atrás el brazo y al ver el contenido de la bolsa, unos cómics viejos, resbalo hasta el suelo y dejo de contener las lágrimas.

—Oh, Harry, qué voy a hacer sin ti...

CAPÍTULO 2

Harrison MacMurray estaba cursando el último año de ingeniería informática en el M.I.T. cuando conoció a George Dupont. No fue un encuentro casual, por supuesto, el señor Dupont eligió el momento exacto en las circunstancias exactas, como hacía siempre, y se presentó en la cafetería del campus donde Harrison solía desayunar antes de ir a clase.

El señor Dupont tendría por aquel entonces cincuenta años, tal vez unos cuantos más, pero su delgadez y su perfecto peinado los disimulaban con acierto. Era de tez blanca aunque saludable, ojos azules, demasiado penetrantes, llevaba gafas de delgada montura plateada y normalmente vestía de gris o de negro, pero nunca de blanco ni en tonos tierra. Tenía un rostro olvidable, y el señor Dupont potenciaba ese anonimato magistralmente. Cualquiera que se topase con él, incluso si mantenía una breve conversación o intercambiaban un saludo, era incapaz de describirlo con acierto porque no poseía ningún rasgo memorable.

Podía decirse que lo más memorable del señor Dupont era su normalidad, lo que le convertía sin duda en alguien muy peligroso, porque si algo no era el señor Dupont era normal.

Harry estaba sentado frente a un bol con cereales y una taza de té cuando el señor Dupont ocupó el asiento vacante que Harry tenía delante.

—Buenos días, señor MacMurray.

Harry levantó la vista de los cereales y estudió al entonces desconocido por encima de la montura de sus gafas. Harry también llevaba gafas, las suyas eran de pasta negra y rotundas aunque parecían delicadas encima de las fuertes y marcadas facciones de su rostro. Harry era alto, no tanto como su hermano Kev pero sí mucho más de lo que se supone que debe medir un ingeniero (al menos según los estereotipos de las películas), también era fuerte y rápido, sobre todo rápido. Harry corría a diario desde pequeño porque decía que mientras lo hacía podía poner en orden las ideas que tendían a mezclarse sin criterio en su mente. Tenía el pelo negro, corto en la nuca pero con un mechón más largo en la frente, y los ojos también oscuros. Ese día iba vestido con vaqueros, una camiseta blanca o negra, solo tenía de esos dos colores, y un jersey negro encima.

—¿Le conozco?

Nunca daba rodeos y menos cuando un extraño se dirigía a él por su apellido y lo miraba como si lo conociese.

—No, me llamo George Dupont y trabajo para el gobierno.

Harry lo observó unos segundos más y tras cruzarse de brazos enarcó una ceja.

—¿Le ha mandado mi hermano Kev? Dígale que no tiene gracia.

—Su hermano Kev no me ha mandado, ni tampoco sus padres o su hermana. Todos están bien, no se preocupe —añadió al ver que Harry se tensaba, y dejó una tarjeta bocabajo encima de la mesa. Esperó a que la cogiese y le diese media vuelta antes de continuar—. Trabajo para el departamento de estado y me gustaría hacerle una oferta. Llevamos meses observándole y creemos, creo, que encajaría muy bien en mi equipo.

Harry deslizó la tarjeta por entre los dedos. El peso que implicaba ese rectángulo de cartón era mucho mayor que el de un trozo de papel. Con esas pocas frases y miradas ese tipo le había demostrado que no era ninguna broma. En la tarjeta figuraba el nombre del señor Dupont seguido de su doctorado, debajo había un número demasiado corto para pertenecer a un teléfono y efectivamente las palabras «Departamento de Estado» en mayúsculas, negrita y un elegante relieve. Harry no se fijó en lo que aparecía en la tarjeta sino en lo que se ocultaba, no figuraba ningún cargo específico, ningún modo de contacto y tampoco ninguna sigla conocida como el F.B.I o la C.I.A. Esas ausencias fueron lo que más le inquietaron y lo que le llevó a dejar de nuevo la tarjeta en la mesa.

—No, gracias.

El señor Dupont se cruzó también de brazos imitando la postura de Harry.

—¿No quiere saber de qué se trata antes de rechazar mi proposición?

Donde empieza todo

—No, no estoy interesado en convertirme en un James Bond de tres al cuarto.

Dupont sonrió, levantó la comisura izquierda del labio y soltó los brazos. Alargó una mano por encima de la mesa hasta el cuaderno de Harry y lo giró hacia él. Lo estudió durante unos segundos.

—Muy interesante. No estoy buscando un James Bond, eso es absurdo, ya hay varios departamentos que pierden el tiempo con tipos así, dejémosles que jueguen, ¿no le parece? Yo estoy interesado en Q.

—¿Q?

—Sí, siguiendo su analogía cinematográfica, Q es el analista y programador...

—Sé quién es Q.

—Procesar datos, saber analizarlos y rastrearlos es mucho más útil y letal que cualquier arma, señor MacMurray. Es cierto que siempre será necesaria cierta fuerza física al final de una operación, pero sin los procesos de investigación y deducción previos no existirían. Usted ha desarrollado un programa que permite comprimir archivos y segmentarlos a una velocidad nunca vista.

—¿Cómo lo sabe?

—Mi trabajo consiste en saber estas cosas, además su profesor es un viejo amigo mío. Todavía le quedan unos meses de clase y tanto usted como yo sabemos que recibirá varias ofertas de empleo, casi todas provenientes de Silicon Valley, alguna quizá de una o dos empresas financieras de Nueva York. Ganará mucho dinero, quizá debería aceptar la que más le guste.

El señor Dupont se puso en pie sin recoger la tarjeta.

—Quizá lo haga.

—Hágalo, le garantizo que en seis meses estará mortalmente aburrido. Usted no es de la clase de hombre que es feliz comprándose un descapotable nuevo cada semana. Usted hackeó la web del Pentágono cuando tenía quince años.

Harry no lo negó ni intentó disimular, lo había hecho y le había sido muy fácil, y siempre le había sorprendido que nadie fuese a buscarlo para pedirle una explicación.

—Si estuviera interesado, y no digo que lo esté, ¿cómo me pongo en contacto con usted?

El señor Dupont se dio media vuelta y le sonrió.

—Seguro que sabrá encontrarme, señor MacMurray, que tenga un buen día. Buena suerte con sus exámenes finales.

Unos meses más tarde Harry rechazó las ofertas de empleo que efectivamente recibió de las compañías más importantes de Silicon Valley y buscó al señor Dupont. Decidirse le resultó mucho más fácil de lo que había creído en un principio. Desde pequeño se le habían dado muy bien las Matemáticas y la Física, los números y los misterios que escondían le habían atraído siempre y se había pasado horas intentado resolverlos y modificarlos a su antojo. Sus padres siempre le habían animado, y le habían castigado cuando por culpa de sus «inventos» dejaban de funcionar todos los aparatos eléctricos de la casa o les llamaba el director del colegio porque habían desaparecido todos los archivos de los ordenadores. Harry recordaría siempre lo que su padre, Robert, le dijo cuando se fue a la universidad. «De ti depende decidir qué clase de hombre quieres

Donde empieza todo

ser, Harry. Uno que piensa en sí mismo o uno que piensa en los demás.»

Harry maduró, estudió como un poseso autoimponiéndose retos cuando el contenido de las asignaturas no bastaba para despertar su inquietud. Los programas que diseñó durante su época universitaria los dejó libres en Internet para que cualquiera pudiese utilizar su código. Él quería hacer algo útil, algo con significado, no desarrollar el móvil más plano y más eficiente del mercado. Había dado por hecho que encontraría un buen trabajo con un buen sueldo y que destinaría parte de ese dinero a una de las fundaciones de su familia, o quizá crearía una propia con un objetivo con el que pudiese identificarse y le dedicaría no solo dinero sino también tiempo y esfuerzo.

La proposición del señor Dupont le ofrecía la posibilidad de dedicar sus conocimientos a algo más importante que desarrollar nuevas tecnologías, podía ayudar de verdad. No le resultó difícil encontrar al señor Dupont y este no pareció sorprenderse de oír su voz cuando lo llamó.

Una semana después de la graduación, Harry estaba instalado en Washington D.C. y trabajaba en un departamento que a ojos del resto del mundo no existía. A su familia les contó la versión que el señor Dupont le sugirió: trabajaba para el Capitolio asesorando distintas comisiones, proporcionando documentación fiable a los políticos que la solicitaban. A Harry no le gustó mentir a sus padres y a sus hermanos, fue lo primero que odió de su nuevo trabajo y aunque aceptó hacerlo se prometió que tarde o temprano encontraría la manera de decirles la verdad. Los MacMurray no mentían, y menos los unos a los otros, su abuela se retorcería en la tumba si lo supiese.

Los primeros meses fueron muy duros y, a pesar de que el señor Dupont había afirmado no estar buscando un James Bond, Harry tuvo que superar un arduo y largo entrenamiento. Por fortuna para él, siempre había estado en buena forma física, pero incluso así fue doloroso y le quedaron un par de cicatrices en el cuerpo de recuerdo. También tuvo que aprender a disparar un arma y aunque resultó tener una puntería excelente, Harry deseó en silencio no tener que usarla nunca. La vida en Washington era agradable, el trabajo le resultaba apasionante y sentía que estaba haciendo algo útil con su vida. Viajaba mucho, en cuanto Dupont se dio cuenta de que Harry sabía moverse por el mundo —fue así como lo definió—, lo elegía siempre que uno de sus analistas era requerido en alguna parte. Y a él no le importó, todo lo contrario, disfrutó de esos viajes y descubrió tantos lugares como le fue posible. Al principio solo tenía que descifrar códigos, buscar puertas de acceso escondidas en ciertos programas o rastrear datos informáticos como por ejemplo transferencias bancarias (muchas organizaciones militares funcionaban de un modo muy similar al de las entidades financieras), pero con el paso del tiempo fue adquiriendo experiencia, responsabilidad y también confianza en sí mismo y en sus dotes para anticipar situaciones potencialmente peligrosas, tanto para él como para la misión o para el equipo que lo acompañaba.

Hacía diez años que trabajaba para el departamento y todavía no le había contado la verdad a su familia, ya se había acostumbrado a las mentiras y se consolaba diciendo que en realidad no les mentía, siempre les contaba dónde estaba de verdad, no quería preocuparles innecesariamente.

Donde empieza todo

Esa mañana se había despertado temprano, había salido a correr como de costumbre y después de ducharse y vestirse montó en su motocicleta. Las oficinas del departamento de análisis, así era el nombre anodino tras el que disimulaban su verdadero trabajo, se encontraban en una vieja nave industrial completamente reformada por dentro. Aparcó y fue a por un café antes de entrar, esa zona de la ciudad estaba siendo rehabilitada y habían abierto varios cafés a lo largo de los últimos meses. A pocas calles de distancia estaban los juzgados y las oficinas de la fiscalía con la que colaboraban a menudo. También había ocasiones en las que trabajaban con otros departamentos o agencias oficiales, aunque la gran mayoría de las veces funcionaban por libre. Harry todavía no había averiguado qué grado de independencia tenía George Dupont de sus superiores, si lo tenía, o hasta dónde llegaba su poder, aunque sabía que su nombre servía para abrir casi todas las puertas de Washington.

—Buenos días, Harry.

—Buenos días.

Dejó el casco encima de su mesa y dio un sorbo al café antes de quitarse la cazadora de cuero y colocarla sin demasiado cuidado en el respaldo de la silla. Se subió las gafas por el puente de la nariz, se sentó, echó la silla hacia atrás y se dispuso a beberse el café con leche.

—¿Ayer por la noche conseguiste terminar el código?

—Sí, esta nueva versión es mucho más estable que la anterior. ¿Tú has tenido suerte con esas grabaciones, Spencer?

—No, todavía no.

Spencer era uno de los miembros del equipo habitual

de Harry, tenía veinticinco años y era un excelente matemático adicto a *Doctor Who,* a los regalices y a teñirse el pelo de los colores más extraños imaginables.

—Divide el archivo en compases, trátalo como si solo tuviese sonido, sin imagen, y límpialo igual que limpiamos esos vídeos que encontramos en Alaska.

—¿Los congelados?

—Los mismos.

Spencer tecleó en su portátil y arrugó la frente.

—Sabes —farfulló—, podría funcionar.

—Mándame una parte del archivo, entre los dos iremos más rápido.

Dos horas más tarde habían logrado limpiar lo bastante el archivo como para poder obtener cierta información con la que poder trabajar y seguir adelante con la investigación que estaban llevando a cabo. Lisa y Dima, Dimitri, no estaban en sus mesas, los dos estaban ocupados con dos casos lejos de Washington y se suponía que tenían que volver en unos días, por eso cuando la puerta de la nave se abrió tanto Harry como Spencer levantaron la vista de sus pantallas.

—Buenas tardes, caballeros.

George Dupont entró en su despacho, era el único que tenía su propia puerta y gozaba de cierta intimidad, exceptuando la sala de reuniones donde solían hacer sus encuentros semanales y compartir conclusiones, o discusiones.

Harry y Spencer le devolvieron el saludo y siguieron con lo que estaban haciendo, aunque Harry vio por el rabillo del ojo que Dupont se frotaba el rostro cansado y golpeaba la mesa del escritorio. Era un hombre poco dado a

Donde empieza todo

esos gestos que delataban cierta pérdida de control y que los estuviese manifestando le preocupó. Dupont detectó que Harry lo estaba observando y tras encontrar la mirada del otro hombre se la aguantó a través de la ventana de cristal del despacho. Se levantó despacio y se acercó a la puerta para abrirla.

Harry se levantó antes de oír su nombre.

—¿Sabes qué diablos pasa? —Spencer le preguntó en voz baja al palpar la tensión.

—No tengo ni idea.

Caminó y entró en el despacho de Dupont repasando mentalmente si había metido la pata en algo últimamente o si tenían algún asunto pendiente del que se hubiese olvidado. No logró encontrar nada, así que cogió aire y se resignó a esperar.

Dupont cerró la puerta y esperó a que Harry se sentase antes de hacer lo propio tras su escritorio.

—Tenemos un problema, MacMurray.

—¿Qué clase de problema?

—Voy a tener que despedirle.

CAPÍTULO 3

El congresista Benedict Holmes era una de las estrellas más fulgurantes del Capitolio, era el niño mimado de su partido e incluso caía bien a sus adversarios. Era joven, procedía de una familia humilde del centro de Estados Unidos y siempre había estudiado con becas. Había terminado la carrera de Derecho con honores y había sido uno de los abogados más jóvenes del estado. Su paso del mundo laboral al de la política había sido progresivo, natural, nada forzado y había contado en todo momento con el apoyo de su esposa Victoria, también licenciada en Derecho y que trabajaba en un discreto y prestigioso despacho jurídico de Washington.

Esa información era la que contenía la primera hoja del informe que Harrison sujetaba en la mano y que como mínimo se había leído cien veces. Dupont y él llevaban meses investigando la muerte de cuatro ciudadanos americanos en Irak, dos profesores de universidad especializados en

Donde empieza todo

Biología y dos exmilitares retirados. Los cuatro cadáveres habían aparecido degollados en un piso abandonado y si uno de sus colaboradores habituales no los hubiera encontrado probablemente nunca los habrían descubierto. Dupont no creía en las casualidades y Harrison tampoco, por eso los dos estaban convencidos de que esas cuatro muertes no eran un accidente y que esos cuatro hombres no habían acabado juntos en ese piso por casualidad. Al principio no habían encontrado ningún nexo de unión entre los fallecidos. A pesar de que estaban doctorados en materias muy parecidas, los dos profesores no se conocían entre sí y nunca habían coincidido en ningún curso, ni siquiera vivían en el mismo estado. Lo mismo sucedía con los dos exmilitares; aunque ellos dos sí que habían coincidido en una convención celebrada años atrás, nadie recordaba haberlos visto juntos y se habían dedicado a sectores muy distintos. El piso donde encontraron los cadáveres estaba completamente vacío, no había huellas y era evidente que los cuatro hombres habían sido ejecutados con frialdad. No se trataba de un robo ni de un secuestro que hubiese salido mal, nunca había habido una petición de rescate, y tampoco era una venganza contra unos americanos inocentes que habían cometido la temeridad de meterse en el barrio equivocado.

Después de meses de dar palos de ciego por fin habían encontrado una pista fiable. Los cuatro fallecidos habían pasado una noche, la misma noche, en un hotel de Washington una semana antes de morir en Irak. El hotel Green Pomegranate. Lo más curioso, el dato que les había desconcertado y helado la sangre, era que en esas fechas el lujoso hotel había estado reservado en su totalidad para la presentación de la campaña del congresista Benedict Holmes.

Quizá fuera una casualidad absurda, pero tal como decía Dupont siempre, él no creía en las casualidades. Tras ese descubrimiento que ninguno de los dos podía ignorar, Harrison empezó a investigar a fondo al congresista y todo su entorno y no encontró nada. Absolutamente nada.

Entonces empezó a sospechar de verdad.

Él había aprendido que todo el mundo tiene algo que ocultar. Todo el mundo. Hay secretos peores que otros, los hay incluso de buenos, pero todo el mundo tiene alguno. Hay quien esconde una hija secreta, otros una afición peligrosa a las drogas, al alcohol o la ropa interior femenina, un desfalco, una estafa, un novio abandonado en la universidad, una fortuna en un paraíso fiscal... Existen cientos de miles de posibilidades, lo que demostraba empíricamente que no era posible que el congresista Holmes estuviese tan limpio y fuese tan absolutamente perfecto como aparentaba. Y si lo era, en el caso improbable de que lo fuese, alguien había utilizado su acto de presentación para iniciar algo muy peligroso que había acabado con el asesinato de esos cuatro hombres en Irak.

Lo peor, lo más inquietante, era que seguían sin saber qué habían ido a hacer a Irak y por qué los habían ejecutado de esa manera. Eso era de verdad lo que más preocupaba a Dupont y a Harry, descubrir el motivo de ese viaje a Irak. En sus agallas tanto Dupont como Harry sabían que fuera lo que fuese lo que había sucedido en Irak estaba relacionado con el congresista o, como mínimo, con esa noche en el hotel Green Pomegranate, y tenían que averiguarlo.

Hasta el momento no habían conseguido encontrar nada que pudiese ayudarles ni arrojar un poco de luz, y no podían pedir una cita al congresista mimado del país y

Donde empieza todo

preguntarle si estaba relacionado con el asesinato de cuatro americanos en Irak, Dupont gozaba de mucho poder e impunidad, pero no tanta. Harry podía descodificar cualquier programa que se propusiese, averiguar los secretos que se escondían en archivos indescifrables, pero no podía inventárselos, necesitaba acceso a esos datos para poder desmenuzarlos y trabajar con ellos.

Habían decidido esperar, Dupont había sugerido que se tomasen un descanso, tal vez se habían precipitado y habían visto fantasmas donde no los había. El ambiente político mundial estaba muy caldeado y era incluso normal que encontrasen conspiraciones donde lo más probable era que no hubiese nada. Ninguno de los dos lo creía de verdad, sus instintos estaban desarrollados y sabían que allí había sucedido algo y que no iban a descansar hasta averiguarlo. Entonces, la casualidad (porque a veces sí existe) les echó una mano.

El congresista Holmes estaba buscando un analista de datos, el mejor de Washington, según había dicho su mano derecha, el señor Bradley. Holmes quería ganar las próximas elecciones con una campaña ejemplar, no quería dejar nada al azar y por eso había contratado a los mejores publicistas y relaciones públicas, pero en la era actual nada de eso servía si no se contaba con la mejor información posible. Necesitaba un hombre de números, de técnica, alguien capaz de encontrar hasta el último detalle y que no se dejase impresionar por los términos del marketing.

Era la oportunidad que habían estado esperando. Harrison cumplía al dedillo con los requisitos que Holmes buscaba, había estudiado en la mejor universidad y su currículum —falso, por supuesto— le daba la experiencia necesaria para dejar embobado al congresista y a sus ayudantes. El proceso de selección fue fácil, Harry superó todas las pruebas con creces y lo cierto fue que dejó en ridículo a sus adversarios. La entrevista la mantuvo unos días atrás, se reunió al mismo tiempo con Holmes y Bradley, le preguntaron por sus anteriores trabajos, por la universidad y por su familia. El expediente que sujetaba Bradley en la mano contenía la información que Dupont y el mismo Harry habían diseñado ex profeso ajustándose tanto como les había sido posible a la verdad, así que Harry no se encontró con ninguna sorpresa y respondió a todo como se esperaba de él. Era un ingeniero brillante, algo excéntrico pero muy de fiar. El mejor de su generación.

Le contrataron, al día siguiente era su primer día de trabajo. No era la primera vez que Harry se infiltraba en algún lugar para obtener información pero era la primera que lo hacía en casa, en su propia ciudad, y era la primera vez que no sabía cuánto tiempo iba a durar la operación. No le gustaba. Harry odiaba mentir, una cosa era entrar en un despacho de Londres y copiar un disco duro y otra muy distinta era mentir y engañar durante semanas a un congresista y prácticamente a todo el mundo. Dios, si incluso les había dicho a sus padres que había cambiado de trabajo y que ahora formaba parte del equipo del congresista Holmes.

Cerró el expediente, se quitó las gafas para frotarse la frustración del rostro y apagó la luz. Más le valía dormir un poco si quería servir para algo al día siguiente. Tal vez tendría suerte y encontraría algo que sirviera para descartar cualquier vinculación entre Holmes y esas muertes en Irak y podría volver a la normalidad. Si ese era el caso —ojalá lo fuese—, se despediría del congresista y cuando llegase el

Donde empieza todo

momento le contarían la verdad y tanto Dupont como él se disculparían. Si el congresista era culpable todo sería mucho más complicado.

Por la mañana se despertó a la hora de siempre y se visitó como haría cualquier otro día, dedujo que un analista de datos podía vestir como quisiera y no era necesario que eligiese un traje. Además, siempre era preferible ser lo más auténtico y sincero posible, incluso cuando estabas mintiendo a cientos de personas dentro del Capitolio. Harrison se puso unos vaqueros, una camiseta, un jersey de lana encima con escote de pico y las botas. Cogió la cazadora y fue al garaje para montarse en su moto.

El equipo del congresista Holmes estaba repartido entre los despachos que éste tenía asignados en el Capitolio y dos salas de reuniones que había preparado para tal efecto en su domicilio particular en el barrio residencial de Washington. Ese primer día Harrison acudió al Capitolio y, tras ser presentado al resto de compañeros por el señor Bradley, se dedicó a analizar los datos que le pidieron sobre encuestas, intenciones de voto, densidad de población y otros elementos cruciales durante un proceso electoral. Para Harry obtener esa información era coser y cantar y, aunque cualquiera que lo observase juraría que se pasó todo el día dedicado con esmero a ese objetivo, en realidad resolvió todas las peticiones de Bradley en la primera hora y se pasó el resto buscando archivos ocultos o cualquier rastro informático que pudiese vincular a Holmes o a alguien de su equipo con lo sucedido en Irak.

No lo consiguió, tampoco había creído que fuera a lograrlo el primer día, y se fue cuando concluyó la jornada igual que el resto de empleados. No había hecho ningún gran descubrimiento pero había instalado unos cuantos chivatos, así los llamaba él, en los programas de correo que le avisarían si detectaban algo fuera de lo habitual. Lo más curioso, pensó cuando se montaba en su moto, era que había encontrado más medidas de seguridad de las que esperaba encontrar. Se puso el casco y metió la llave en la ignición. Justo en ese instante abandonaron también el edificio Holmes y Bradley pero no lo vieron, iban hablando mientras bajaban los escalones y se metieron en el coche que los estaba esperando con una puerta abierta y un miembro del servicio secreto. No era inusual, todos los congresistas gozaban de esas medidas de protección, sin embargo había algo que no encajaba. Harry puso en marcha la moto y los siguió.

El vehículo negro cruzó toda la ciudad, no se detuvo a recoger a nadie más y ninguno de los pasajeros descendió. Circuló durante dos horas, respetó todas las normas de conducción y los límites de velocidad, hasta que inició el camino de vuelta al Capitolio. Harry detuvo la motocicleta cerca, no podía correr el riesgo de ser fotografiado por las cámaras que rodeaban el Capitolio, y sacó unos binóculos de la cazadora. Bradley y Holmes descendieron del vehículo y se dirigieron por separado a otros dos coches que los estaban esperando y que se pusieron en marcha en cuanto sus nuevos ocupantes cerraron las puertas. Harry optó por seguir a Holmes pero no averiguó nada, ese trayecto no tuvo nada de extraño ya que concluyó en la casa del congresista, este bajó y, tras despedirse del chófer, entró en su domicilio.

¿Qué diablos había pasado en ese primer trayecto? ¿Había alguien más en ese coche o solo estaban Bradley y Holmes?

Harry puso la moto de nuevo en marcha y decidió seguir el ejemplo del congresista y dar el día por concluido. No había encontrado ninguna respuesta y tenía más preguntas que antes, y una sensación extraña le recorría el cuerpo y le anudaba el estómago.

Aparcó en el garaje y subió directamente al dormitorio para cambiarse, se puso la ropa de correr, cogió los cascos y el i-pod con los últimos discos de One Republic y Muse cargados y salió por la puerta trasera. Corrió por el parque que se extendía por casi toda la ciudad hasta que el sudor que le empapaba la camiseta empezó a helarse. Estaba entrando de nuevo por la puerta cuando recibió un mensaje de Bradley donde le comunicaba, a él y al resto del equipo del congresista, que le esperaban mañana a las ocho de la mañana en el domicilio particular de Holmes.

Durante la carrera había llegado a la conclusión de que tenía que averiguar qué había sucedido en ese vehículo, el que había circulado durante dos horas por la ciudad sin rumbo fijo, y supuso que una manera de hacerlo era encontrándolo. Había fotografiado la matrícula pero intuyó que no iba a resultarle fácil dar con él. Existían demasiadas posibilidades, desde la más sórdida y sensacionalista, que Holmes y Bradley tuviesen una relación entre ellos o con otras personas y se viesen en ese coche, pasando por el consumo de drogas u otras sustancias, hasta reuniones clandestinas con periodistas, políticos o terroristas, pero por más vueltas que le daba Harry no lograba dar con ninguna que le convenciese. Era absurdo hacer cualquiera de esas cosas en un coche en movimiento.

Se desnudó y se duchó, al día siguiente tendría acceso al segundo lugar de trabajo del congresista y su equipo, tal vez en su casa encontrara alguna respuesta. Aunque intentó desconectar, algo que normalmente conseguía con facilidad, esa noche no lo logró. Harry se despertó con una horrible pesadilla, cubierto de sudor y con el corazón subiéndole por la garganta. Salió de la cama y fue a la cocina, se bebió un vaso de agua que no le sirvió de nada y optó por servirse un whisky. Caminó hasta la ventana que daba al jardín trasero y bebió despacio. El líquido le escoció y carraspeó, era extraño, hacía tiempo que no se sentía tan inquieto. Se terminó la copa, se sentó en el sofá y esperó con los ojos cerrados, sin dormirse, a que amaneciera.

Por la mañana seguía sin poder quitarse de encima esa sensación, la atribuyó a las peculiares circunstancias de esa investigación y tras vestirse se montó en la moto y se dirigió al domicilio del congresista. Aparcó unas calles antes, prefería llegar a pie, así tal vez se aflojaría un poco la tensión que tenía en los hombros. Llamó a la puerta y, mientras esperaba a que le abriesen, vio a los agentes de seguridad de rigor en la esquina. Una mujer con traje chaqueta azul marino le dio los buenos días y lo invitó a pasar a la sala de reuniones, le dijo que era el primero en llegar y le preguntó si le apetecía tomar un café. Harry aceptó por educación y fue a la sala a esperar, quizá podría aprovechar esos minutos de soledad para curiosear sin ser visto.

La sala disponía de una mesa de madera ovalada en el centro rodeada de sillas minimalistas muy elegantes. De una pared colgaba un televisor de plasma y en una estantería de madera oscura idéntica a la de la mesa había un ordenador portátil y varios cuadernos junto a un bote lleno de lápices de madera amarillos.

Harry dejó la cazadora en el respaldo de una silla y en el asiento depositó el casco con cuidado. Levantó la vista

Donde empieza todo

y mientras fingía limpiarse las gafas comprobó que no había ninguna cámara grabándolo. Estaba acercándose a la estantería cuando la puerta se abrió y sintió que el aire cambiaba. Se le erizó la piel del cuerpo y notó una desconocida presión en el pecho. Jamás había reaccionado así ante la presencia de nadie. Oyó una voz canturreando a su espalda, tarareaba una antigua canción de los Beatles.

Se giró despacio, aunque una parte de él le advirtió que no lo hiciera. Era mejor no comprobar a quién pertenecía esa voz y ese olor que le estaba robando la capacidad de pensar.

—Oh, lo siento, no sabía que hubiera alguien. Ayer me olvidé algo aquí —levantó una mano y Harry vio que sujetaba una novela.

—No se preocupe.

—Bueno, será mejor que me vaya.

¿Por qué se sonrojaba? ¿Por qué? En los cientos de fotos que había visto de ella nunca la había visto sonrojada, ni tan accesible, ni tan guapa. Ni tan sexy. Harry sacudió la cabeza para alejar esos pensamientos de su mente. Él nunca reaccionaba así. Nunca.

Nunca.

—Que tenga un buen día, señora Holmes.

—Igualmente, señor...

Harry se maldijo por haber utilizado su nombre, tendría que haber adivinado que ella reaccionaría de esa manera.

—MacMurray, Harrison MacMurray.

Ella le sonrió, maldita sea, y salió de la sala de reuniones diciendo:

—Que tenga un buen día, señor MacMurray.

CAPÍTULO 4

El tacto de la bolsa de plástico es frío bajo mis dedos. Estoy tentada de abrirla y sacar los cómics, quizá tocándolos me sienta más cerca de Harry. No lo hago, una parte de mí sabe que no tengo derecho a hacerlo a pesar de que otra insiste en que si hay alguna persona que pueda tocarlos soy yo. Me resbalan más lágrimas por las mejillas y no las contengo, al menos allí puedo llorar tranquila. Llevo tres días conteniendo la rabia y el dolor, y también la tristeza y la confusión.

—No es justo.

Sé que nadie puede oírme y si pudiera probablemente me diría que la vida no es nunca justa. Yo debería saberlo mejor que nadie.

Estoy sentada en el suelo bajo el árbol, encima de la fina capa de hierba que se extiende hasta llegar a un pequeño estanque. Unos metros a mi derecha veo una construcción, está a medio camino del árbol y de la casa familiar, un rancho al típico estilo texano. No puedo evitar sonreír al imaginarme allí a Harry con su motocicleta y sus gafas con montura negra. Seguro que era feliz aquí, que sabía disfrutar de la naturaleza y relajarse, seguro que sabía vivir.

Me incorporo un poco y miro a mi espalda. Vuelvo a sentirme observada pero al girarme compruebo que Ben está de pie apoyado en el maletero del coche hablando por teléfono. Él no me ve, está colocado hacia el otro lado, probablemente para no molestar a la familia MacMurray, que está despidiéndose del sacerdote. Nadie está prestándome atención, casi puedo afirmar que nadie sabe que estoy aquí. Respiro despacio y vuelvo a apoyarme en el tronco. Cierro los ojos y me abrazo a la absurda bolsa de plástico.

Si Harry estuviese aquí me diría que sacase los cómics y los leyese, me retaría a hacerlo. Me preguntaría por qué diablos no los leo y me olvido un poco de por qué estoy allí. Suelto el aliento y abro los ojos, separo con cuidado el cierre de plástico y saco el primer cómic.

Batman, el regreso.

Giro la primera página y mientras mis ojos vagan por las escenas recuerdo el día que conocí a Harry.

Era martes, la noche anterior Ben había vuelto a casa tarde, silencioso y taciturno. Me bastó con verle cruzar la puerta para saber que no quería hablar de fuera lo que fuese lo que le tenía tan preocupado, así que decidí no preguntárselo. Yo tampoco tenía ganas de discutir, había tenido un día muy complicado en los juzgados y prefería fingir que éramos una pareja normal. Aburrida pero normal. Cenamos juntos, comimos una estupenda lasaña que nos había dejado preparada la señora Pardo antes de irse y después Ben fue al salón a ver un partido de baloncesto o de fútbol americano, no estoy segura. Esos deportes nunca me han interesado demasiado. Yo quería trabajar un poco pero esa semana se había estropeado el radiador de mi pequeño despacho —en realidad es más un trastero con una mesa y un sofá— y decidí ocupar momentáneamente la sala de reuniones de Ben. No me gustaba entrar allí, me sentía como una intrusa, igual que cuando era pequeña y me colaba en el despacho de papá, pero me negaba a comportarme como una invitada en mi propia casa, así que entré y tomé posesión de la mesa durante un rato.

El problema, por llamarlo de alguna manera, fue que esa misma mañana Roxane, una compañera del bufete, la única que me trataba como una persona normal y no como la esposa del congresista Holmes, me había prestado una novela según ella fabulosa y quería leerla.

Apagué el ordenador después de repasar los datos de la demanda en la que estaba trabajando y me senté en una de las butacas que había casi de decoración al fondo de la sala. Me quedé dormida pasados unos minutos, al parecer el ejecutivo multimillonario que ataba mujeres en la cama me aburrió mortalmente, y cuando atiné a abrir los ojos decidí irme a la cama.

La mañana siguiente, cuando bajé la escalera rumbo a la cocina, recordé que me había olvidado la novela de Roxane en la sala y fui a buscarla. Recuerdo que entré cantando *Something*, una vieja canción de los Beatles, siempre me ha fascinado su letra, cómo puede ser tan romántica sin apenas decir nada.

Abrí la puerta y fui directamente al sofá. La novela debía de estar en el suelo, me agaché para recogerla y cuando me levanté lo vi a él. Estaba de pie, dándome la espal-

Donde empieza todo

da, y supe que me había oído y que estaba esperando. Todavía no sé qué esperaba. Vi los hombros tensos y el casco de motocicleta encima de una silla. Sentí que se me encogía el estómago, que ese instante iba a ser importante. Él se giró despacio y me miró. Y lo fue, fue el instante más importante de mi vida.

Nunca podré olvidar sus ojos ni la leve sonrisa que apareció durante unos segundos en sus labios. Me miró confuso y furioso, como si le molestase verme o no supiera qué hacer conmigo. Me alegré, yo tampoco sabía qué hacer con él.

Ben siempre ha sido un hombre muy guapo y desde que empezó todo esto de la política he estado cerca de actores, jugadores de fútbol, de básquet, tenistas, presentadores de la televisión, cantantes, de toda clase de hombres atractivos. Por todo ello puedo afirmar que, aunque verlos siempre me ha producido una cierta emoción o curiosidad, segundos después he vuelto a ser la misma de siempre.

Con Harry fue diferente, cuando salí de esa sala de reuniones supe que era distinta, que conocerlo me había afectado y que iba a cambiarme la vida.

Me puse tan nerviosa cuando sus ojos chocaron con los míos que dije la primera tontería que se me cruzó por la mente. Él fue cortés, formal, me llamó señora Holmes.

Oír mi nombre me aturdió, pensar en Ben hizo que me sintiese culpable por todas esas mariposas que revoloteaban absurdas por mi estómago como si fuese una adolescente, pero acto seguido me dije que no había nada de malo. No había hecho nada malo y me merecía ser yo durante unos segundos.

Averigüé su nombre antes de irme, no fui original en mi método de descubrimiento, solo necesitaba saberlo.

—Harrison MacMurray.

Sé que me observó mientras salía de la sala de reuniones, aguanté la respiración al cerrar la puerta e intenté caminar hasta la escalera como si nada hubiese pasado. Al llegar al rellano, sin embargo, me faltaba el aliento.

El pelo, las gafas, la nariz, la voz, el modo en que me miró, las manos firmes apoyadas en la silla que tenía al lado, los pocos segundos que habíamos compartido me llegaron más adentro de lo que era lógico y razonable. Estuve tentada de dar marcha atrás y volver a entrar para comprobar si me lo había imaginado, pero no lo hice, entré en nuestro dormitorio y seguí con mi rutina diaria.

Me convencí de que había sido un espejismo, unos instantes de locura transitoria, y tras vestirme con un traje chaqueta negro, blusa de seda rosa palo y zapatos de tacón, fui a por mis cosas y me dirigí al trabajo. El día anterior había tenido problemas con un fiscal que había intentado hacerme quedar mal ante el juez recordándole infinidad de veces que yo era la esposa del congresista Holmes. Desde que Ben está en auge me sucede cada vez más a menudo, mis contrincantes me miran con desdén y me acusan, disimuladamente, de aprovecharme del nombre de mi marido; mis compañeros de trabajo o me hacen la pelota o me evitan para no meterse en problemas, y los jueces... bueno, depende de sus ideas políticas aunque hay algunos, los mejores, que siguen mostrándose imparciales y tan duros de roer como siempre. Mi favorito era entonces, y sigue siendo ahora, la juez Mallory.

El día que conocí a Harry fue tan ajetreado y caótico como de costumbre, lo que me sirvió para quitarle importancia a nuestro breve encuentro. Ben no me llamó du-

Donde empieza todo

rante el día, no solía hacerlo, y durante el almuerzo, cuando le devolví la novela a Roxane, encontré una explicación perfectamente lógica para lo que me había sucedido esa mañana: era culpa de la novela, seguro que las pocas páginas que había leído la noche anterior se habían quedado en algún rincón de mi memoria y me habían jugado una mala pasada por la mañana.

Volví a casa completamente exhausta. Meses atrás había convencido a Ben y a los del servicio secreto de que no hacía falta que me acompañasen a todas horas, así que fui a por mi coche y conduje de regreso escuchando música. A veces tengo la sospecha de que me sigue alguien, pero no he sido capaz de fotografiar nunca a ningún coche y Ben insiste en negarlo. Quizá soy demasiado susceptible, reconozco que no entiendo, y que no me gusta, el interés que genera mi persona, es Ben el que se dedica a la política, no yo.

Aparqué donde siempre y salí del coche. Tal vez esa noche podríamos abrir una botella de vino durante la cena y relajarnos un poco. En cuanto entré oí las voces provenientes de la sala de reuniones y, como estaba insonorizada, deduje que la puerta estaba abierta. Podría haber subido directamente a nuestro dormitorio o dirigirme a la cocina para beber un poco de agua y quitarme los zapatos, pero no hice ninguna de las dos cosas y fui hacia el pasillo. Ben estaba hablando con Bradley, Sara y Harrison MacMurray.

Ben me estaba dando la espalda y Harrison no, sus ojos apenas se desviaron un segundo pero le vi apretar la mano y estuve a punto de tropezarme con mis propios pies. «Te he visto, sé que estás aquí», sentí las palabras en mi piel. Debí de hacer algún ruido porque Ben se dio media vuelta y al verme me sonrió. Le devolví la sonrisa y me acerqué, Ben me besó en los labios igual que hacía siempre y después Bradley y Sara me saludaron. Detuve a Ben cuando iba a presentarme a Harrison.

—Ya nos conocemos.

—¿Ah, sí? —Enarcó una ceja curioso.

—Ayer por la noche me olvidé un libro en la sala y esta mañana, cuando he entrado a buscarlo, el señor MacMurray estaba aquí.

—Bueno, te alegrará saber que pronto podrás recuperar tu despacho, el radiador casi está arreglado —señaló Ben—. Harrison es la nueva incorporación, es un genio con los números y los ordenadores.

—El señor Holmes exagera —afirmó Harry. Ese día pensé que estaba algo incómodo por el halago.

—Estoy segura de que no.

Bradley y Sara se despidieron y Harry hizo lo mismo, aunque antes entró de nuevo en la sala de reuniones a recoger el casco de motocicleta que había dejado allí esa mañana. Cuando pasó junto a mí se detuvo un segundo, fue casi imperceptible, y me miró a los ojos. En ese instante Ben le estaba comentando algo de última hora a Bradley y no nos prestaba atención, aunque tuve la sensación de que Harry me habría mirado del mismo modo incluso si Ben hubiese estado presente.

Le aguanté la mirada, tenía los ojos negros con unas motas entre grises y plateadas esparcidas por el iris. El corazón me sacudió el torso, era absurdo. Oí que Bradley me deseaba las buenas noches al alejarse por el pasillo y reaccioné, Ben no podía verme de esa manera.

—¿Necesita algo, señor MacMurray?

Donde empieza todo

Me costó pronunciar cada palabra, tenía la garganta seca y no quería humedecerme el labio delante de él.

Harry parpadeó y pensé que iba a quedarme sin respuesta.

—Que me llame Harrison.

No era una petición inusual, todos los miembros del equipo de Ben nos llamaban por nuestro nombre y nosotros también a ellos, sin embargo en el caso de Harrison me resultó muy íntimo y excitante. Me sonrojé avergonzada por mis pensamientos y mi reacción, todavía lo recuerdo.

—De acuerdo, Harrison.

Él apretó entonces el casco que estaba sujetando con la mano derecha, lo vi porque aparté la mirada y la dejé en sus nudillos y estos quedaron blancos.

—Buenas noches, señora Holmes.

Se dio media vuelta dispuesto a irse y, como no me miraba, fui capaz de detenerlo.

—Harrison.

—¿Sí?

—Me llamo Victoria.

—Lo sé.

Harrison se alejó sin volver a darse media vuelta, dándome la espalda, y me dejó allí confusa por lo que acababa de suceder.

Esa noche después de cenar Ben y yo estuvimos viendo una película aburrida en el salón. Ben tenía en su regazo unos documentos que iba leyendo de tanto en tanto y yo intenté dejarme llevar por los absurdos diálogos. Nos acostamos, Ben me dio un beso y se giró para apagar la luz. Yo tardé más que él en quedarme dormida, pensé en el caso que estaba llevando, un litigio sobre la propiedad de una patente industrial, le di un par de vueltas a las últimas pruebas que habíamos encontrado y repasé mentalmente lo que haría al día siguiente.

Era muy poco probable que Ben volviese a reunir a su equipo en casa, normalmente solo lo hacía una vez a la semana. Suspiré y solté el aliento, seguro que cuando volviese a ver a Harrison MacMurray esas extrañas sensaciones, ese nudo en el estómago, esos latidos descontrolados, habrían desaparecido. Ben y yo trabajábamos demasiado, apenas pasábamos tiempo a solas y sí, las últimas veces que habíamos intentado hablar de algo más personal habíamos discutido. Yo no estaba de acuerdo con muchas cosas de las que él hacía, y sigo sin estarlo, y él insistía en que dejase el trabajo y lo apoyase más activamente en su vida política, y sigue insistiendo.

Lo único que teníamos que hacer era irnos unos días de vacaciones, pensé mientras cerraba los ojos.

A la mañana siguiente Ben estaba hablando por teléfono en la cocina cuando bajé a desayunar. Discutimos. Tuvimos una discusión horrible.

Cierro el cómic un segundo y dejo vagar la mirada. Allí, lejos de casa, bajo aquel árbol desconocido, es como si nada hubiese sucedido. Si esa mañana no hubiese discutido con Ben por esa tontería —Ben quería que lo acompañase a un acto para recaudar fondos para su campaña y yo le dije que no podía porque en el bufete habíamos decidido aceptar varios casos pro-bono y me correspondía hacerme cargo de ellos esa semana—, tal vez esa noche no habría salido a correr.

Donde empieza todo

Guardo el cómic en la bolsa de plástico con mucho cuidado y la devuelvo a su escondite. Miro hacia atrás un segundo, Ben sigue hablando por teléfono, cuando cuelgue ya se encargará de buscarme. Además, seguro que nuestro chófer sabe dónde estoy.

Me apoyo en el tronco y paso la palma de la mano por encima de la hierba que crece a mi lado. Me hace cosquillas.

Ese día salí a correr por el parque que se extendía por la ciudad y bajo otro árbol similar y muy distinto a este me encontré a Harrison.

Corrí por la misma ruta que seguía siempre pero cuando llegué a mi destino, el punto donde siempre iniciaba el camino de regreso a casa, seguí corriendo. Todavía estaba enfadada con Ben por menospreciar mi trabajo y por convertirse en lo que me juró que no se convertiría, un político más. Seguí el sendero, dejé la mente en blanco, escuché la música que sonaba en los auriculares. Veinte minutos más tarde noté que la pierna derecha me hacía cosquillas, así que anticipándome a un calambre me dirigí hacia un roble que había en el borde del camino y me apoyé en él. Apoyé las manos en los muslos e intenté recuperar el aliento mientras el calambre retrocedía. De reojo vi que otro corredor se detenía también en el árbol y no le di importancia hasta que se me aceleró el corazón.

—Victoria, ¿estás bien?

Fue la primera vez que le oí pronunciar mi nombre y ahora que lo recuerdo el corazón se me encoge en el pecho.

Levanté la cabeza despacio, convencida de que estaba alucinando por culpa del cansancio o de la falta de oxígeno.

—¿Harrison?

Me sonrió, no debería haberlo hecho. Me mareé.

—¿Estás bien?

—Sí, solo ha sido un calambre.

Vi que me miraba indeciso, como si adivinase que tocarme el muslo para hacerme un masaje era muy mala idea. Pésima. Me sonrojé, él carraspeó y apartó la mirada. Pensé que me correspondía a mí continuar con la conversación, él parecía estar a punto de salir corriendo de allí sin despedirse ni volver a mirarme.

—No suelo correr tanto, normalmente vuelvo a casa un kilómetro y medio antes.

—No deberías correr sola.

—Tú estás corriendo solo.

Se giró y me miró.

—Yo no soy la guapa esposa del congresista de moda en Washington.

Al oír el cumplido no pude evitar sonreírle, a pesar de que me molestó el tono paternalista.

—Sé cuidarme sola.

Bufó, tuvo la desfachatez de bufar.

—Vaya, qué decepción —dije.

—¿Decepción?

Pensé que no me había oído, en realidad dije esa frase para mí misma y me dispuse a fingir que no había dicho nada, pero no lo hice, tal vez por el mal humor acumulado durante el día o porque la confusión del día anterior seguía nublándome la mente. Me acerqué a él, que se mantenía a un metro de distancia, y le contesté:

—Sí, decepción. No sé por qué pero me habías parecido un tipo interesante. Es una pena que seas como todos los panolis de Washington.

Donde empieza todo

Levantó tanto las cejas que pensé que iban a salirle de la cabeza y entonces me di cuenta de que no llevaba gafas.
—¿Panoli? ¿Qué clase de mujer de hoy en día utiliza esa palabra?
—Yo. ¿Dónde diablos tienes las gafas?
—En casa, no las utilizo para correr. Llevo lentillas.
—Me gustas con gafas.

Él se quedó mudó, literalmente. Me miró y abrió la boca un par de veces sin decir nada. Después se pasó las manos por el pelo. Estaba sudado por la carrera y algunos mechones se quedaron levantados. Cerré los dedos para no tocarlo.

—No deberías decirme eso —dijo tras soltar el aliento—. Vamos, te acompañaré a tu casa.

Empezó a correr despacio dando por hecho que iba a seguirlo. No lo hice, me quedé mirándole porque el «No deberías decirme eso» me había dejado la piel de gallina y me había derretido las rodillas. En esas pocas palabras había sentido más emoción que en discursos enteros.

Harrison se detuvo, se dio media vuelta y me miró. Y volvió a sonreírme el muy sádico.

—¿Crees que podrás seguir mi ritmo?
—Lo intentaré.

Vuelvo a llorar, de verdad que lo habría intentado. No tuve tiempo, todo fue demasiado rápido, demasiado complicado.

—Lo habría intentado, Harry.

CAPÍTULO 5

Harrison no se propuso seguir a Victoria Holmes, pero cuando la vio en el parque tuvo que hacerlo. Su cuerpo no le permitió negarse.

Se había pasado el día intentando aflojar aquella presión en el pecho sin lograrlo, así que habría sido ridículo suponer que iba a poder alejarse de ella ahora que la había visto. La reunión en casa del congresista había tratado sobre el anteproyecto de ley que se rumoreaba se iba a presentar contra las armas de fuego para instaurar una mayor regulación. En principio Benedict Holmes estaba a favor de dicha regulación, así lo había insinuado durante su elección, aunque a Harry le sorprendió comprobar que antes de hacer una declaración formal al respecto quería analizar exhaustivamente las consecuencias que tendría en la intención de voto. A juzgar por las conversaciones que Ben mantenía con Bradley en voz baja, no era solo la intención de voto lo que le preocupaba.

Donde empieza todo

Harry «torturó los datos» que le pidieron y aprovechó para inspeccionar lo mejor que pudo el sistema informático de esa casa. Si la gente supiera hasta qué punto era fácil de manipular una casa domótica no estarían tan ansiosos por instalárselas. Igual que en el despacho del Capitolio, lo más sospechoso que encontró fueron las fuertes medidas de seguridad, a pesar de que él consiguió saltárselas sin problemas. El único ordenador al que no tuvo acceso fue al de la señora Holmes —Victoria—, y no pudo evitar sentirse orgulloso de ella por haber sido capaz de mantener ese grado de independencia.

Ahora que la había conocido recordó toda la información que había leído de ella en el expediente del caso. Victoria Holmes era hija de un abogado retirado de Virginia, su madre siempre había ejercido de ama de casa y tenía un único hermano, Sam, que había sido arrestado de joven por conducir borracho en dos ocasiones. Victoria y el congresista se habían conocido en la universidad, cuando ambos estudiaban Derecho, y se habían hecho novios prácticamente al instante. A Harry se le retorció el estómago al pensarlo, tenían que tener una relación muy sólida si habían pasado por tantas cosas juntos. Se casaron cuando Victoria tenía veinticinco años y el próximo invierno iban a celebrar su quinto aniversario de boda.

Victoria tenía dos años menos que él y era, con toda la seguridad, la última mujer de la faz de la tierra en la que debería fijarse.

Y la primera que le hacía reaccionar.

No tenía sentido, él siempre había estado con mujeres mayores que él, despreocupadas y que no necesitaban nada de él excepto el placer que pudiesen hacerse sentir el uno al otro mientras estaban juntos. Harry no tenía ningún trauma, nadie le había roto nunca el corazón ni tenía fetiches ocultos, el sexo para él era divertido, relajante, no una complicación.

Llevaba tiempo mintiendo a sus padres y a sus hermanos respecto a su trabajo y sabía que nunca sería capaz de mentirle a su pareja, por eso había evitado tenerla desde el principio. Hasta ahora nunca le había supuesto ningún problema. Había dado por hecho que cuando encontrase a una mujer que le interesase lo suficiente como para arriesgar su vida profesional ya se habría cansado de ese trabajo y dimitiría, después aceptaría un puesto en una compañía de software y se compraría una casa en la que formar una familia y donde no tuviese que preocuparse por si la bolsa de Tokio caía o por si unos terroristas conseguían descifrar el código de mensajes del Pentágono.

Ese era el plan de Harry y se suponía que todavía faltaba mucho tiempo para que empezase a llevarlo a cabo.

Dupont y Spencer se comunicaron con él a lo largo del día. Harry había ideado años atrás un sistema brillante (completamente secreto) y fácil de instalar en cualquier sistema con el que intercambiar información entre ellos. Dicho sistema era invisible e ilocalizable y por eso lo había bautizado con el nombre de Wally.

Harry llevaba siempre a Wally en su móvil y lo había instalado en el ordenador portátil que le entregaron como miembro del equipo del congresista.

El primer mensaje que mandó Harry a Dupont esa mañana era el de siempre.

¿Dónde está Wally?

A lo que Dupont contestó lo mismo de siempre:

Donde empieza todo

Este nombre es ridículo.

A pesar de la broma inicial, Wally le permitió a Dupont informar a Harry de que habían logrado limpiar lo suficiente una de las grabaciones en las que estaba trabajando Spencer y que ahora sabían que los dos profesores asesinados en Irak estaban desarrollando sin saberlo el mismo programa: uno que permitiese crear una especie de llave maestra para desbloquear las transacciones económicas que se realizaban a diario a través de Internet.

Según la información de la que disponían, ninguno de los dos había logrado crear dicha llave maestra, pero Harry pensó que si se habían atrevido a matarlos se debía a que los dos, o al menos uno, estaba muy cerca. Esa llave maestra era el santo grial de los matemáticos y los informáticos. Eran muchos los científicos que afirmaban que era imposible crearla, los códigos no eran entes rígidos y cambiaban constantemente, por lo tanto no se podía crear una llave que los abriese a todos por igual.

Harry no estaba tan seguro.

Si era eso lo que había pasado, si esos dos hombres habían conseguido crear la llave y los habían asesinado, su asesino tenía ahora en su poder todo el dinero y todos los secretos del mundo. Podía entrar en cualquier cuenta bancaria, en cualquier gobierno, en el sistema financiero que se le antojase. Dado que el mundo seguía siendo el desastre de siempre, era lógico pensar que el propietario de la llave no sabía usarla o había decidido esperar. O, en el mejor de los casos, la llave no funcionaba.

Fuera como fuese, no podían correr el riesgo de dejar pasar el tiempo. Tenían que encontrar al asesino, o asesinos, de Irak y destrozar esa llave. Harry y Dupont no habían hablado del tema pero Harry sabía que su superior no entregaría la llave al gobierno, y él tampoco. Era una de las ventajas de no existir como departamento, nadie se atrevía a pedirles explicaciones.

Spencer utilizó Wally para confirmarle a Harry que habían localizado los vídeos de vigilancia del Green Pomegranate de la noche de presentación de campaña del congresista. No se los mandó allí porque evidentemente no podían correr ese riesgo, así que Harry prometió que los revisaría después en casa.

Eso fue lo que hizo después de salir del «trabajo», observar los vídeos como un maníaco y detener la imagen siempre que Victoria aparecía en la pantalla.

Cuando se dio cuenta de lo que estaba haciendo bajó la pantalla del portátil con un golpe seco y se puso las zapatillas de correr. No era propio de él comportarse de esa manera, por no mencionar que no era profesional ni lógico. Además, esa chica, esa mujer, se corrigió, estaba casada con el hombre que estaba investigando.

Era culpa de sus ojos, pensó Harry mientras corría por el parque, eran dulces y tan profundos que se había quedado hipnotizado mirándolos. Esa mañana en la sala de reuniones había tenido que clavar los pies en el suelo para no acercarse a ella y tocarla, había algo en Victoria que lo había atraído de un modo animal y primitivo. No era lógico, durante su primer breve encuentro había tenido ganas de comportarse como uno de los leones que protagonizaban los documentales que tanto le gustaban y rugir porque había encontrado a su pareja. Ridículo, y sin embargo no podía negar que estando allí de pie frente a ella se había sentido increíblemente posesivo con ella. La voz de Victo-

Donde empieza todo

ria le había erizado la piel, se la había acariciado, y cuando se fue la observó sin moverse porque si lo hacía la sujetaría por la cintura y la retendría allí hasta que todo aquello tuviese sentido.

A lo largo del día la atracción no se disipó, disminuyó, gracias a Dios, pero no desapareció del todo y cuando volvió a verla por la noche la habría abrazado y le habría preguntado qué diablos le estaba haciendo.

Esa noche, solo en casa, Harry buscó una explicación a su comportamiento y llegó a la conclusión de que trabajaba demasiado y que necesitaba salir más y echar un polvo.

—Con una mujer que no me necesite —dijo en voz alta mientras se vestía para acostarse.

Años atrás Harry había mantenido una conversación muy interesante con Kev, su hermano mayor. La familia estaba pasando unos días en el rancho del abuelo para celebrar el aniversario de boda de sus padres y tras beber demasiado durante la cena a Kev y a Harry les pareció muy buena idea salir a pasear un rato para despejarse. Iban los dos caminando por el prado, Harry jugaba con una brizna de paja que deslizaba por entre los dedos y Kev tarareaba una canción.

—¿Eso lo has aprendido de tu último ligue?

—¿Qué? ¿De qué estás hablando?

—¿No estabas saliendo con una cantante?

Kev se detuvo y lo miró confuso durante unos segundos, el alcohol les había vuelto un poco lentos.

—Ah, no, qué va. Eso acabó hace semanas y no estábamos saliendo.

Los hermanos reanudaron la marcha en silencio.

—¿Crees que alguna vez tendremos lo de papá y mamá?

Harry pensó que Kev se reiría de su pregunta, pero su hermano mayor siguió caminando pensativo.

—No lo sé, en mi caso lo veo difícil. Muy difícil. Y en el tuyo, supongo que si encuentras a una mujer que te necesite de verdad, no podrás resistirte.

—¿Cómo dices?

—Oh, vamos, Harry, eres un yonqui del amor.

—¿Yonqui del amor? ¿Cuántos whiskys te has bebido, Kev?

—Demasiados, pero lo eres. Cuando alguien te necesita de verdad no sabes negarte, vives para esa persona. No me malinterpretes, es cojonudo ser tu hermano.

—Yo no soy ningún yonqui de nada.

—Sí que lo eres, y lo sabes. Por eso siempre eliges mujeres que no te necesitan, porque sabes que cuando encuentres a una que te necesite de verdad, perderás la cabeza.

Harry no supo qué responder y optó por no decir nada. ¿Era verdad? ¿De verdad necesitaba que la persona que estuviese con él lo necesitase tanto?

—A ti también te sucederá algún día.

—Tal vez ya me ha sucedido —contestó entonces Kev, dejando la mirada perdida en el cielo de Texas.

Harry pensó varias veces en esa conversación y tuvo que reconocer que todas las mujeres con las que había mantenido alguna clase de relación se caracterizaban por su falta de dependencia hacia él. Algunas estaban casadas, otras solteras, ninguna se había enamorado nunca de él y ninguna había pretendido hacerlo. ¿Tenía razón Kev? ¿Las había elegido precisamente por eso? Pensó en su trabajo. El motivo que lo había llevado a aceptar la propuesta de Dupont era que su labor era necesaria, significativa. Importante.

Donde empieza todo

Harry quería ser importante, lo necesitaba. Esa era la verdad.

Ser el hijo de en medio de una familia sólida donde se respetaban las opiniones de todos y se protegían entre ellos era maravilloso. Y, al mismo tiempo, poco estimulante y gris. Harry sabía que sus padres lo querían y lo admiraban, que se sentían orgullosos de él a pesar de que no sabían toda la verdad sobre su vida. También sabía que su hermana Lilian y su hermano Kev eran fantásticos y que podía contar con ellos pasara lo que pasase. Pero Harry necesitaba más.

Quería ser más.

Cuando vio a Victoria corriendo por el parque la siguió porque quería estar cerca de ella y comprobar si volvía a sentir la atracción del día anterior.

La sintió.

No era una atracción solo física, aunque sin duda su cuerpo quería estar con el de ella, era mucho más. Quería conocerla, quería oír su voz y escuchar sus historias, quería saberlo todo de ella, de una mujer que pertenecía a otro hombre y que en ningún momento le había insinuado que estuviese dispuesta a acercarse a él.

Vio que se detenía en un árbol y que le dolía una pierna; estaba haciendo estiramientos para relajarla. Corrió hacia allí, sabía que no podía tocarla, a pesar de que se le revolvieron las entrañas porque necesitaba hacerlo. Si a ella le dolía un músculo él tenía que hacer algo para solucionarlo.

«Mierda. Kev tiene razón, soy un yonqui de las emociones». ¿Por qué diablos si no se sentía tan atraído por esa mujer?

Victoria estaba bien, solo había sido un calambre, y minutos después ella se estaba burlando de él, llamándolo panoli.

Harry supo que estaba perdido y lo único que se le ocurrió para no ponerse en ridículo fue iniciar de nuevo la marcha. No iba a dejarla allí sola, quería que corriese con él y para lograrlo la retó a seguir su ritmo.

Corrieron por el parque el uno al lado del otro, Harry la miraba de vez en cuando, ella le sonreía y entonces él aceleraba el paso. Unos metros antes de llegar a la salida se detuvieron, formaba parte del ritual de Harry, se quedaba allí hasta aminorar la respiración y después atravesaba las calles de la ciudad hasta su casa a una velocidad más lenta. Esa noche se detuvo porque sabía que faltaban unos minutos para separarse de Victoria y quería alargarlos.

—¿Te duele la pierna?

—No, el calambre ha desaparecido hace rato.

—¿Sueles correr por aquí?

—Sí y no, no suelo llegar tan lejos. Hoy necesitaba despejarme. ¿Y tú?

—Sí, casi a diario.

Victoria se secó el sudor de la frente y cogió aire.

—¿Estarás aquí mañana, a eso de las siete?

Harry la observó sin disimulo.

—No deberíamos correr juntos. —Se sintió como un estúpido al decirlo.

—¿Por qué?

—Trabajo para tu marido.

—¿Y? Solo vamos a correr.

Harry entrecerró los ojos. ¿Estaba jugando con él o de verdad era tan inocente como aparentaba?

Donde empieza todo

—Mira, si no quieres venir, no vengas —siguió Victoria, y él detectó el dolor que ella intentaba disimular—. Buenas noches, Harrison.

Victoria se puso a correr. Harry habría podido atraparla sin ninguna dificultad, pero no lo hizo. Se quedó allí unos minutos confuso porque ella parecía estar tan afectada como él por su encuentro y porque no podía dejar de pensar en las palabras de Kev. «Eres un yonqui de los sentimientos». Si la esposa de Holmes tenía problemas y le pedía ayuda, sería incapaz de negarse, peor aún, algo le decía en su interior que le daría todo lo que ella le pidiera.

Harry se puso a correr a la velocidad que normalmente utilizaba, la que había ganado tras años de entrenamiento, y no tardó en ver a Victoria. No le reveló su presencia, la siguió hasta asegurarse de que llegaba sana y salva a casa y entonces dio media vuelta y se fue a la suya.

CAPÍTULO 6

Harry se pasó el día entero diciéndose que no iba a correr por el parque a las siete de la tarde. Cuando saliese del Capitolio, si seguía sin haber encontrado nada interesante, acudiría a las oficinas de su departamento y trabajaría un poco con Spencer. El instinto le decía que debían darse prisa y averiguar cuanto antes lo sucedido en Irak, no podía estar perdiendo el tiempo y no podía arriesgar su carrera profesional, su vida, por la atracción inexplicable que sentía hacia Victoria.

Se mantuvo firme. En las ocasiones en las que se reunió con el congresista Holmes durante la mañana, se repitió mentalmente que ese hombre era el marido de la mujer con la que se había pasado la noche soñando. Sí, al parecer había retrocedido en el tiempo y además de idiota se había convertido en un adolescente.

A las seis y media se había convencido de que no podía ir al parque, probablemente Victoria tampoco estaría. Se-

Donde empieza todo

guro que al volver a casa y ver a su esposo, Ben lo llamaba ella, se había dado cuenta de que no podía ir a correr con un hombre al que acababa de conocer y que la miraba como si se estuviese ahogando y solo ella pudiese salvarlo.

Sí, así era como Harry la miraba. Y tenía que dejar de hacerlo, por eso no fue al parque a las siete y se quedó hasta muy tarde trabajando en las oficinas con Dupont y Spencer.

—Creo que tengo algo —los llamó Dupont desde su despacho.

Harry y Spencer abandonaron sus ordenadores y caminaron hasta donde se encontraba el otro hombre. Spencer se detuvo un segundo frente a la máquina dispensadora de agua y bebió un poco. Harry se pasó las manos por el pelo y se apretó el puente de la nariz; estaba cansado y ansioso por terminar con ese caso y recuperar cierta calma.

—Uno de los exmilitares asesinado, el general Rotz, estaba trabajando para Industrias Wortex.

—No encontramos nada de eso cuando lo investigamos —apuntó Spencer al entrar.

—Cierto —siguió Dupont—, pero su viuda está cobrando una generosísima pensión de parte de Wortex. Mirad.

Dupont giró la pantalla de su ordenador hacia los otros dos hombres.

—Wortex es uno de los donantes de la campaña de Holmes. Esta mañana me he cruzado con su nombre en más de un documento —aportó Harry.

—Wortex es una de las mayores empresas de seguridad del país, si uno de sus hombres hubiese muerto en una de sus operaciones se habrían puesto en contacto con el gobierno.

—Tal vez no les interesa que se sepa.

—O tal vez son ellos mismos los que se esconden tras la muerte de Rotz.

—Tenemos que averiguar qué sucedió en ese hotel.

—Dupont miró a Harry.

—No he encontrado nada, excepto un exceso de medidas de seguridad.

—Están escondiendo algo.

Spencer jugó con un bolígrafo encima de la mesa de Dupont.

—Ahora que sabemos lo de Wortex me será más fácil buscar. —Harry volvió a tener la sensación de que debían darse prisa—. ¿No es extraño que una empresa de seguridad apoye a un candidato que está en contra de las armas?

—No necesariamente —les explicó Dupont entrelazando los dedos—. La ley solo prevé regular el uso de las armas particulares, una empresa de seguridad privada podría beneficiarse mucho con eso.

—Supongo.

—Si Wortex está pagando una pensión a la viuda de Rotz, tal vez también la esté pagando a los familiares de los otros fallecidos —sugirió Spencer levantándose de la silla—. Si es así, lo averiguaré.

—Buena idea, tú deberías descansar un poco, MacMurray.

—Estoy bien, seguiré un poco más y me iré a casa. Quiero acabar con esto cuanto antes.

Dupont asintió y los tres hombres volvieron a perderse tras sus ordenadores.

Harrison apenas durmió esa noche, se despertó sudando por culpa de otra pesadilla y al final se dio por vencido y salió de la cama. Se sirvió una copa igual que había he-

Donde empieza todo

cho noches atrás y puso en marcha el ordenador para hacer lo que se había prometido que no haría: investigar el pasado de Victoria.

No encontró nada oscuro ni turbio, se negó a mirar las fotos de la boda pero tras terminarse la copa llegó a la conclusión de que se merecía ese castigo. Victoria y Benedict Holmes se casaron justo antes de que él iniciase su carrera política. Ella estaba preciosa en la boda, aunque parecía levemente asustada. Harry supuso que era normal, él también se asustaría si tuviese un ejército de fotógrafos disparando como posesos. En la prensa se rumoreó que el motivo de la boda era un embarazo, algo que quedó desmentido unos meses más tarde, cuando comprobaron que la silueta de Victoria no cambiaba. También se rumoreó que Ben había mantenido una aventura prematrimonial, pero el rumor cayó por su propio peso.

Ojalá Ben Holmes le fuese infiel a su esposa, pensó Harry, sintiéndose como un miserable inmediatamente después. Esa clase de traición debía de doler, y él no quería que Victoria sufriese. Por eso una parte de él no quería que Ben Holmes estuviese involucrado en los asesinatos de Irak, ni encontrar indicios que pudiesen acusarlo de haber traicionado a su país.

Llegó la hora de ir a trabajar y Harry se duchó para sacudirse de encima el cansancio y los sentimientos que habían hervido en su interior durante toda la noche. Aparcó en la zona de empleados del Capitolio y se dirigió a las oficinas de Holmes, una vez allí saludó a sus compañeros y, mientras fingía ser un miembro más del equipo del congresista, buscó en los archivos todas las referencias a Wortex y su empresa, por pequeñas que fueran.

Encontró muchísimas, en realidad le sorprendió la cantidad de correos que se habían intercambiado el congresista y Bradley con el señor Wortex en persona o con su mano derecha, Peter Yates. En la agenda también comprobó que Holmes y Bradley se habían reunido en múltiples ocasiones con Wortex y Yates. Y fue en una de esas notas de agenda donde encontró unos números que no logró descifrar.

Todavía.

Esa noche sí salió a correr, necesitaba desconectar un rato antes de sentarse con un bloc de notas y esos malditos números delante. Se puso la ropa de deporte, cogió el i-pod y fue al parque. Llevaba corriendo una hora cuando la vio.

Ella fingió no verlo y siguió corriendo. A Harry le dolió que lo ignorase aunque supuso que se lo tenía merecido por haberla dejado plantada el día anterior. A juzgar por la reacción de Victoria, y por cómo de recta tenía la espalda, era evidente que ella sí había acudido a su cita en el parque.

—Maldita sea —farfulló.

Aceleró el paso y no aminoró hasta alcanzarla. Corrió junto a ella, adecuando la distancia de sus pisadas a las de ella, y Victoria siguió ignorándolo.

—Hola.

Nada, ella no le contestó y aceleró la marcha. Victoria debía de saber que no lograría dejarlo atrás, aunque tal vez supuso que él se daría por vencido y se iría. Harrison no tenía intención de hacer ninguna de las dos cosas. Volvió a colocarse junto a ella.

—Siento no haber venido ayer.

Silencio. Victoria corrió más deprisa.

Harry también aceleró.

—Lo siento. Quería venir.

Donde empieza todo

Victoria se detuvo en seco y lo miró furiosa. Estaba sudada por la carrera, preciosa. Llevaba el pelo negro recogido en una coleta y ropa de deporte ajustada también oscura. Era evidente que corría con normalidad porque los zapatos estaban gastados y no eran de ninguna de esas marcas sofisticadas cuyas prendas son inútiles para hacer deporte de verdad.

—Entonces, ¿por qué no viniste?

¿Qué podía responderle? No podía decirle «No vine porque me siento atraído por ti y estoy espiando a tu marido».

—No importa —dijo ella ante su silencio—. Solo quería correr contigo, nada más. Pensé que podríamos ser amigos.

Eso sorprendió y emocionó a Harry. Esa mujer le estaba volviendo loco sin saberlo.

—¿Amigos?

Victoria se sonrojó y se apartó un mechón de pelo que se le había soltado de la coleta.

—Aquí en Washington no tengo demasiados y en la sala de reuniones pensé... Da igual.

—No da igual.

De repente esa frase era de suma importancia.

—Pensé que me veías de verdad, aquí la gente suele verme como un accesorio parlante que cuelga del brazo de Ben.

—Yo te veo.

Victoria le sonrió. Harry tuvo el presentimiento de que nunca había dicho nada tan importante a nadie.

—Será mejor que siga corriendo —dijo Victoria señalando el camino—, tengo que volver a casa dentro de un rato.

Harry asintió y le dejó reanudar la marcha, pero unos instantes después sus pies se pusieron en marcha y persiguió a Victoria. Le habló cuando volvió a quedar a su lado.

—¿Te importa que corra contigo? —le preguntó.

Victoria giró la cabeza para mirarlo y le sonrió.

—No, por supuesto que no.

Llegaron al final del recorrido en silencio y no volvieron a detenerse hasta alcanzar el banco que estaba frente a la salida del parque.

—¿De verdad quieres que seamos amigos?

La pregunta no había parado de darle vueltas por la cabeza y Harry necesitaba saber la respuesta antes de seguir adelante. Aquella mujer lo afectaba demasiado y si se acercaba a ella, aunque fuese solo como amigo, estaría arriesgando no solo su futuro profesional, sino también su corazón.

—De verdad.

—Está bien. De acuerdo.

A Victoria le brillaron los ojos y Harry tuvo que apretar los dedos y fingir que se ataba de nuevo los cordones de los zapatos para no tocarla.

—¿Corremos juntos mañana? —le preguntó ella.

—Claro.

Victoria se puso en marcha y se dirigió hacia la salida, aunque al llegar a la verja se dio media vuelta y, corriendo hacia atrás, le dijo:

—Hasta mañana, Harry.

Él se esperó allí unos segundos e, igual que la primera vez que coincidieron, la siguió hasta que llegó sana y salva a su casa.

Harry pensó que tal vez el congresista Holmes le haría algún comentario sobre lo sucedido, que quizá le diría que sabía que había estado corriendo con su esposa o algo por el estilo, pero Ben Holmes no le dijo nada. Nada que pareciese indicar que estaba al corriente de que Harry y Victoria habían coincidido en el parque. Harry tampoco compartió esa

Donde empieza todo

información con el congresista, su amistad con Victoria era muy reciente y le correspondía a ella decidir si quería decírselo a su marido y cuándo.

No consiguió descifrar el significado de esos números, aunque Spencer encontró pruebas de que Wortex había, efectivamente, indemnizado a los familiares de los cuatro hombres fallecidos en Irak.

Dupont, por su parte, estaba investigando las cuentas de Wortex, lo que resultó ser mucho más difícil de lo que había anticipado pues incluso un hombre con su experiencia y con sus acreditaciones tenía el acceso limitado a ciertos documentos. Eso no era ningún problema, Dupont podía saltarse cualquier obstáculo que encontrase por delante, era sencillamente inquietante.

Harry acudió al parque a la hora acordada con Victoria. A lo largo del día había pensado varias veces en esa cita y en todas las ocasiones había sonreído. Tenía ganas de verla, esa era la pura verdad. Cuando llegó allí ella ya lo estaba esperando con una sonrisa y casi sin decirse nada iniciaron la marcha.

—¿Cómo te ha ido el día? —le preguntó Harry pasados unos cuantos árboles y, al ver que ella lo miraba extrañada, añadió—: ¿Qué? ¿No dijiste que querías que fuéramos amigos?

—Sí, eso dije. —Victoria le sonrió—. Mal.

—¿Por qué?

—No quiero aburrirte.

Pasaron por encima de un puente de madera.

—Abúrreme.

—Es el caso en el que estoy trabajando, una disputa por una patente.

—Tienes razón, suena aburridísimo. Sigue.

—Cada vez que creemos tener la prueba definitiva para demostrar que nuestro cliente es el autor y por tanto el propietario de la patente, la otra parte aporta otra distinta que echa por tierra nuestra defensa.

—¿Qué clase de patente es?

—Industrial, una máquina para hacer memorias diminutas, o algo así.

—¿El diseño lo hicieron en un ordenador?

—Sí, creo que sí.

—Hay un modo de demostrar quién creó el archivo original.

Victoria se detuvo de repente.

—¿Lo dices en serio?

Harry se detuvo y se giró hacia ella. Victoria tenía las palmas apoyadas en los muslos y la respiración entrecortada.

—Sí. Si quieres, puedo pasarme y echar un vistazo.

Victoria le rodeó por el cuello y lo abrazó durante un segundo. Él se quedó sin aliento y se tensó, y ella lo soltó de inmediato.

—Lo siento —farfulló.

—No, no lo sientas.

Harry se puso a correr para evitar pensar en cómo había reaccionado su cuerpo ante ese inocente y brevísimo abrazo. Pensó que ella no lo seguiría, seguro que había notado la tensión y se sentía incómoda, pero unos segundos más tarde oyó las pisadas de Victoria.

Terminaron el recorrido de nuevo en silencio, porque Harry habría sido incapaz de hablar si Victoria hubiese iniciado una conversación. Todavía no podía creerse que ella

Donde empieza todo

le hubiese seguido. En la despedida Victoria se acercó a él, no se detuvo hasta que apenas había un paso entre los dos. Harry siempre se esforzaba en mantener más distancia. Tenía que hacerlo.

—¿Has dicho en serio lo de antes?
—¿El qué?

A Harry le costaba pensar.

—Lo de pasarte a echar un vistazo. Me ayudaría mucho.
—Claro.

No podía negarse.

—¿Cuándo te va bien?
—A la hora de comer. Por la mañana tenemos una reunión con todo el equipo.

La mención a su trabajo hizo que Victoria retrocediese y Harry imaginó que recordar que él trabajaba para su marido la hizo replantearse lo que estaba sucediendo.

—Gracias. Nos vemos mañana. —Se puso a correr hacia la salida—. Buenas noches, Harrison.
—Buenas noches.

Como un idiota volvió a seguirla como hacía siempre.

Harry se maldijo mil veces por haberse ofrecido a ayudar a Victoria con su caso. ¿Qué clase de idiota sadomasoquista era? Lo que tendría que hacer era alejarse de ella, no volver a verla nunca más y no quedar con ella en su bufete. Podría haberse inventado una excusa, cientos de ellas, podría haberla dejado plantada sin más, así ella se sentiría ofendida y probablemente no volvería a dirigirle la palabra.

A las doce y media estaba en la puerta del bufete de abogados donde trabajaba Victoria. Le atendió una recepcionista muy elegante y cuando esta le dijo que la señora Holmes lo estaba esperando, Harry sintió un escozor en la piel. No le sentaba nada bien que le recordasen que ella le pertenecía a otro, aunque más le valía tenerlo presente.

Caminó solo hasta el despacho que le indicó la recepcionista y pensó que Victoria no parecía encajar allí. Sacudió la cabeza molesto consigo mismo, ¿qué sabía él de Victoria? Nada, excepto lo que había leído en el expediente y, según esos datos, ese bufete era el lugar perfecto para ella.

La Victoria del expediente, sin embargo, no era la Victoria que él había visto entrar cantando en la sala de reuniones, ni tampoco la que corría por el parque.

Llamó a la puerta y esperó a abrirla a que ella le diese permiso.

—Hola, Harry, iba a ir a buscarte a recepción, pero me han llamado por teléfono.

—No te preocupes.

Ella se levantó y le sonrió nerviosa.

—¿Has comido?

—No, todavía no. —Se metió las manos en los bolsillos—. ¿Puedo ver los documentos de la patente?

—Claro, por supuesto. —Se apartó del escritorio y le ofreció el asiento—. Será mejor que te sientes tú, así será más fácil.

Harry se quitó la cazadora y la dejó en el respaldo de una de las dos sillas que había frente a la mesa de Victoria. Notó que ella lo observaba pero fingió no verlo y caminó hasta el lugar que le había indicado. Olía tan a ella que la cabeza le dio vueltas durante unos segundos y no ayudó que Victoria se apoyase en el escritorio, justo al lado del teclado.

Estaba demasiado cerca.

Donde empieza todo

Victoria le dio acceso a todos los archivos del ordenador sin cuestionarle si era de verdad necesario. Harry se sintió mal por ello, iba a ayudarla con el caso pero también aprovechó esa oportunidad única para instalar allí los mismos programas espía que había instalado en el resto de ordenadores de Holmes y de su equipo.

—Buscaré las fechas de creación de los archivos y comprobaré si hay rastro del mismo en los documentos de la otra parte.

—¿Puedes hacer eso?

—Claro.

Victoria lo miró entre intrigada y fascinada, y a Harry le gustó.

—¿Por qué trabajas como analista para un político? Podrías estar en California ganando mucho dinero.

—Me gusta Washington.

—¿Por qué?

—Aquí puedo ser útil.

Ella siguió mirándolo. Esas respuestas no la habían convencido, era de esperar. Confió en que no le hiciera más preguntas, Harry no quería mentirle y, si insistía, tarde o temprano tendría que hacerlo. «Ya lo estás haciendo».

—Yo estudié Derecho con ese mismo objetivo, soñaba con marcar la diferencia, con lograr algo importante.

—¿Y lo has conseguido?

—Todavía no.

Harry sonrió al comprobar el optimismo de Victoria. Esa mujer no se rendía con facilidad y no renunciaba a sus sueños. Cada detalle que descubría de ella hacía que le gustase aún más. Era horrible.

—Esto ya está. Aquí tienes los datos: las fechas de creación y de modificación de los planos de la patente y las fechas en que apareció en los ordenadores de la otra parte.

Victoria se colocó justo detrás de Harry para leer la pantalla, un mechón de pelo le acarició la mejilla y se estremeció. El perfume le entró por las fosas nasales y apretó los dedos sobre el reposabrazos para no sujetarla y sentarla encima de él.

—¡Esto es maravilloso, Harrison! Muchas gracias.

Tardó unos segundos en contestarle.

—De nada.

Victoria giró el rostro despacio, Harry sintió cada centímetro y, aunque mantuvo la vista al frente tanto como le fue posible, al final perdió la batalla y también se giró hacia ella.

Se quedaron mirándose, con la nariz de ella a unos pocos milímetros de la de él. Las gafas de Harry eran lo único que separaba esos ojos que se enredaban entre ellos. Los dos separaron los labios, sus alientos se abrazaron. Victoria tragó saliva y Harry respiró por entre los dientes. Él levantó una mano de la mesa y la acercó poco a poco a la cintura de ella. Nunca la había tocado, en el parque había logrado contenerse. Ahora ya no podía.

Dejó la mano encima de la falda, flexionó los dedos y Victoria cerró los ojos. Harry quería tirar de ella hacía él, tenerla más cerca, y al mismo tiempo era incapaz de hacerlo. Si cruzaba esa línea ya no podría volver atrás.

—Victoria, yo...

Unos golpes en la puerta los interrumpieron y ella se apartó tan rápido que sin quererlo empujó la silla donde Harry seguía sentado. Fue un movimiento brusco y sirvió para que él comprendiese el alcance de lo que había estado a punto de hacer.

Donde empieza todo

Había estado a punto de besar a una mujer casada en su lugar de trabajo.

Había estado a punto de besar a la mujer del congresista más querido de Estados Unidos.

Había estado a punto de besar a la mujer de un traidor. La puerta se abrió y entró un joven vestido con traje, probablemente otro abogado del bufete.

—Lo siento, no sabía que tenías visitas, Victoria.

El chico se fue sin ni siquiera mirar a Harrison.

—Será mejor que me vaya. —Se puso en pie y salió de detrás del escritorio. Colocó la silla en su lugar y, esquivando a Victoria, fue a por la cazadora—. Ahí está todo lo que necesitas.

Señaló la pantalla antes de dirigirse a la puerta. No iba a despedirse, ¿qué podía decir tras ese beso que no había llegado a existir? Había estado tan cerca de ese principio que tal vez podría imaginarse que había pasado.

—Espera, Harry.

Se detuvo dándole la espalda. Le costaba respirar, seguro que ella podía verlo, y no iba a darse media vuelta. Si no la veía le sería más fácil fingir indiferencia cuando volviese a coincidir con ella.

—Gracias —susurró Victoria, permitiendo que viese que estaba igual de afectada que él—. ¿Nos vemos esta noche en el parque?

Harry no contestó, salió por la puerta y llegar al ascensor sin girarse para mirarla le pareció una tortura.

Por supuesto que iba a ir al parque esa noche. Seguiría yendo hasta que Victoria descubriese la verdad y le odiase por ello.

CAPÍTULO 7

Sin la ayuda de Harry no habría ganado ese caso. Tras ese triunfo en el bufete confiaron más en mí, no solo en la reputación que les proporcionaba mi apellido de casada, y empezaron a asignarme casos más interesantes.

—¿Señora Holmes?

Me levanto sorprendida del suelo al oír la voz. Me están buscando, no sé cuánto rato llevo allí sentada pensando en Harry.

—¿Sí?

Salgo de detrás del árbol y me encuentro con un rostro con rasgos parecidos al de Harry, aunque no demasiado. Es evidente que son hermanos y también que son completamente distintos.

—Me ha parecido verla aquí, quería asegurarme de que estaba bien y no se había perdido.

—Sí, estoy bien, gracias. Lamento haberme alejado de

Donde empieza todo

los coches. —Lo miro un instante y me pongo nerviosa, tengo la sensación de que no le gusto—. Y lamento haber invadido sus tierras, señor MacMurray.

—Llámeme Kev, o Mac, si lo prefiere. El señor MacMurray es mi padre.

—Gracias, Mac. Siento haber invadido vuestra propiedad —repito, convencida de que tengo que disculparme.

—No pasa nada, este es uno de los lugares preferidos de Harry.

Camina hasta el árbol y toca el tronco con cariño. El uso del presente me sobresalta aunque me imagino que le llevará un tiempo relacionar a su hermano con el pasado y no con el futuro.

—Harrison hablaba a menudo de ti, aunque nunca me dijo que su hermano era el capitán de los Patriots.

Me sigue doliendo comprobar que Harry no compartió conmigo esa parte tan importante de su vida, yo estaba dispuesta a dársela toda.

—Harry es así, a él nunca le han importado demasiado esas cosas. Lo hace todo a su manera.

—Voy a echarle mucho de menos.

En cuanto las palabras salen de mi boca quiero recuperarlas, hacerlas desaparecer, pero ya es demasiado tarde. Mac me está mirando con suspicacia. Está adivinando demasiado y lo que no adivina seguro que lo deducirá en unos minutos. Necesito decir la verdad en voz alta y no se me ocurre mejor oyente que el hermano de Harrison.

—Yo también.

Asiento temblorosa y me seco una lágrima que ha reaparecido en mi mejilla.

—¿Le viste?

Mac entiende a qué me refiero y tiene la elegancia y la valentía de no fingir lo contrario.

—Sí.

Las pesadillas sobre el accidente no me dejan dormir. Si esa noche hubiese sido distinta, si no me hubiese comportado como una cobarde y hubiese sido capaz de luchar por mí, Harry seguiría vivo. Harry no se habría montado en la moto ni habría estado en esa horrible carretera si yo me hubiese ido con él tal y como le prometí que haría. Para Harry conocerme fue una desgracia. Para mí lo fue todo.

—¿Estaba... él...?

—No se enteró.

—Gracias.

Nos quedamos allí en silencio. Yo me voy secando las lágrimas, luchando por recuperar la calma. Kev MacMurray tiene la mirada fija en el establo que hay más allá y parece furioso con el mundo. El ruido de un motor de coche nos obliga a los dos a girarnos un segundo y observamos cómo se aleja el primer vehículo de la pequeña ermita.

—Victoria, ¿puedo llamarte así?

—Por supuesto.

—Espero que no te moleste la pregunta, pero quiero a Harry y necesito saber la verdad, ¿qué había entre vosotros? Porque esas lágrimas no son por la muerte de un buen empleado.

Se me acelera el corazón y empieza a sudarme la espalda. Podría mentirle a ese hombre, acabo de conocerlo y lo más probable es que no vuelva a verlo nunca. Sin embargo, no voy a hacerlo.

Donde empieza todo

—Tu hermano me salvó la vida, yo le quería. —Me seco una lágrima y me corrijo—. Le quiero.

Mac ahora parece más furioso que antes y me mira con los ojos entrecerrados.

—Lo siento —añado—. La verdad es que no había nada entre nosotros. Él estaba dispuesto a todo, pero yo no me atreví.

—¿Le quieres?

—Sí.

—Maldita sea —refunfuña para sí mismo—. Maldito seas, Harry.

—No te enfades con él, por favor.

—No estoy enfadado con él, estoy... —Se pasa las manos por el pelo—. Todo esto es muy frustrante.

—Lo sé, lo siento.

—No te disculpes, Victoria. —Me coge las manos en un gesto cálido y reconfortante—. No conozco tu historia, tal vez algún día quieras contármela, y no voy a juzgarte. En mi experiencia, el amor no entiende de reglas. Me alegro de que mi hermano te tenga a su lado.

—¿Victoria?

Oigo la voz de Ben y Mac me suelta las manos antes de contestar por los dos.

—¡Estamos aquí, señor Holmes! —Me tiende el brazo—. ¿Vamos?

Le cojo del brazo y me guía por entre las raíces del árbol de nuevo hasta el camino. Ben está a unos metros de distancia, ha dejado de caminar en cuanto nos ha visto y nos está esperando. Ya no habla por teléfono y nuestro coche ya está en marcha. De repente me doy cuenta de que no quiero irme de allí, no quiero perder ese último vínculo con Harry. Se me acelera la respiración y me tiemblan las piernas. Mac pone una mano encima de la mía y la aprieta suavemente.

—Tranquila, todo saldrá bien.

Suena paternal, me imagino que es el tono de voz que utiliza cuando habla con su hijo pequeño. Harrison me contó que tiene un sobrino de unos meses y estoy segura de que el hombre que me está consolando se pierde por ese niño.

—No, es imposible.

¿Cómo puede decirme que todo saldrá bien cuando Harry ya no está? Le miraría furiosa y le gritaría, pero tengo que contenerme porque Ben está mirándonos y porque en realidad nunca ha sucedido nada.

—Dentro de unos días iré a Washington —me dice—, tengo que ir a la casa de Harrison para resolver unos asuntos pendientes. Me vendría muy bien tu ayuda, Victoria. ¿Crees que podría llamarte?

Debería decirle que no, acabar con esa tortura de una vez por todas. Mi boca y mi corazón opinan lo contrario al responderle:

—Claro. Mi número de teléfono es...

—No te preocupes, sabré encontrarlo.

No tengo tiempo de preguntarle cómo piensa hacerlo, Ben ya está junto a nosotros y le está estrechando la mano dándole las gracias. En el coche de regreso deduzco que su esposa Susana podrá conseguírselo, trabaja en televisión y tiene un programa de mucha audiencia.

Ben ha empezado a hablarme de una cena a la que debemos asistir en unos días y después ha seguido con los pormenores de las últimas donaciones que ha recibido. Cierro los ojos, estoy cansada y si los mantengo abiertos

Donde empieza todo

cinco minutos más me pondré a llorar. Muevo la espalda hasta encontrar una posición relativamente cómoda y, a medida que nos alejamos del rancho de los MacMurray dejo de sentirme observada. Es curioso, antes de subir al coche he tenido incluso la sensación de que alguien me estaba mirando fijamente, sin embargo allí no había nadie.

Intento dejar la mente en blanco, olvidarme del ataúd, de las palabras amables de los padres de Harry, de la extraña conversación con su hermano, de lo cerca que me he sentido de él mientras sujetaba aquel viejo cómic.

Harry ha muerto y no tengo más remedio que olvidarle.

El coche nos lleva directamente al aeropuerto privado donde nos está esperando el avión particular con el que volaremos de regreso a Washington esa misma noche. Ben me deja dormir durante el trayecto por tierra y también por aire. Ahora que ha cumplido con su faceta humana vuelve a ser cien por cien el político dedicado. Bradley no ha asistido al funeral de Harrison, pero está dentro del avión trabajando. En cuanto hemos entrado se ha dirigido a Ben y lo ha saturado a preguntas.

Miro a Ben un segundo antes de alejarme y él me sonríe y guiña un ojo. Hemos asistido al funeral de Harry porque trabajaba para la campaña, entre él y Ben nunca llegó a existir una amistad. En realidad, me sacude un escalofrío y me rodeo con los brazos. Harry tenía que contenerse para no hablar con Ben y contarle la verdad. No lo hizo porque yo le pedí que esperase. Me siento en el asiento y me pongo el cinturón de seguridad. El avión no tarda en despegar y yo dejo vagar la mirada por la ventana. No se ve nada excepto las nubes.

Si Ben hubiese adivinado lo que estaba sucediendo entre Harry y yo, lo que los dos intentamos evitar con todas nuestras fuerzas, tal vez no me sentiría tan mal. Les he fallado a los dos, irremediablemente.

Hubo una noche en la que pensé que Ben lo sabía. Volví a casa después de correr por el parque y me estaba esperando para cenar. Eso en sí no era ninguna novedad. A pesar de lo mucho que nos habíamos distanciado los últimos años, si los dos estábamos en casa cenábamos juntos. No sé si lo hacíamos porque queríamos o para mantener las apariencias, pero lo hacíamos. Le pedí que me esperase y subí a ducharme. Estaba con el albornoz frente al espejo cuando Ben entró y se colocó detrás de mí. Me dio un beso en el cuello y deslizó una mano hasta el cinturón de algodón. Lo detuve, tuve que detenerlo porque supe que iba a ser incapaz de besarlo y de estar con él. Encontré los ojos de mi marido en el espejo y lo que vi en ellos me heló la sangre, pensé que de un momento a otro iba a preguntarme qué me pasaba, o que iba a mencionar la extraña atracción que existía entre Harry y yo. No hizo nada, solo me miró. Yo acabé farfullando que estaba cansada y Ben se apartó tras darme un beso en lo alto de la cabeza.

Cenamos como si nada, él me habló de una discusión que había mantenido con Bradley acerca de unos cambios que querían impulsar en una ley y me preguntó por mis casos en el bufete. Nos acostamos y antes de apagar la luz susurró: «Tal vez mañana podrías quedarte en casa y no salir a correr, así seguro que descansas».

No sé si lo dijo con doble intención, la verdad es que se quedó dormido casi al instante mientras que yo no pegué ojo en toda la noche. Al día siguiente no fui a correr, me quedé en casa nerviosa, preocupada por si Ben intentaba

Donde empieza todo

besarme de nuevo y hacerme el amor. Me dije que no pasaba nada, era mi marido y le quería, aunque si cerraba los ojos no era su rostro el que veía. Esa noche Bradley se quedó a cenar y después Ben y él se encerraron en su despacho para seguir trabajando, yo suspiré aliviada y una parte de mí me odió por ello.

¿Estaba traicionando a Ben cuando en realidad entre Harry y yo no había pasado nada?

Sentía que sí, que la traición de mi corazón era mucho más profunda y cierta que la que mi cuerpo se había negado a realizar.

Ahora que Harry ya no está siento que les he traicionado a ambos. Tengo que ser valiente y reconocer lo que siento, luchar por lo que quiero.

Tengo que decirle a Ben que no podemos seguir juntos, que quiero el divorcio. Esperaré a que termine la campaña y le ayudaré en todo lo que pueda; aunque ya no esté enamorada de él, todavía le quiero. Hay gente que me aconsejaría mantenerme callada, seguir con Ben e intentar volver a enamorarme de él, sería lo más cómodo sin duda.

No puedo.

El avión aterriza en un aeropuerto privado cerca de George Town y yo apenas he sido consciente de que estábamos volando. En Texas, en el rancho de los MacMurray, me sentía observada, como si alguien me estuviese siguiendo con la mirada. Aquí, en casa, me siento completamente sola. Es extraño, esa extraña sensación en cierta manera me ha reconfortado. Llegamos a casa media hora más tarde, los agentes del servicio secreto que nos han acompañado se despiden de nosotros, y también Bradley. Ben va directo a la cocina para servirse un vaso de agua.

—Tengo hambre.
Le oigo desde la escalera y le contesto:
—Yo no, pero si quieres te preparo algo.
—No, no te preocupes, me haré un sándwich.
Subo tres escalones y su voz vuelve a detenerme.
—¿Victoria?
—¿Sí?
Giro y le veo en la puerta de la cocina.
—Gracias por acompañarme, sé que no te gusta asistir a esta clase de cosas.
Me cuesta tragar saliva.
—No era una cosa, era el funeral de Harrison.
Aprieto la barandilla de la escalera porque me tiemblan las piernas. Ben fija la mirada en mi mano durante un segundo y después la lleva a mis ojos.
—Sí, tienes razón. Es una lástima que MacMurray haya muerto de esa manera, probablemente podría haberse evitado.
Se me revuelve el estómago, es imposible que esté insinuando lo que creo.
—¿Por qué lo dices?
—No sé. —Se encoge de hombros—. Si hubiera ido más despacio tal vez habría podido esquivar ese camión. Es una lástima, una verdadera lástima.
—Sí, los accidentes siempre lo son.
Tiene los ojos fríos y una peculiar sonrisa en los labios. Es una mueca que le he visto cientos de veces en actos políticos, pero hasta ahora nunca dirigida a mí.
—Pareces muy afectada por su muerte.
Aquí está, lo sabe.
—Lo estoy.

Donde empieza todo

Trago saliva. Lo de ser valiente es mucho más duro de lo que he anticipado.

—Bueno, supongo que es normal. Ha sido muy repentino. Se te pasará, ya lo verás. ¿De verdad no te apetece comer nada? Voy a preparar uno de mis sándwiches con ensalada.

¿Qué está pasando? ¿Está jugando conmigo? ¿Soy yo la que está demasiado alterada y empieza a ver fantasmas? No soy capaz de adivinarlo, así que opto por responder únicamente a la pregunta que me ha hecho.

—No, no tengo hambre. Gracias.

Sube los hombros de nuevo y gira hacia la cocina.

—Buenas noches, cariño, que descanses. Yo subiré dentro de un rato.

¿Ya está? ¿Eso es todo?

Me doy la vuelta, atónita, y, tambaleándome un poco, subo el resto de escalones hasta nuestro dormitorio. Me desnudo y con el camisón voy al baño a desmaquillarme. Tengo las mejillas marcadas por lágrimas que acabo de derramar sin darme cuenta. Ben las tiene que haber visto y no ha dicho nada. El jabón y el agua fría me enrojecen el rostro. Estoy exhausta. Camino hasta la cama, aparto los cojines de decoración y al sentarme abro el cajón de mi mesilla de noche. Corrí un riesgo absurdo al hacerlo, aunque ahora me alegro de haberla guardado allí. Cojo la novela que estoy leyendo, una ficción histórica preciosa, y busco el punto de lectura. Es una fotografía de Harry y de mí.

La acaricio con los dedos. Lloro.

—Harry.

CAPÍTULO 8

La primera prueba que confirmaba la relación entre el entorno del congresista Holmes y las cuatro muertes en Irak apareció en el ordenador personal de Victoria.

Harry se negó a creerla.

—Tú mismo dijiste que ese ordenador solo lo utiliza la esposa de Holmes —le recordó Dupont.

—Tiene que haber otra explicación. Es imposible que ella esté relacionada con Wortex y los asesinatos.

—En realidad, tiene sentido —Spencer se unió a la conversación—, es la candidata perfecta. Nadie sospecha nunca de la esposa abnegada.

Harry fulminó a su compañero con la mirada.

—No. Tiene que haber otra explicación. Ese ordenador estaba en su despacho a la vista de todo el mundo, cualquier podría haberse colado allí y manipularlo. Además, se lo lleva a su casa casi a diario, el mismo Holmes o cualquier miembro de su equipo puede haberlo utilizado.

Donde empieza todo

—Tal vez —reconoció Dupont—, pero no podemos descartar a la señora Holmes sin más. De momento es nuestra sospechosa más fiable.

—Es una estupidez, en los vídeos del Green Pomegranate no hay ni una sola imagen de ella con Wortex o alguien de la empresa de seguridad. La están utilizando, lo sé.

—Demuéstralo. Hasta entonces seguiremos investigando, MacMurray.

El documento que habían encontrado en el ordenador de Victoria era la copia de unos informes sobre la manera más fácil y rápida de provocar un altercado en Irak con consecuencias internacionales. El documento había sido borrado, pero el dispositivo de Harry había logrado dar con él de todos modos.

Bastaba con matar a la persona adecuada en el lugar adecuado en el momento preciso para que estallase una guerra, o como mínimo un conflicto internacional con las correspondientes consecuencias bélicas y económicas.

El informe no estaba completo, la gran mayoría de datos habían sido correctamente eliminados y era imposible detectar su procedencia. Sin embargo, era una gran pista y un gran avance en su investigación porque la vertiente de Wortex les estaba costando más de lo que habían temido.

Harry salió furioso de la reunión que había mantenido con Dupont y Spencer. La habían organizado después de la jornada laboral de Harry para no despertar sospechas, aunque Harry estaba seguro de que nadie desconfiaba de él en el Capitolio. Si se daba prisa podía ir a casa, cambiarse e ir al parque para correr con Victoria.

Había tenido mucha suerte de que ni Dupont ni Spencer supiesen de sus encuentros en el parque con ella. Spencer lo habría insultado y le habría preguntado si se había vuelto loco. Dupont le habría echado del caso. Tanto si Victoria era inocente como si no —y lo era—, Harry había cometido un grave error involucrándose personalmente con ella, aunque no lo cambiaría por nada. Nunca se había sentido tan vivo, tan intrigado, como cuando la veía. Entre ellos dos no había sucedido nada, el momento que habían estado más cerca el uno del otro había sido ese medio día en el despacho de Victoria, y los dos lo habían evitado desde entonces.

Era como un baile de época cuando las parejas bailaban la una frente a la otra sin tocarse, mirándose a los ojos, imaginándose qué pasaría si pudieran rozarse.

O quizá estaba todo en su imaginación.

Harry aparcó la moto en el garaje y no se permitió cuestionarse lo que estaba haciendo, porque si se detenía a pensar tendría que quedarse en casa y dejar plantada a Victoria. Lo más inteligente, lo más cauto para ambos sería que no volvieran a verse nunca más. Él tendría que esperar a averiguar la verdad sobre esos cuatro asesinatos y no debería volver a pensar en ella hasta que supiese que era inocente.

Y hasta que dejase de estar casada.

—Maldita sea.

Se vistió y corrió hacia el parque donde sabía —esperaba— que encontraría a Victoria. Mientras cruzaba las calles se planteó la posibilidad de contarle la verdad y preguntarle directamente si estaba al tanto de la existencia de ese documento tan incriminatorio. Sin embargo,

Donde empieza todo

los años de experiencia le aconsejaron lo contrario. No podía correr el riesgo de echar a perder la operación en el improbable caso de que Victoria estuviese involucrada.

Tenía que seguir mintiéndole sobre su trabajo y sobre sí mismo, incluso sobre sus sentimientos. Y tenía que seguir espiándola en secreto.

Estaba cansado de tantas mentiras y algo en su interior le decía que acabaría pagándolo muy caro.

Llegó al parque y cuando la vio se detuvo a mirarla. Ella todavía no le había visto y aprovechó esos instantes para observarla a escondidas. Victoria estaba sentada en un banco y jugaba nerviosa con la punta de un pie con los guijarros del suelo. Tenía una mano sobre las láminas de madera y con la otra se colocaba un mechón de pelo detrás de la oreja. Se estaba mordiendo el labio, podía verlo desde allí. Los ojos los tenía entrecerrados, echó de menos ver el verde grisáceo que se le metía en la piel. El corazón le subió por la garganta y sintió lo mismo que sentía siempre que la veía.

Tenía que estar con ella.

Más allá de lo lógico, de lo razonable, tenía que conocer de verdad a esa mujer y averiguar cómo había acabado casada con otro. Él nunca se había imaginado cómo sería enamorarse, siempre había dado por hecho que sería un proceso normal y natural, como crecer o aprender a montar en bicicleta. Había oído cientos de veces la historia sobre cómo se conocieron sus padres y no se había escapado de ver las películas románticas con las que su hermana Lilian lo había torturado de pequeño. Harry se había reído de esos argumentos que presentaban a un hombre prácticamente cayendo rendido a los pies de una mujer, él jamás haría algo así.

La mañana que vio a Victoria la habría cogido en brazos y la habría besado allí mismo. Tuvo que contenerse para no hacerlo, su mente se rebeló ante tal comportamiento. Su cuerpo le gritó que se dejase de tonterías y fuese a por ella. Esa mujer era la única para él.

Allí, observándola a escondidas, sintió lo mismo. Después siguió la amargura al recordar que ella estaba casada, a lo que tenía que sumar que tal vez fuese una asesina o una traidora.

Era cómico cómo el destino le había demostrado que el amor a primera vista existía. Aunque si solo hubiese sido eso, un absurdo amor a primera vista, tal vez lograría superarlo y olvidarla, pero cuanto más conocía a Victoria más perdido estaba, más cerca se sentía de ella y más la necesitaba.

Ella levantó la vista y lo vio, lo saludó con una mano y le sonrió. A Harry le dio un vuelco el corazón y corrió hacia el parque.

Corrieron el uno al lado del otro, sus carreras eran más y más largas y las aprovechaban para conocerse y estar cerca. Lo más cerca que podían.

Esa noche Harry le preguntó por los casos que estaba llevando, el día anterior Victoria le había parecido más preocupada que de costumbre. Ella le contó que uno de los casos que había aceptado llevar en el turno de oficio estaba resultando ser más complicado de lo que había creído, se trataba de una custodia; tras la muerte de la madre el hijo mayor quería quedarse con la custodia de sus hermanos pequeños y eliminar la del padre. El caso

Donde empieza todo

era claro según ella, el chico era responsable y tenía trabajo mientras que el padre era un exdelincuente reincidente y un alcohólico, aun así el juicio se presentaba difícil.

Harry la escuchó, le hizo preguntas y le dio su opinión cuando ella se la pidió, y se preguntó si después, cuando Victoria volviese a su casa, haría lo mismo con Ben.

Los celos lo estaban matando. Él se consideraba un hombre de ciencia, ajeno a esa clase de emociones completamente irracionales. Sin embargo, la realidad, el nudo que le retorcía las entrañas, le estaba demostrando lo contrario.

Tenía que alejar la mente de esa clase de pensamientos, Ben y Victoria estaban casados, ella no le había dicho en ningún momento que tuviesen problemas, lo único que había sucedido entre ellos dos había sido ese beso que no había llegado a existir y sus encuentros en el parque. Tenía que centrarse en el trabajo y olvidarse del resto, de Victoria.

—¿Trabajas en casa?

—A veces. Casi siempre —reconoció Victoria tras sonreírle.

—¿Utilizas el mismo ordenador que en el bufete o tienes otro?

—El mismo, ¿por?

—Por nada, simple curiosidad. He pensado que si tenías dos tal vez podría instalarte un programa que te mandase automáticamente los archivos de uno al otro.

Victoria ladeó la cabeza un segundo y lo miró confusa. Harry disimuló lo mejor que pudo. Había sido un estúpido, se había comportado como un novato y la excusa que le había dado para justificar la pregunta sobre el ordenador era una solemne tontería.

—Solo tengo uno, pero gracias.

Harry asintió y no dijo nada más, lo más acertado sería dejar que el silencio les devolviese la normalidad. Victoria no le preguntó por el trabajo, desde ese mediodía ella no había vuelto a preguntarle por nada que pudiese relacionarse con Ben Holmes. Tal vez no quería que una respuesta le recordase que su marido estaba siempre presente entre ellos dos.

Llegaron al punto donde solían iniciar su regreso y, Harry que seguía maldiciéndose por su metedura de pata, la oyó decir:

—¿De dónde eres, Harry?

Le sorprendió tanto la pregunta que se tropezó con una piedra que había en el camino. Recuperó el equilibrio, siguió corriendo y sonrió al comprobar que a Victoria se le escapaba la risa e intentaba disimularlo.

—De Boston.

—Vaya. ¿Lo echas de menos?

—A veces.

—Tengo la sensación de que sé pocas cosas de ti y tú sabes muchas de mí.

Harry soltó el aliento, no estaba preparado para esa conversación.

—Sé lo que sabe todo el mundo —reconoció enfadado. Él no podía hacer como ella y fingir que eran solo un hombre y una mujer que se gustaban e intentaban conocerse—. Eso no significa que sepa más de ti que tú de mí.

—¿Qué quieres saber?

Harry se quedó sin aliento y siguió corriendo porque si

Donde empieza todo

se detenía la cogería en brazos y no podían hacerlo. De todas las preguntas que podía hacerle, de todo lo que necesitaba saber sobre ella, solo había una cosa que de verdad le importaba.

—¿Estás enamorada de tu marido?

Victoria se detuvo en seco y Harry hizo lo mismo unos metros por delante. Él giró lentamente y vio que ella se llevaba una mano a los labios para contener la emoción que delataban sus ojos brillantes. Harry se pasó las manos por el pelo y se acercó a ella.

—Tenemos que hablar de esto, Victoria.

—No.

La negativa le frenó en seco los pies.

—¿No?

—No puedo.

Harry se frotó el rostro frustrado e intentó darle espacio, comprenderla. Estaba demasiado alterado. Descubrir ese maldito archivo en el ordenador de Victoria le había hecho comprender el riesgo real de lo que estaba haciendo.

—Sé que es difícil, Victoria, pero no podemos seguir fingiendo que no sucede nada entre nosotros.

—No ha sucedido nada entre nosotros.

En esa frase Harry detectó tristeza y consuelo y comprendió que ella se la decía a menudo, que se aferraba a esa verdad como un clavo ardiendo. Él libraba una batalla contra sus principios profesionales, contra sus instintos. Ella la libraba contra los suyos, Victoria no era de la clase de mujer que rompía sus votos matrimoniales por un capricho. Harry comprendió que igual que sabía con certeza que Victoria no había traicionado a su país y no había jugado ningún papel en el asesinato de esos cuatro hombres en Irak, también sabía que no traicionaría a su marido por un hombre que acababa de conocer semanas atrás. Sintiese lo que sintiese por ese hombre.

Se le rompió el corazón.

No solo no estarían nunca juntos sino que nunca hablarían de ello.

Tenía que irse de allí cuanto antes, ella estaba a punto de llorar y él estaba a punto de besarla. Las dos cosas les destrozarían.

—Me voy, Victoria. No volveré.

La recorrió con la mirada durante unos lentos segundos, se permitió bajar todas las barreras que siempre se obligaba a levantar y que ella viese lo que de verdad sentía. No pudo ocultar los sueños que había tenido sobre su futuro ni las preguntas que se había hecho sobre ellos y que jamás tendrían respuesta. ¿A qué sabían sus labios? ¿Qué pasaría cuando se besasen? ¿De verdad sus pieles se necesitaban tanto?

A Victoria le resbaló una lágrima por la mejilla, le recorrió el pómulo, rozó la comisura del labio y cayó al suelo.

Harry empezó a correr antes de que la lágrima se perdiera en la hierba. Le pareció oír su nombre, se negó a escucharlo y siguió corriendo. Esa noche no siguió a Victoria, no volvería a hacerlo nunca más. Cuando volviera a verla, si la veía, sería solo como la esposa de Benedict Holmes, el hombre al que estaban espiando.

Llegó a su casa y fue directo al garaje, donde colgaba un viejo saco de boxeo. No solía utilizarlo, pero esa noche agradeció tenerlo. Lo golpeó mientras intentaba soltar la

Donde empieza todo

ira y la rabia que llevaba semanas conteniendo. Hacer lo correcto era una auténtica mierda.

Acudió al Capitolio a primera hora de la mañana y se dedicó obsesivamente a trabajar. Cumplió con lo que se esperaba de él como analista del congresista Holmes y aprovechó cualquier segundo que le quedó libre para investigar cualquier rastro de Wortex. Mantuvo una línea de diálogo abierta con Spencer y supo que ni su amigo ni Dupont habían encontrado nada que demostrase la culpabilidad de Victoria. Por desgracia, tampoco habían descubierto nada que demostrase su inocencia.

No podían acudir a la fiscalía, ni a ningún lado, con las pruebas que contaban y sin embargo se habían producido dos altercados en Irak que indicaban que debían darse prisa. Mucha prisa. El primero de esos incidentes era la desaparición de un matemático iraní que había aparecido muerto horas más tarde. El segundo era el apagón de veinte minutos que habían sufrido distintos países árabes al mismo tiempo.

Harry se obligó a no ir a correr por el parque, estuvo tentado de hacerlo, había tenido que recurrir a toda su fuerza de voluntad para quedarse en casa. Al final había terminado dando otra paliza al saco de boxeo y maldiciéndose por ser tan estúpido. Lo que tendría que haber hecho era salir con Spencer y buscar una mujer con la que olvidarse de Victoria. No había pasado nada con ella, sería fácil sustituirla por otra.

Se le revolvieron las entrañas solo con pensarlo y se quedó en casa. Se encerró en el garaje y golpeó y golpeó el saco hasta que le dolieron las manos y el sudor le resbaló por los párpados.

El viernes, cuando creía que había pasado lo peor, el congresista los convocó en su casa para celebrar una reunión y evaluar la semana. No podía negarse, no tenía ningún motivo y no quería llamar la atención hacia su persona en ningún sentido. Además, a esa hora Victoria estaría en el bufete y no la vería. La echaba de menos. Aunque sin duda sería doloroso, le gustaría volver a estar cerca de ella solo unos segundos.

Para evitar sucumbir a la tentación Harry llegó a casa del congresista un poco tarde, calculó que Victoria ya habría salido y fue directamente a la sala sin aceptar un café de la cocinera de los Holmes.

La reunión fue larga y durante los descansos que hicieron no se levantó de la mesa y se quedó enfrascado con el ordenador.

Iba mirando las horas, congratulándose por estar sobreviviendo y maldiciéndose por no levantarse e ir en busca de Victoria o de algo que le recordase a ella.

A medida que iba acercándose el final del día iba poniéndose más y más nervioso, si no salía de allí antes de las seis la vería, si se retrasaba aún más la vería salir a correr y tendría que ir tras ella. Perdería el poco autocontrol y la casi inexistente calma que había recuperado.

A las seis el congresista Holmes se puso en pie y les dio las gracias por una semana de duro trabajo y grandes avances. Harry bajó la pantalla del ordenador y lo guardó en la funda con movimientos breves y certeros. Cogió el casco y apartó la silla poniéndose en pie, lo tenía todo calculado para salir de esa sala y montarse en su moto antes

Donde empieza todo

de que algo o alguien con una sonrisa demasiado dolorosa para su corazón lo detuviese.

Las palabras de Holmes le impidieron abrir la puerta.

—Sé que es precipitado y probablemente muchos de vosotros ya tengáis planes, pero tanto a mi esposa como a mí nos gustaría mucho que asistierais al baile que celebraremos mañana en el hotel Green Pomegranate para recaudar fondos. Vosotros no tenéis que donar, tranquilos.

Los compañeros de Harry se rieron. Él sujetó el casco tan fuerte que sintió crujir el plástico bajo los dedos.

CAPÍTULO 9

Harry abandonó la casa del congresista furioso consigo mismo y con el maldito destino por ponerle en esa situación. No podía negarse a asistir a ese baile, era una oportunidad única para pasearse por el hotel Green Pomegranate y husmear por las habitaciones que solía reservar el congresista y el resto de su equipo.

Tenía que ir.

Preferiría arrancarse todos los dientes y echarse aceite ardiendo encima antes que ver a Victoria ejerciendo de esposa perfecta.

Circuló con la moto por la ciudad durante una hora tras recibir la oportuna invitación de Holmes. En cuanto llegase a casa tendría que comunicárselo a Dupont y se pondrían en marcha para aprovechar al máximo la situación. Si hubiese encontrado la manera de no asistir y de que Spencer fuese en su lugar, lo habría hecho, pero en el mundo real no existían esas máscaras de silicona que con-

Donde empieza todo

vertían el rostro de un hombre en el de otro y tampoco le hacían crecer más de diez centímetros, que era la distancia que separaba su cabeza de la de su amigo. Spencer y Dupont estarían escuchándolo y observándolo desde la distancia, probablemente desde sus ordenadores portátiles en las oficinas de la nave industrial, pero a la fiesta asistiría él.

El sábado por la mañana llamó a sus padres. Robert y Meredith MacMurray no tenían ni idea de la verdadera profesión de su hijo, así que le preguntaron genéricamente por el trabajo sin entrar en detalles. Robert bromeó con su hijo y Meredith le preguntó si había conocido a alguna chica.

—No, mamá.

Era lo que le contestaba siempre y fue lo que le dijo aquel día. Sin embargo, Meredith no reaccionó como de costumbre.

—No te creo, estás distinto.

—¿Cómo lo sabes? Solo estamos hablando por teléfono.

—Exacto, nos has llamado tú. ¿Sabes cuándo fue la última vez que nos llamaste?

—Hablamos una vez por semana.

—Porque te llamamos nosotros, Harrison.

—Lo que tú digas, mamá, pero no he conocido a nadie.

—Lo que tú digas, Harrison.

Harry sonrió al imaginarse a su madre burlándose de él mientras le hacía señas a su padre. Se despidió de ellos tras preguntarles qué sabían de Kev y de Lilian y de escuchar que sus hermanos estaban bien.

Cuando terminase ese caso iría a verlos y buscaría la

manera de contarles en qué consistía de verdad su trabajo. Lo había hablado con Dupont y estaba de acuerdo, los MacMurray podían estar al tanto de parte de la verdad. Harry estaba convencido de que así se le quitaría un peso de encima y podría ser aún mejor en lo que hacía.

Pasó el resto del día en casa, repasó las pruebas que habían encontrado y releyó la información que habían reunido sobre Holmes y Wortex, porque quería estar lo más preparado posible por si conseguía oír o ver algo. Cuanto más tuviera asimilado más fácil le resultaría entender lo que tuviese delante. Una hora y media antes del baile se duchó y se vistió con un traje negro que solo utilizaba en eventos de sus padres o de su hermano. La última vez que se lo había puesto había sido para asistir a una entrega de premios deportivos en los que Kev fue elegido jugador del año. Harry se sentía muy orgulloso de su hermano mayor, era un hombre complejo e íntegro al que admiraba, y lamentaba mentirle tanto como a sus padres. Sí, decidió entonces, a Kev también le contaría la verdad.

Se puso el traje, se abrochó la camisa blanca y eligió una corbata también negra que cerró con un elegante nudo ancho, se peinó, se dejó la barba porque el sábado no se afeitaba y se puso las gafas. Ni se le pasó por la mente utilizar lentillas esa noche. Habría podido ir en taxi o coger su coche, no lo utilizaba casi nunca pero tenía, era un viejo todoterreno algo desgastado que lo había acompañado desde la universidad. Harry eligió la moto, en ella era él de verdad y esa noche ya estaba renunciando a bastantes cosas.

El Green Pomegranate era uno de los hoteles más lu-

Donde empieza todo

josos y caros de la ciudad, y también uno de los más elegantes. Lo visitaban a menudo gobernantes de otros países y allí se habían celebrado muchos actos políticos. Harry no aparcó en el parking del hotel. Como prefería tener su moto lejos de las cámaras de seguridad, la dejó dos calles antes de llegar y caminó el resto del trayecto. Dejó el casco en el guardarropía y con la mirada identificó los lugares que había memorizado tras visionar cientos de veces las imágenes grabadas. Todo estaba igual. Spencer había reducido el número de empleados del hotel que habían coincidido con los cuatro hombres asesinados a tres y Harry sabía sus nombres y podía reconocerlos. Además de mantener los ojos bien abiertos y estar pendiente de Holmes y de Wortex tenía que localizar a uno de esos empleados, o a los tres, y preguntarles sobre la noche de la presentación de la campaña del congresista.

La misión ya era de por sí difícil, el tiempo apremiaba y él no podía precipitarse ni levantar sospechas.

Si Victoria no hubiese asistido tal vez lo habría logrado, pero cuando la vio entrar, porque lógicamente el destino eligió que Victoria llegase justo cuando él estaba entregando el casco en el vestíbulo, se olvidó de todo.

Estaba preciosa, llevaba un vestido verde pálido con escote palabra de honor. La tela caía hasta el suelo dibujándole la silueta sin marcársela provocativamente. Era una insinuación, igual que su baile. Llevaba el pelo negro recogido en una pequeña trenza que empezaba en el lateral, justo encima de la oreja, y seguía por la cabeza hasta la nuca donde desaparecía y caían unos mechones. Las únicas joyas que llevaba eran unas diminutas esmeraldas en los lóbulos de las orejas que quedaban en ridículo comparadas con sus ojos.

Victoria lo vio allí de pie y le sonrió un segundo. Se alegraba tanto de verlo que se reflejó en sus ojos y a Harry le costó respirar. Fue breve, un regalo, porque el congresista apareció detrás de su esposa y la rodeó por la cintura. Él había descendido por la otra puerta del coche y había saludado a alguien antes de acercarse a ella. Sin soltarla, iniciaron juntos la marcha en perfecta sintonía. Era obvio que llevaban años el uno junto al otro. Harry apretó la mandíbula y Victoria se tensó, apartándose ligeramente del tacto de su esposo. El único que lo vio fue Harry, pero el gesto solo sirvió para recordarle que no podía mirarla de esa manera y se dio media vuelta.

Entró en el salón reservado para el baile y tras saludar a sus compañeros se dirigió a una de las barras y pidió un whisky. Lo bebió despacio. Si había soportado esa entrada bien podía quedarse y hacer jodidamente bien su trabajo.

Deambuló por el salón prestando atención a las distintas conversaciones que fluían despreocupadas a su alrededor. Wortex no había llegado todavía. Fijó la mirada en los empleados del hotel, eliminando los rostros que no encajaban. Sonaron las notas de una canción, se giró hacia la zona de baile y, cuando vio que el congresista Holmes sacaba a bailar a su esposa después de darle un beso en la mejilla, tuvo arcadas y optó por salir a tomar aire.

El hotel había reservado una parte del jardín solo para los invitados al baile del congresista, así que Harry recurrió a su trabajo en un intento de olvidar lo que había visto. Tal tenacidad se vio recompensada cuando vio pasar

Donde empieza todo

con una bandeja plateada en la mano a uno de los jóvenes que le interesaban. Thomas Tar.

Harry caminó tras Thomas, aunque no lo abordó hasta asegurarse de que no podía oírles nadie.

—Señor Tar, ¿tiene un momento?

El joven se detuvo, sin duda sorprendido porque Harry supiera su nombre.

—¿Necesita algo, señor?

—Me gustaría hablar con usted un segundo, si no le importa.

—Señor, yo...

—Es un asunto oficial —lo interrumpió. No llegó a identificarse, sencillamente utilizó un tono de voz autoritario y formal. Había descubierto que en muchos casos bastaba con eso.

—¿De qué se trata?

—¿Recuerda la noche del veintiuno de abril?

—No especialmente, señor.

—El hotel estaba reservado para la presentación de la campaña del congresista Holmes.

—Ah, sí, lo recuerdo.

—¿Recuerda a estos hombres?

Sacó las cuatro fotografías de los hombres asesinados. En ellas estaban en perfecto estado. Los dos profesores universitarios iban vestidos de civil, los otros dos, con el uniforme militar.

Thomas las observó con atención durante unos segundos. Parecía tomárselo muy en serio.

—A estos dos no —señaló a los profesores—. Pero a estos dos sí, discutieron con un cliente.

—¿Un cliente?

—Sí, me acerqué a ellos porque estaban los tres solos en un pasillo y pensé que necesitaban ayuda, pero en cuanto les oí discutir me alejé.

—¿Sabe quién era el otro hombre? —Siguiendo una corazonada sacó el móvil del bolsillo y buscó una imagen del señor Wortex—. ¿Era él?

—Sí —afirmó Thomas rotundo tras desviar la mirada hacia la pantalla.

—¿Oyó qué decían?

—Estos dos parecían opinar lo mismo e intentaban convencer a este otro. Lo único que oí con claridad fue lo enfadados que estaban.

—Gracias, señor Tar, me ha sido de mucha ayuda. Puede seguir con su trabajo, le agradecería que no le comentase a nadie nuestra charla.

—Por supuesto, señor.

Harry esperó a que Thomas se alejase unos metros para utilizar Wally y mandarle un mensaje a Dupont y a Spencer con lo que acababa de averiguar.

—¿*Y Wortex?* —Le escribió Dupont.

—*Todavía no le he visto.*

—*Ten cuidado.*

Harry cerró a Wally y volvió al baile. Victoria ya no estaba en la pista, en realidad no estaba por ningún lado, y decidió acercarse a la barra y pedir otro whisky, pues algo le decía que iba a necesitarlo. Unos minutos más tarde se le erizó la nuca y al girarse supo por qué: el congresista y su esposa estaban bailando de nuevo, generando suspiros por donde pasaban.

Iba a vomitar.

Se levantó del taburete donde estaba sentado y volvió a

Donde empieza todo

pasear y a esconderse en su trabajo. En una esquina del salón oyó una conversación de lo más interesante acerca de la colección de amantes de un juez y en otra se enteró de qué partes del cuerpo de una famosa presentadora eran operadas. La puerta principal se abrió y un extraño silencio se extendió sigilosamente por la sala.

El señor Wortex, su esposa y su séquito acababan de entrar.

Harry se quedó observándolos, irradiaban tanto poder que resultaban hipnóticos. Tardó demasiado en apartar la mirada porque una de las mujeres del grupo, una sobrina del poderoso empresario si a Harry no le fallaba la memoria, lo pilló y le sonrió confundiendo su curiosidad laboral por otra clase de interés. La mujer poseía un físico explosivo y una actitud acorde, así que no dudó en acercarse a Harry y entablar conversación con él.

En otras circunstancias se habría acostado con ella esa misma noche. Maldita fuera, probablemente se habría acostado con ella esa misma hora en una de las habitaciones del hotel. Esa noche, sin embargo, notó que Victoria lo miraba con ojos tristes y lo único que quería era alejarse de esa mujer tan voluptuosa lo antes posible.

Con un ojo en Wortex y otro en la zona de baile, Harry detectó el instante exacto en que Victoria soltó al congresista y caminó en dirección al jardín. Holmes, al verse solo, no dudó en acercarse a su invitado estrella y recién llegado para darle la bienvenida. Harry debería haberlo seguido, tendría que haberse acercado allí con cualquier excusa y escuchar esa conversación. Sin embargo, no dudó en seguir a Victoria.

En el jardín se encontraban los fumadores de rigor que

habían sido expulsados de los lujosos interiores del hotel por la nueva legislación, parejas que preferían su compañía a la de los demás, y también algunos solitarios. Victoria los esquivó a todos y buscó un rincón tranquilo donde serenarse. Harry estaba tan hambriento por verla y estar cerca de ella que no tardó en encontrarla sentada en un banco de piedra frente a una fuente donde flotaban nenúfares.

—Vete.

Lo recibió con esa palabra dándole la espalda.

—No voy a irme. Te he echado mucho de menos.

Victoria se dio media vuelta furiosa. Tenía los ojos rojos por las lágrimas y la rabia.

—Dijiste que no volverías nunca más.

—Fui un estúpido.

Ella se secó una lágrima y volvió a girarse. Aunque le daba la espalda ahora tenía los hombros agachados, tristes en lugar de enfadados.

—¿Vas a irte con Melisa?

—¿Quién es Melisa?

Se acercó a ella, se detuvo justo detrás, sin tocarla. Solo tenía que mover las piernas un centímetro más para rozarla, levantar una mano para acariciarle el pelo. Se las metió en los bolsillos.

—¿No sabes cómo se llama la mujer que te ha estado desnudando con la mirada?

—Solo te he visto a ti.

Victoria volvió a quedarse en silencio y se secó unas cuantas lágrimas más. Soltó el aire despacio y volvió a hablarle.

—Te he echado de menos estos días, Harry.

Donde empieza todo

—Yo también a ti.
—Ni siquiera sé tu número de teléfono, ni dónde vives. No sé por qué se me acelera el corazón cuando te veo, ni por qué me temblaron las piernas el día que te conocí. Ni por qué diablos creo que me moriré si no vuelvo a verte. Se suponía que estaba casada, Harry, que estaba enamorada de mi marido y que iba a estar toda la vida con él. Se suponía que mi vida estaba ya decidida y que ahora solo me tocaba seguir adelante.
Harry la escuchó y comprendió un poco mejor los miedos de Victoria, eran tan válidos y tan graves como los suyos.
—A mí también se me acelera el corazón cuando te veo, Victoria, y mi vida también se suponía que iba a ser distinta. No creía que fuese a empezar el día que te conocí.
—Oh, Harry, qué vamos a hacer...
Harto de esos milímetros que parecían separarlos eternamente, Harry se atrevió a tocar a Victoria. Se apartó de detrás de ella y caminó hasta quedar delante. Allí, muy despacio, levantó una mano y le acarició la mejilla.
En cuanto la piel de la palma de la mano rozó el rostro los dos se quedaron sin aliento.
—No lo sé.
Victoria cerró los ojos y Harry también lo habría hecho, tan fuerte era la emoción, pero no quería perderse ni un segundo y luchó para mantenerlos abiertos.
—La respuesta a tu pregunta es no.
—¿Mi pregunta? —Harry solo podía pensar en que estaba acariciando el rostro de Victoria.
—No, no estoy enamorada de mi marido, pero le quiero. No puedo fallarle ahora, no se lo merece.

Harry soltó el aliento y apartó la mano. Victoria abrió los ojos y buscó los de él reconociendo abiertamente lo que le había hecho sentir. Sin decir nada más, Harry se sentó a su lado y entrelazó los dedos con los de Victoria.

—No sé qué debo decirte, te odio por serle fiel a él y rechazar lo que podría existir entre nosotros y al mismo tiempo sé que no sentiría lo que siento por ti si fueras distinta. Maldita sea, Victoria, tiene que haber una manera.

—Podemos esperar a que finalice la campaña.

—No nos merecemos ser un secreto, Victoria. Lo nuestro ni siquiera existe, no quiero convertirlo en algo sórdido.

—Yo tampoco, yo... —se humedeció el labio— nunca me había sentido así. No sé qué hacer. No quiero dejar de verte, Harry. Por favor.

—No me pidas eso. Nos haremos daño.

—Lo sé, pero quiero verte. Necesito verte. Mañana es domingo, podemos ir a correr por el parque.

—¿Y esta noche te acostarás con tu esposo?

—¿Y tú? ¿Te acostarás con Melisa?

Harry apretó los dientes y apartó la mirada.

—¿Lo ves? Nos haremos mucho daño, Victoria. Deberíamos olvidarnos de que nos hemos conocido. Y no, no me acostaré con Melisa.

—Yo tampoco me acostaré con Ben —confesó ella en voz baja y sonrojada.

—Tengo que irme.

—Dime que nos veremos mañana. A las once, en el lugar de siempre.

—Tengo que irme. Adiós, Victoria.

Donde empieza todo

Harry intentó soltarle la mano, pero ella no se lo permitió.

—No voy a decirte adiós, Harrison. Me has obligado a estar una semana sin ti, a enfrentarme a mis sentimientos y a mis miedos, me has obligado a reconocer que estoy junto a un hombre que respeto pero que no amo. Has puesto en marcha mi vida y me has obligado a volver a empezar desde cero, así que no pienso soltarte y no pienso decirte adiós. Sé que me llevará tiempo, lo reconozco, ojalá te hubiese conocido hace unos años, cuando estaba sola y podía tomar una decisión sin pensar en cómo afectaría a otra persona. No ha sido así, y lo siento. Pero te he conocido, te he conocido ahora y quiero saber por qué siento como si mi corazón hubiese empezado a latir contigo. Si yo soy lo bastante valiente como para reconocer todo esto y decírtelo, si puedo afrontar todos estos miedos y abrirte mi alma como nunca se la he abierto a nadie, lo mínimo que puedes hacer tú es decirme que mañana vas a estar en el parque, ¿no crees?

Le apretaba tanto los dedos que le dolían y estaba tan enfadada que los iris parecían esmeraldas mojadas por la lluvia.

—¿Has acabado?

—Sí.

—Bien, porque voy a besarte.

Harry tiró de Victoria con la mano que ella le agarraba y le sujetó la nuca con la otra. No le dio tiempo de apartarse, no iba a correr ese riesgo. Le rozó los labios con suavidad un segundo y después los separó con los suyos para perderse dentro y descubrir el único sabor que quería tener a partir de entonces. Victoria tembló, Harry la pegó a su torso para demostrarle que él estaba igual de afectado y protegerla con el calor de su cuerpo. Gimieron y suspiraron, Harry movió la lengua para aprender cómo conquistarla y seducirla, almacenaba en su mente las reacciones de ella, cuándo suspiraba, cuándo le mordía los labios, cuándo gemía en voz baja. La besó tanto como pudo soportarlo, hasta que sintió que si no entraba dentro de ella se volvería loco. La besó buscando eliminar de los labios de Victoria el rastro de cualquier otro hombre y dejó que ella hiciera lo mismo con él.

Quería que ese beso fuese el primero de muchos, el único. La boca de ella era dulce y decidida, temblaba y se rendía a la de él con cada caricia. Harry suspiró y Victoria flexionó los dedos en la espalda de él. Las lenguas se rozaron, se acariciaron igual que querían hacer otras partes de sus cuerpos. Los labios intercambiaban secretos guardados durante mucho tiempo en sus almas. Por fin estaban juntos y no iban a separarse.

Los suspiros, los latidos, los besos siguieron lentos, rápidos, sensuales, sinceros, atormentados. Harry alargó cada segundo, nunca había besado así a nadie y se veía incapaz de parar, de interrumpirlo. Solo con pensar en que esa noche no estaría con ella, y ninguna otra noche en el futuro más cercano, le hacía hervir la sangre. Y si pensaba en Victoria en la cama con Holmes, quería gritar.

La abrazó con más fuerza y la besó posesivamente. Ningún otro beso lograría penetrar ni borrar el que él estaba dejando. Jamás.

—Harrison...

—No dejes que te bese, por favor —le pidió apoyando la frente en la de ella con los ojos cerrados.

Donde empieza todo

Victoria le acarició la mejilla.

—No le dejaré.

—Tengo que irme. Deja que me vaya. —Ella había vuelto a sujetarle los dedos con fuerza—. Mañana estaré en el parque.

Victoria le soltó y Harry se puso las gafas, que se había quitado mientras ella le destrozaba el corazón diciéndole lo que sentía por él, entró de nuevo en el salón, pidió otro whisky y fue detrás de Wortex y de Holmes.

CAPÍTULO 10

Tengo una foto de la noche del baile, la noche de nuestro primer beso. Evidentemente, Harry y yo no estamos juntos, aunque aparecemos los dos. Es una foto de una revista, en realidad, nos la sacaron cuando Ben y yo llegamos al baile y nos disponíamos a entrar en el hotel. Harry está al fondo, mirándome.

Conseguí una copia del original con la excusa de dársela al modisto que me había regalado el vestido que llevé esa noche y la tengo guardada entre las páginas del libro que estoy leyendo. Ben no la ha visto nunca, nadie la ha visto nunca, si la vieran no sospecharían nada. Harry aparece en una esquina. A mí me basta con saber que está allí.

Ayer por la noche me dormí llorando, el funeral fue muy emotivo y solo sirvió para que echase más de menos a Harry. Tengo que reconocer lo que siento, nuestros sentimientos se lo merecen. Tal vez es mi conciencia la que me obliga a hacerlo o tal vez el «más vale tarde que

Donde empieza todo

nunca» es ahora el eje de mi vida. Sea como sea, voy a hacerlo.

Giro el rostro y compruebo que Ben no se ha acostado, o si lo ha hecho ha decidido ocupar la cama de la habitación de invitados. No sería la primera vez. Me levanto y decido que iré a correr, llevo días sin hacerlo, no me sentía capaz de pasar por el parque, pero hoy me parece que es lo más adecuado. Me pongo la ropa deportiva y me recojo el pelo en una coleta. Es domingo, así que la casa está relativamente tranquila.

Al bajar por la escalera oigo el sonido del televisor y las voces de Ben y Bradley. Si no fuera porque Bradley está casado con una mujer sorprendentemente encantadora y es padre de dos hijos pensaría que entre ellos dos hay algo más que ambición. Me parecería incluso bonito. No es así, lo único que comparten Ben y Bradley son las ganas de ganar y de seguir ganando. Me pregunto cuándo tendrán suficiente, a cuánta gente perderán por el camino antes de darse cuenta. Les doy los buenos días y ellos me responden educadamente sin apartar la vista de los documentos que están leyendo. Me sirvo un café y me preparo unas tostadas sin que me molesten o me pregunten por mí. El extraño humor que Ben tenía anoche parece haber desaparecido, como si nunca hubiese estado allí. Desayuno viendo las noticias que ellos dos tienen como música de fondo, cuando termino dejo la taza y el plato en el fregadero y me despido diciéndole a Ben que voy a correr un rato.

Él me dice que tenga cuidado, aunque es una frase que le sale de manera automática.

Corro por las calles del barrio residencial, dejo la mente en blanco y, al llegar frente a la verja del parque, me detengo. El corazón me golpea las costillas, me cuesta respirar. No voy a ser capaz de hacerlo, unas gotas de sudor frío me resbalan por la espalda.

De repente vuelvo a sentirme observada, es la misma extraña sensación que me acompañó durante el funeral de Harrison en Texas. Giro la cabeza nerviosa, en la calle solo hay gente paseando, nadie parece estar prestándome especial atención.

—Tranquila, Victoria —me digo—. Son solo imaginaciones tuyas.

Cojo aire y lo suelto despacio, cruzo la última calle que me separa del parque y paso por la verja aguantando la respiración. Llego al banco que marcaba siempre el final de nuestras carreras juntos, el punto donde nos separábamos, y me siento.

La mañana después de nuestro primer beso llegué aquí con tantos nervios como hoy, con la diferencia de que entonces estaba tan ilusionada como asustada, y ahora estoy triste. Ese domingo tenía miedo de que Harry no se presentase, o de que lo hiciera solo para decirme que besarme había sido un error y que no podíamos volver a vernos.

Lo que le pedí no era justo, le pedí que esperase a que resolviese mi vida y apenas le di espacio en ella mientras lo hacía.

Llegué tarde, recuerdo que paseé nerviosa por la cocina de casa preguntándome qué diablos estaba haciendo. ¿De verdad iba a reunirme con un hombre que me hacía sentir tanto mientras dejaba en casa a mi marido, que me hacía sentir tan poco? ¿Desde cuándo era capaz de esa duplicidad, de mentir de esa manera? Me justifiqué diciendo

Donde empieza todo

que estaba atrapada, que no tenía elección, pero sé y sabía entonces que no era verdad.

Crucé la verja del parque y vi a Harry sentado en este banco donde estoy yo ahora. Él se puso en pie nada más verme y me sonrió, a mí me fallaron las rodillas. Cuando llegué a su lado nos pusimos a correr, cruzamos parte del parque en silencio, solo mirándonos, hasta que llegamos a una arboleda y me cogió de la mano, me llevó hasta uno de los árboles más altos y, apoyándome con cuidado en el tronco, me besó.

No se quitó las gafas y noté que se ladeaban, así que levanté una mano para hacerlo yo. Aproveché para acariciarle el pelo y le oí suspirar pegado a mis labios. Fue un beso precioso, importante para los dos, con nuestras bocas buscándose y perdiéndose la una en la otra. No le habría soltado nunca, quería saber por qué sus besos eran más intensos, más sensuales, sencillamente más que todos los anteriores de mi vida.

Harry se apartó, me dio un beso suave antes de dar un paso hacia atrás y me acarició el rostro.

—Hola —susurró.

Yo le sonreí y volví a ponerle las gafas. No solía llevarlas para correr, lo miré intrigada y él adivinó mi pregunta.

—Esta mañana estaba un poco confuso.

Se me aceleró el corazón, se me derritió, lo perdí en ese segundo por ese hombre que tenía delante y que era capaz de ser fuerte y tierno al mismo tiempo, paciente y generoso, sensual y valiente.

Me cogió la mano y tiró de mí de nuevo hacia el camino. Nos pusimos a correr y hablamos igual que hacíamos

siempre, conociéndonos un poco más. Enamorándome de él por completo.
Tendría que habérselo dicho.
Me levanto del banco, no puedo seguir aquí sentada. Me pongo a correr, con cada paso que doy tengo la sensación de estar recuperando a Harry hasta que llega un momento en que casi puedo sentirlo a mi lado, corriendo conmigo. Acelero el paso, fuerzo los músculos. Llego a la arboleda donde me besó ese domingo y me seco furiosa las lágrimas que me resbalan sin poder evitarlo por la mejilla. Tal vez llegará un día en que no lloraré al recordarle, pero no es hoy.
Un calambre en el muslo derecho me obliga a detenerme, debería haber tenido más cuidado. Aprieto el muslo apoyada contra un árbol y un corredor se acerca a mí. Durante un segundo se me encoge el corazón al recordar el día que Harry hizo lo mismo.
—¿Se encuentra bien, señora?
Lo miro, tiene un rostro agradable, un peinado extraño y un tatuaje peculiar en la muñeca.
—Sí, gracias.
—¿Está segura?
—Sí.
Asiente y reanuda la marcha, aunque se gira un segundo para volver a mirarme. Me aparto del árbol y camino despacio. Será mejor que vuelva a casa andando.
Ben y Bradley siguen trabajando y yo, después de darme una ducha y vestirme, decido hacer lo mismo. Cojo mi portátil, preparo una taza de té y me instalo en mi pequeña oficina. Durante unas semanas no pude trabajar aquí, pero el radiador y la gotera por fin están arreglados y he

Donde empieza todo

recuperado mi espacio. Dejo el ordenador en la mesa junto a un delicado jarrón que intento llenar con flores frescas siempre que puedo.

Llevo varios minutos trabajando, recuperar esa cierta normalidad me ayuda a fingir que no he perdido la posibilidad de empezar mi vida de verdad, sin embargo, de repente se me hiela la sangre.

Alguien ha utilizado mi ordenador.

No soy una neurótica ni me importa prestar mis cosas, pero ese ordenador solo lo utilizo yo, ni Ben ni Bradley tienen ningún motivo para necesitarlo. Lo que me inquieta es que no es la primera vez que me sucede algo así. No soy ninguna experta informática pero hace unos meses, cuando sospeché que alguien había utilizado mi ordenador sin consultármelo antes, fui a hablar con uno de mis compañeros del bufete. Michael es un chico encantador, ha empezado este año y todos sabemos que le apasionan las máquinas y abusamos de él cuando estas nos superan. Michael me aconsejó que instalase un programa muy sencillo, en realidad lo descargué yo solita de Internet, que te avisa siempre que alguien se conecta.

No es nada sofisticado, es un programa pensado para que lo instalen los padres que quieren asegurarse de que sus hijos no utilizan el ordenador sin su permiso.

La señal del programa estaba encendida y en casa solo estábamos Ben, Bradley y yo, a no ser que se hubiese colado alguien. La última opción me parece demasiado improbable, la descarto y me asusto un poco más. Me levanto, salgo al pasillo y, apoyada en la barandilla de la escalera, levanto la voz.

—Ben, ¿has utilizado mi ordenador?

Tarda unos segundos.

—No, cariño, ¿por qué lo preguntas?

—Por nada.

Me ha mentido, le cambia la voz cuando miente. Entro de nuevo en mi despacho. Ese programa solo me confirma que han encendido y utilizado mi ordenador, nada más. No sé qué ha hecho ni por qué. Nada tiene sentido. Incapaz de volver a concentrarme en el trabajo, cierro los archivos y apago el ordenador. Mañana en el bufete les diré que se me ha estropeado y pediré que me presten uno nuevo. No sé qué haré con este, tal vez estoy paranoica y estoy haciendo el ridículo, sin embargo, soy incapaz de aflojar el nudo que tengo en el estómago.

Doy un salto sobresaltada al oír el timbre del móvil. No reconozco el teléfono y cuando contesto me dicen que se han equivocado. No puedo evitar desconfiar de la voz de esa señora y un segundo más tarde me rio de mí misma.

—Tranquila, Victoria, no estás en una película de espías.

Como no voy a poder trabajar, salgo del pequeño despacho y bajo la escalera hasta el salón. El té siempre consigue relajarme, preparo uno con ese objetivo y mientras espero que la bolsita tiña el agua cojo una revista del montón que hay encima de la mesa. Cada semana recibimos todas las que se publican y estas me he olvidado de regalarlas. Abro la primera, tiene un par de semanas, al parecer voy más atrasada de lo que creía y se han acumulado.

En las páginas del medio me encuentro con una foto mía y de Ben, nos la sacaron cuando asistimos a una fiesta del partido, un fin de semana en la espectacular man-

Donde empieza todo

sión de un viejo senador. Discutí con Harry y él desapareció durante unos cuantos días.

Cuando volví a Washington y vi que no estaba me asusté, no quería perderle por esa tontería. Esos días de ausencia me parecieron una tortura, pero Harry volvió y nos reconciliamos, aunque en sus ojos vi que le había hecho demasiado daño.

Solo le hice daño.

La taza resbala por entre mis dedos y se rompe contra el suelo.

Harry me dijo que había pasado esos días en casa de su abuelo en compañía de su hermano. Nunca me contó por qué se había ido ni por qué había vuelto. Yo no insistí, él estaba distinto y yo también, esa discusión nos marcó a los dos.

Me agacho con el rollo de papel y empiezo a recoger los trozos de cerámica. Los envuelvo con más papel y los lanzo a la basura. Después seco el líquido.

Discutimos porque él acusó a Ben de algo horrible y yo lo acusé de inventarse esa atrocidad para destruir a Ben y tener el camino libre.

Harry me miró como si le hubiese clavado un puñal en el estómago y acabase de darse cuenta de que estaba sangrando. Quise pedirle perdón de inmediato, pero él levantó una mano y me lo impidió.

—No —me dijo, y siempre recordaré el dolor de sus ojos—. No es necesario.

Estábamos en una librería, él me había pedido que nos encontrásemos allí y, antes de iniciar esa horrible conversación, eligió un libro para mí y me lo regaló. Es el que estoy leyendo. Me cogió de la mano, me acercó a él y me besó. Después me pidió que me fuese con él unos días, teníamos que hablar, insistió.

—No puedo, tengo que ir con Ben a la fiesta del partido.

El rostro le cambió, perdió vida y los ojos se endurecieron tras el cristal de las gafas.

—No vayas, puede ir solo.

—Le prometí que iría.

—Y a mí que tu vida había empezado conmigo.

—No me hagas esto, Harry, por favor. Dame tiempo.

—¿Tiempo? Es lo único que tengo, Victoria. —Me soltó la mano y se apartó. Recuerdo que se acercó a una estantería y cogió un libro al azar, cualquiera que lo hubiese visto habría creído que estaba leyendo la contraportada—. No puedo darte nada más, al parecer. No puedo darte besos, no puedo darte a mí mismo.

—Tengo que hablar con Ben, no puedo decirle sin más que no voy a acompañarle.

—Sí, que puedes, *Ben* no te necesita. Yo sí.

Ahora sé lo que quiso decir con eso.

—No puedo, Harry, trata de entenderlo.

Dejó el libro y se giró de nuevo hacia mí y entonces vi que se rompía algo dentro de él, tal vez por eso le acusé de mentirme.

—*Ben* te está utilizando, y no solo a ti, al país entero. En lo único en que ha sido sincero es en decir que quiere ser el presidente más joven de Estados Unidos y para conseguirlo no dudará en sacrificar nada. Si supieras de lo que es capaz, lo que ha hecho...

—Cállate, eso no es verdad. Ben es honesto, es un hombre de principios. Creía que tú también lo eras, no sabía

Donde empieza todo

que eras capaz de inventarte estas mentiras solo para meterme en tu cama.

—Si solo me importase meterte en mi cama, no estaría aquí.

—Harry, yo...

—No. No es necesario.

Abandonó la librería y yo me quedé allí sujetando el libro, aunque quería ir tras él, pedirle perdón de nuevo. Pero ¿qué podía ofrecerle? Le había dado mi palabra a Ben y no iba a fallarle, esa fiesta era importante.

Le fallé a Harry y ahora sospecho de Ben.

Oh, Dios mío, ¿qué he hecho?

CAPÍTULO 11

Harry salió de esa librería hecho una furia. Había arriesgado su propia vida diciéndole a Victoria lo que sabía de Ben, o al menos parte de lo que habían descubierto. Había cometido un error que podía costarle la carrera y ella le había acusado de mentirle.

Y tenía razón.

Harry llevaba semanas mintiéndole, ocultándole la verdad sobre sí mismo. Sí, ella sabía su nombre, que había estudiado en el M.I.T. y otros detalles sin importancia. Victoria no sabía que la estaba espiando, que había instalado programas de seguimiento y de vigilancia en todos los aparatos electrónicos que habían pasado por sus manos, no sabía que su equipo y él llevaban meses investigando a Ben y que por fin tenían a su alcance las pruebas necesarias para acusarlo de traición y de asesinato.

No lo habían hecho todavía porque Dupont insistía en seguir tirando del hilo, en cuanto acusasen a Holmes el

Donde empieza todo

resto de involucrados desaparecerían y las pruebas que pudiesen incriminarlos se esfumarían por arte de magia. Solo necesitaban un poco más de tiempo y seguro que lograrían desmantelar la operación por completo, si se precipitaban no atraparían a Wortex y éste con toda seguridad volvería a intentar algo similar más adelante.

Ahora sabían que Wortex había financiado la investigación de esos dos matemáticos con el fin de encontrar la llave maestra para descodificar cualquier transacción electrónica y así crear caos y después vender a todos los gobiernos, o al mejor postor, un sistema infranqueable, el único capaz de no ser descodificado por nadie. Al parecer, uno de los matemáticos, el profesor Méndez, había tenido remordimientos de última hora y había introducido una trampa en el programa que lo hacía inestable y, por tanto, ineficaz.

Spencer había sido el que había encontrado esa información en las cartas, sí, cartas, que el matemático había enviado a su hija en Cuba. Spencer era capaz de hacer esa clase de descubrimientos.

Dupont había llegado a la conclusión de que Wortex, al ver que la llave no funcionaba, había encontrado la manera de hacer rentable su inversión. Orquestó el asesinato con la esperanza de crear un conflicto internacional. Era un riesgo calculado, contempló todas las posibilidades excepto una, la que hizo que la muerte de esos cuatro hombres fuese a parar al departamento de Dupont y no a las noticias de las siete: el edificio.

Wortex tenía a Ben Holmes en el bolsillo, cómo había logrado eso seguía siendo un misterio, pero el congresista hacía todo lo que Wortex le pedía. En cuanto aprobasen la ley que restringía la compra de armas por parte de los particulares, crearían la alarma, nada difícil en el clima actual, y Wortex Security aparecería como la única alternativa posible. El papel de Ben a partir de allí era una incógnita, aunque estaba claro que el congresista estaba al tanto de lo sucedido en Irak e incluso había intervenido, pues él había citado a los cuatro hombres fallecidos en la ciudad. Lo había hecho con el ordenador de Victoria.

Harry tenía que contarle la verdad, no podía quitarse de encima la sensación de que estaba en peligro, tenía que sacarla de allí cuanto antes. Victoria era demasiado prescindible para Ben, demasiado sacrificable, la cabeza de turco perfecta si quería disipar la atención y alejarla de su persona. No solo eso, quería estar con ella, esas carreras por el parque, esos cafés que habían conseguido robar a escondidas no le bastaban, le estaban volviendo loco. Solo la había besado y ya se sabía incapaz de olvidarla y de tocar a otra. Tenía tanto miedo de perderla que apenas podía respirar, y era muy probable que la perdiese, su adversario no era Ben, eran todas las mentiras que le había contado. Cuando Victoria supiera la verdad se pondría furiosa, se sentiría estafada, engañada, utilizada. Por eso tenía que decírsela cuanto antes y necesitaba tener pruebas, algo tangible, que le demostrase que podía dejar a Ben sin sentirse culpable. Ella no le había fallado a su marido, en todo caso había sido él quien la había traicionado convirtiéndose en un traidor y un asesino.

Y Victoria iba a irse con él de fin de semana.

Harry montó en su moto y condujo como un poseso, no podía soportarlo. Si Ben le ponía un dedo encima a Victoria y le hacía daño, se olvidaría de todos sus principios

Donde empieza todo

e iría tras él. Fue a casa, encerró la moto en el garaje y se puso a trabajar, eso podía hacerlo, podía encontrar las piezas del puzle que faltaban y acabar de una vez por todas con ese maldito caso.

El problema era Wortex, porque los intentos de Dupont por meterse en los programas de la empresa de seguridad no habían dado ningún fruto todavía. Habían conseguido algo, aunque todo parecía indicar que se trataba de una cortina de humo diseñada para alejar a cualquiera que intentase acercarse demasiado.

Harry tuvo una idea, aunque debería consultarla con Dupont antes de llevarla a cabo. No lo hizo, solo llamó a Spencer porque necesitaba su ayuda y se reunió con él en la nave industrial donde trabajaban.

—Te has vuelto completamente loco.

—No, deberíamos haberlo hecho hace tiempo.

—Tú estás mal de la cabeza. ¡No puedes entrar en la mayor empresa de seguridad privada del país como si nada!

—Claro que puedo, diré que soy un repartidor y que tengo que entregar un paquete a algún directivo.

—Ah, claro, y te dejarán pasar sin más. ¿Cómo es que no se me había ocurrido antes? Tú estás tonto.

—Me dejarán pasar porque tú manipularás el programa de la central del guarda de seguridad y mandarás los datos necesarios para convertirme en un repartidor más.

—Pero...

—El ordenador de recepción es independiente del resto del edificio.

—Maldita sea, puede funcionar.

Spencer se giró y empezó a teclear.

—Una vez dentro necesitaré que me guíes. —Harry se puso un auricular minúsculo en la oreja.

—¿Y qué harás? Si logras entrar sin que te maten, quiero decir.

—Iré al despacho de Wortex.

—Ah, bueno, me tenías preocupado. —Spencer se giró de nuevo hacia él—. ¿Qué diablos te pasa, Harry? ¿Tiene que ver con esos paseos por el parque con la señora Holmes?

Harry se detuvo de inmediato y entrecerró los ojos.

—¿Lo sabe Dupont? —No intentó negarlo.

—No, al menos yo no se lo he dicho. Maldita sea, Harry. Os vi de casualidad, no te preocupes. Sabes que puedes contar conmigo, pero procura que no te maten.

—Gracias, Spencer.

—De nada. —Volvió a fijar la vista en el ordenador—. ¿Qué pretendes hacer en el despacho de Wortex?

—Wortex no está, he comprobado su agenda y hoy se va de viaje. Solo necesito acceder a su ordenador y dejar uno de mis programas, así tendremos acceso a sus archivos.

—Es una locura.

—Lo sé, pero has dicho que vas a ayudarme, ¿no?

—Eso he dicho.

Entrar en Wortex no le costó demasiado, y tampoco llegar al despacho de su propietario o instalar sus programas. A Harry le sorprendió que le resultase tan fácil, supuso que Wortex era lo bastante engreído como para creer que nadie se atrevería a llegar tan lejos o que sencillamente era imposible que eso sucediera. Fuera por el motivo que fuese, la soberbia de Wortex les resultó beneficiosa

Donde empieza todo

y Harry consiguió salir del edificio tal como había entrado.

No se dio cuenta de que su visita no había pasado del todo inadvertida hasta que fue demasiado tarde.

Estaba en casa, sentado en el sofá, obligándose a ver una película para contener las ganas que tenía que llamar a Victoria o peor, ir a buscarla, cuando oyó un ruido procedente del jardín. Estaba acostumbrado a los ruidos de la ciudad, a los gatos que a menudo se colaban en su patio y se escurrían por entre las macetas, y no había sido nada de eso. Se levantó y fue a investigar, pero, raro en él, antes de abrir la puerta trasera fue a por la pistola que Dupont le había obligado a tener en casa. Se sorprendió a sí mismo al hacerlo, pero no iba a llevarle la contraria a ese instinto que le había impulsado a hacerlo. Prefería reírse de sí mismo más tarde a tener que lamentarlo.

Abrió la puerta y recibió un disparo.

Oyó el gatillo del intruso justo a tiempo de apartarse y la bala le entró y salió del hombro. Cayó contra la puerta, los cristales se rompieron detrás de él y le cayeron por la espalda, algunos en la cabeza. Levantó el brazo, disparó y dio en el blanco sin derribar a su asaltante, que corrió hasta huir por la reja. Las ruedas del vehículo que lo había estado esperando chirriaron por el asfalto.

—Mierda.

Harry se tapó la hemorragia con la mano del brazo ileso y buscó el móvil. Llamó a Spencer y a Dupont, tenían que saberlo y estar alerta. Tal vez ellos también corrieran peligro.

Se le heló la sangre al pensar en Victoria, pero por mucho que le doliese recordarlo estaba con Ben en esa fiesta de fin de semana. No le sucedería nada malo mientras estuviese rodeada de la mitad de los políticos del país.

Dupont llegó al cabo de unos minutos, justo cuando Harry estaba en la cocina intentando vendarse.

—Deja eso. —Dupont se acercó y le inspeccionó la herida de bala—. Tenemos que cosértela.

Harry no se cuestionó si su jefe sabía llevar a cabo tal tarea, sencillamente le indicó dónde tenía el botiquín.

Spencer apareció a media sutura, su ayuda consistió en servir tres vasos de whisky, uno para cada uno, e ir al jardín a ver si encontraba algo que pudiese darles alguna pista sobre la identidad del asaltante. Volvió, como de esperar, con las manos vacías y se bebió su copa de un trago.

—No ha sido un intento de robo —apuntó Dupont al lavarse las manos—. Iban a por ti, MacMurray.

—Lo sé.

—Es por lo de Wortex.

Dupont cerró el grifo del agua de la cocina y los miró a ambos.

—¿*Lo de Wortex*?

Harry le contó lo que había hecho mientras se levantaba e iba a por su ordenador. Lo puso en marcha mientras su jefe los llamaba idiotas y les recordaba que los habían elegido a ellos porque parecían más listos que la media, no para que jugasen a los espías de la tele.

—Mi programa funciona, no han detectado a Sally.

—¿Sally?

—Es la novia de Wally, es el nuevo programa espía en el que he estado trabajando.

—Eliges unos nombres pésimos, MacMurray, y empieza a inquietarme que te refieras a tus programas como si

Donde empieza todo

fueran seres vivos —suspiró Dupont, acostumbrado a lidiar con las rarezas de Harry—. Tal vez no hayan detectado a Sally, pero a ti sí, y han intentado matarte.

—Mierda —farfulló Spencer bebiéndose otro whisky.

—Tienes que desaparecer unos días. Vete a alguna parte, dile a Holmes que ha surgido algo familiar, una boda, un funeral, lo que quieras, y deja que Spencer y yo investiguemos un poco. Es una orden.

—Está bien, me iré al rancho.

—A veces se me olvida que eres un niño pijo, MacMurray.

—Cállate, Spencer, tú estudiaste interno en Oxford.

Los tres hombres compartieron otra bebida y al día siguiente Harrison le mandó un correo a Bradley pidiéndole unos días de vacaciones. No le dio demasiados detalles y a Bradley no pareció importarle pues le contestó de inmediato dándole su conformidad. Harry hizo la maleta como pudo, Dupont le había cosido y vendado el brazo y le dolía toda la espalda por el disparo, además la cabeza le daba vueltas por el alcohol y los recuerdos de Victoria. Cogió el primer avión hacia Texas convencido de que su vida no podía ir a peor.

El primer día lo pasó solo en el rancho, maldiciéndose por su torpeza al dejar que lo identificasen en Wortex, echando de menos a Victoria y odiándola un poco por haber elegido a Ben y no a él. Tal vez tuviera lógica, aunque sinceramente, le importaba una mierda. Bebió demasiado y se pasó horas pendiente de Sally y de toda la información que iba extrayendo del ordenador de Wortex.

Sus programas sí eran de fiar, el amor no. EL AMOR, menos.

Se rio de sí mismo, era patético, estaba en un estado lamentable y tenía intención de seguir estándolo.

Esa noche, sin embargo, llegó su abuelo, Hank, y le cantó las cuarenta por estar allí de esa manera. Harry intentó defenderse, explicarle al viejo cascarrabias que su borrachera y su estado lamentable estaban más que justificados. Hank no le hizo ni caso, le dio una colleja y le ordenó ducharse, iba a ayudarlo a dar de comer a los caballos antes de cenar y después saldrían a pasear un rato. Cuando volvió de ese paseo, durante el cual su abuelo le recordó que estaba en sus manos luchar por su futuro, recibió una llamada que no esperaba y lo alegró. Su hermano Kev iba a pasar también unos días allí con ellos, al parecer una mujer le había roto el corazón.

Los MacMurray estaban teniendo una suerte horrible en lo que al amor se refería.

Kev llegó al día siguiente y Harry fue a buscarlo al aeropuerto. Su hermano no se lo había pedido, pero le pareció que debía hacerlo y era la excusa perfecta para salir del rancho y que le diese un poco el aire. Esperó a su hermano en la sección de llegadas, no sabía exactamente por qué estaba convencido de que ver a Kev lo ayudaría. Ellos dos siempre se habían llevado muy bien, últimamente se habían distanciado por culpa del trabajo y de que Harry no sabía cómo mirar a Kev y continuar mintiéndole sobre su vida. Se prometió allí mismo que en cuanto se resolviese el asunto de Holmes se lo diría, ahora no podía hacerlo; no quería poner en peligro a su hermano, y la realidad era que cuanto menos supiera de su vida en la actualidad, mejor.

Kev fue de los primeros pasajeros en salir y los dos hermanos se abrazaron.

Donde empieza todo

—No hacía falta que vinieras, Harry.
—No digas tonterías, Kev. Vamos, el abuelo nos está esperando. Creo que quiere que desayunemos o que cenemos juntos, todavía no me he acostumbrado al cambio horario.

Kev lo miró de un modo extraño y Harry tuvo la sensación de que veía demasiado.

—¿Cómo has logrado que te soltasen?

Mierda, tenía que volver a mentirle, Kev le estaba preguntando por su trabajo en el Capitolio.

—Me he escapado —bromeó para distraerlo, incapaz de concretar más porque no podía seguir engañándolo.

Kev no se dejó engañar.

—¿Va todo bien, Harrison?

—Lo estoy arreglando, Kev. —Quería contárselo, aunque una punzada en el hombro le recordó que no podía. Jamás se lo perdonaría si Kev también se viese arrastrado a su vida y resultase herido—. ¿Y tú? ¿Estás bien?

—También lo estoy arreglando.

Subieron al coche y no se dijeron nada más durante el trayecto. No les hizo falta. Kev miró el paisaje de Texas y pensó que debería llamar más a menudo a su hermano.

CAPÍTULO 12

Harrison pasó el día en compañía de Kev y del abuelo de ambos y los dos hermanos se dejaron engañar por ese falso viaje en el tiempo y se comportaron como hacían de adolescentes. Ayudaron a Hank con los animales, se quejaron por el calor y por lo pesados que eran los animales, se gastaron bromas pesadas y escucharon las batallitas de ese hombre al que admiraban tanto.

El abuelo no les cosió a preguntas, tampoco le hizo falta porque utilizó las miradas y los comentarios sarcásticos para decirles lo que pensaba acerca de que un hombre de treinta y cinco años y uno de treinta y dos estuviesen escondiéndose en el rancho como unos cobardes. Ni Harrison ni Kev se atrevieron a defenderse.

Harrison se mantenía en contacto con Dupont y Spencer, y también seguía investigando por su cuenta. Dupont le confirmó que gracias a «Sally» sabían sin lugar a dudas que el hombre que le había disparado lo había hecho por

Donde empieza todo

encargo de la gente de Wortex. Spencer se había ocupado de hacer analizar la bala, la habían recuperado de la puerta de casa de Harrison, y gracias a sus contactos habían identificado al tirador y lo estaba buscando. Harry sabía que él también acertado al disparar, así que Raz T., así se llamaba, tenía que estar herido. Tarde o temprano iban a dar con él o con alguien dispuesto a delatarle. Estaban tan cerca del final, de tener a su alcance todas las pruebas que necesitaban, que Harry apenas podía controlar la impaciencia. Necesitaba algo que lo distrajese más allá del trabajo y de Victoria porque los dos temas que lo obsesionaban estaban intrínsecamente relacionados, y los problemas de su hermano resultaron ser el mejor candidato.

Kev estaba en la cocina mirando el televisor mientras movía hacia delante y hacia atrás un diminuto teléfono móvil.

—Llámala —lo retó Harry.

—Ella no me ha llamado —contestó Kev a la defensiva.

—Ah, sí, tu estúpida prueba del teléfono. Vamos, Kev, no seas imbécil. Eso no significa nada.

Él sabía por experiencia que había cientos de motivos que podían explicar la ausencia de una llamada, como por ejemplo un disparo de bala en el hombro.

—Tal vez.

—Nada de tal vez. Tú y yo somos la prueba viviente de que el amor convierte a la gente más lista en idiota. —Su hermano se sentó delante de él—. Vamos, llámala, seguro que te necesita.

Kev le había confesado que se había enamorado de la prometida de su mejor amigo, Tim, otro jugador de los Patriots de Boston, y que ella al parecer solo le estaba utilizando para el sexo. Harry no lo creía así porque, por lo que le había contado Kev, esa mujer, Susana, estaba confusa pero era más que evidente que sentía algo muy intenso y sincero por su hermano, aunque el muy idiota ahora estuviese dolido y se negase a verlo.

Kev dejó el teléfono en la mesa y lo apartó con los dedos.

—Mañana vuelvo a Boston. Los entrenamientos empiezan en unos días —le explicó dando por zanjado el tema de Susana.

Era mejor así, de lo contrario él terminaría contándole que su caso era infinitamente peor, se había enamorado de una mujer a la que solo había besado y que estaba casada con un hombre al que llevaba semanas espiando.

—Te llevaré al aeropuerto, yo todavía me quedaré unos cuantos días más. —Hasta que Dupont le diese permiso para volver o leyese en alguna parte que el congresista Holmes y su esposa se separaban.

—Nunca has llegado a contarme qué era eso que tenías que arreglar —le recordó Kev con el ceño fruncido.

—No, no lo he hecho. —No valía la pena. Se puso en pie para huir de lo que estaba sintiendo—. Vamos, si te vas mañana, ¿qué te parece salir a cabalgar una vez más?

Harrison salió por la puerta trasera de la cocina y se detuvo para acariciar el hocico de uno de los perros del abuelo. Cuando se incorporó se le tensó la espalda y cruzó los dedos para que su hermano no se hubiese dado cuenta. Caminó hasta el establo, donde empezó a ensillar los caballos; a los dos les iría bien cabalgar. Se detuvo al notar que le sonaba el móvil y contestó de inmediato.

—Hemos encontrado a Raz T. —le dijo Dupont.

—Fantástico, voy a hacer las maletas.

—No, espera, la situación es mucho más complicada de

Donde empieza todo

lo que creíamos, Harry. —El tono de preocupación de Dupont inquietó a Harry más que sus palabras.
—¿En qué sentido?
—Han puesto precio a tu cabeza.
—¿Qué has dicho?
—Sí, Raz T. ha resultado ser muy hablador y nos ha contado que la mano derecha de Wortex le contrató para matarte y que pareciera que habías sido víctima de un atraco que había salido mal. La buena noticia...
—¿Hay una buena noticia?
—La buena noticia es que Wortex no sabe para quién trabajas de verdad, cree que Holmes te mandó a espiarle y que le ha traicionado.
—Eso significa que Victoria está en peligro.
Se produjo un silencio en la línea.
—¿Victoria? ¿La señora Holmes?
—Sí, tenemos que ir a buscarla.
—¿Qué diablos pinta la señora Holmes en esto? —Lo comprendió enseguida—. Mierda, Harrison.
—Tenemos que avisarla.
—No, eso la pondría más en peligro. Mi plan es mucho mejor.
—¿Qué plan?
—Wortex quiere eliminarte porque cree que estás espiando por encargo de Holmes, pero ellos dos siguen siendo la mar de amigos, de hecho, ayer mismo cenaron juntos.
—Quieres que se traicionen el uno al otro.
—Exacto, y para eso tienes que morir, Harrison.
—¡No!
—Sí, escúchame, has estado a punto de cargarte la ope-

ración dos veces, así que ahora vas a hacer lo que yo te diga, ¿está claro?

—¡No!

—Organizaremos tu muerte. Raz T. está dispuesto a colaborar a cambio de que le mandemos a vivir a un país donde haga calor. Tú morirás y Wortex buscará la manera de eliminar a Holmes de su paso.

—¡He dicho que no, maldita sea! No voy a dejar a Victoria en medio de ese fuego cruzado.

—Nos encargaremos de proteger a la señora Holmes.

—Y una mierda.

—Si regresas a Washington, Wortex encontrará el modo de acercarse de nuevo a ti, volverá a pagar a alguien para que te dispare o haga volar tu moto o tu casa por los aires. ¿Quieres correr el riesgo de que Victoria esté entonces allí?

—Maldita sea, tiene que haber otra manera.

—Tu muerte le hará sentirse cómodo, relajarse. Cometerá un error y nosotros estaremos allí para atraparle, a él y al congresista.

—¿Y yo qué, también voy a tener que irme a un país tropical?

—No digas estupideces, si todo sale bien podrás resucitar en unos días.

«Si todo sale bien».

—Voy a tener que morir para todo el mundo.

—Sí, Spencer y yo creemos que lo mejor es organizar un accidente. Raz nos ha dicho que ya tenía pensado hacerlo de esa manera.

—Que colaborador de su parte.

—Raz conducirá un camión y tú, tu preciosa motocicleta, encontrarán vuestros cadáveres calcinados y fin de

Donde empieza todo

la historia. Raz se irá a tomar el sol y no volverá a pisar nunca más Estados Unidos a cambio de ese favor y de delatar prácticamente a toda su banda, por supuesto.

—Y yo tendré que hacer pasar a mi familia un infierno. No voy a hacerlo. No puedo.

—Es nuestra mejor opción, Harrison.

—Solo lo haré si ellos saben la verdad.

—Eso es imposible y lo sabes, tienes que morir bien, si no Wortex no se lo creerá. Nadie puede saber la verdad.

—Mis padres y mis hermanos tienen que saberlo.

—No.

—¡Vete a la mierda, Dupont!

—¿Crees que Wortex se creerá que has muerto si no ve a tu familia afligida? Solo hace falta googlear tu nombre para encontrar cientos de fotografías en las que estáis todos juntos. Parecéis la jodida superfamilia americana. No, tus padres no pueden saberlo.

—Se lo diré a mi hermano mayor. Es innegociable.

—¿Quieres meter a tu hermano en esto? Joder, Mac-Murray, es un error.

—Necesito que alguien sepa la verdad.

—Déjame pensarlo —concedió al fin Dupont.

—Piénsatelo.

Harry colgó furioso, lanzó el móvil al suelo y se pasó las manos por el pelo planteándose seriamente la posibilidad de arrancárselo. Al final la descartó y soltó varios insultos para desahogarse. Maldito fuese Dupont, no podía hacerle eso a su familia.

Y tampoco a Victoria.

Ella podía estar en peligro, Dupont parecía estar convencido de que mientras ella siguiera al lado de Holmes no le pasaría nada, pero él no lo veía tan claro. Necesitaba hacer algo y se acercó a una de las alforjas que colgaban de un gancho, donde había guardado la pistola que en un gesto casi inconsciente se había llevado con él de Washington. Estaba cargada. Se la colocó en la espalda, por la cintura de los vaqueros y le sorprendió lo natural que le resultó el gesto. Ese caso le estaba cambiando en más de un sentido.

—Tienes una pistola.

La voz de su hermano lo sobresaltó.

—Kev —reconoció su presencia girándose—, no te he oído llegar.

—Tienes un arma.

—Sí —convino sin añadir nada más. Se movió en silencio y se dedicó a ensillar dos caballos mientras Kev seguía observándolo.

—¿Por qué diablos tienes una pistola, Harry?

Harry se detuvo y tiró de una de las bridas. Su hermano no dijo nada más, desde donde estaba seguro que podía oírle pensar.

—Por el trabajo —fue lo único que fue capaz de reconocer. Se apartó del animal—. No te preocupes, sé utilizarla —añadió con un macabro sentido del humor. Era eso o confesarle a su hermano toda la verdad.

—El hombro izquierdo... ¿te dispararon?

—Sí, pero ya me he recuperado. No se lo digas a papá y mamá.

—¡Joder, Harry! —exclamó Kev—. ¡Joder! ¿Cómo puedes decirme que te han disparado sin prácticamente inmutarte y después añadir que no se lo diga a nuestros padres como si fueras un adolescente? ¿En qué mierda te has metido?

—No puedo contártelo, Kev. Lo siento.

Donde empieza todo

Kev paseó de un lado al otro del establo.

—O sea, que no has venido aquí porque te hayas peleado con una mujer —sugirió entonces.

—Oh sí, sí que me he peleado con una mujer, y te aseguro que lo que me hizo ella me duele mucho más que la herida de bala —le explicó Harrison.

—Tienes que contarme qué ha pasado, Harry. Tal vez pueda ayudarte.

Harry se planteó hacerlo, aunque solo fuera para desahogarse. Quería contarle a alguien que por primera vez en la vida se había enamorado y que había sido maravilloso, y lo más doloroso que le había sucedido nunca. Quería que Kev le dijese que el dolor iba a desaparecer o que le aconsejase ir tras otra mujer para olvidar a Victoria, algo que ahora sencillamente le producía náuseas. Quería comportarse como un hombre normal, fingir que no estaba destrozado, quejarse de su trabajo, alardear de sus logros, ocultar sus fracasos. Pero él no podía hacer nada de eso. Nunca había podido hablar de su trabajo con nadie y ahora tampoco podía hablar de Victoria. Era, pensó estupefacto durante un segundo, como si su vida entera no existiera. Ojalá fuera así, tal vez entonces podría volver a empezar de verdad. «No, existe. Victoria existe y la quiero».

Cogió las riendas de los dos caballos que había ensillado y empezó a tirar de ellos. Llegaría el momento en que podría decirle la verdad a su hermano, a todo el mundo. Lo buscaría, lucharía por ello. Sin embargo, ahora tenía que esperar. Podía hacerlo, su vida y la de las personas que quería dependían de ello.

—No puedo contártelo, Kev, todavía no. Pero te prometo que no estoy en peligro. —Esperó no estar mintién-

dole, necesitaba tranquilizar a su hermano, era lo mínimo que podía hacer ahora teniendo en cuenta lo que tendría que pedirle en el futuro—. Está bien, si necesito ayuda, tú serás el primero al que llamaré, ¿de acuerdo?
El único.
—De acuerdo —accedió Kev a regañadientes.
Los dos hermanos montaron y cabalgaron un rato en silencio. Se detuvieron junto a un lago para que los caballos bebiesen un poco y hablaron de las mujeres que, al parecer, les habían roto el corazón a los dos. Harrison no le contó a Kev ningún detalle sobre Victoria, creía no tener derecho después de su última discusión y sabía que si empezaba no podría contenerse, pero le dijo que sería un estúpido si no intentaba arreglar las cosas con Susana. Ellos dos no tenían que esconderse de un marido ni de un asesino a sueldo, lo único que tenían que hacer era reconocer que se habían enamorado y seguir adelante.
—Al menos tú puedes arreglarlas.
A la mañana siguiente, Harrison llevó a Kev al aeropuerto tal y como le había prometido y tras despedirse de él volvió al rancho. Había acusado a su hermano de ser un imbécil por no luchar por la mujer que amaba y él estaba haciendo algo aún peor, ni siquiera había intentado entender a Victoria. Solo había pensado en lo que él quería, en lo que él necesitaba y su frustración, su dolor, le habían impedido ver los de ella.
Tenía que arreglarlo cuanto antes. Tanto si llegaba a estar algún día con Victoria como si no, tenía que arreglarlo.
Pasó el resto del día con el abuelo, por la noche intercambió mensajes con Spencer y con Dupont, intercambiaron teorías e ideas. La propuesta de Dupont era arriesgada, aun-

Donde empieza todo

que seguía pareciendo la más sólida. Todavía disponían de algo de tiempo. Tal y como había anticipado Harry, su disparo había sido certero y Raz T. iba a estar un mes sin poder caminar, tal vez más para conducir. Raz estaba encantado de colaborar con ellos, quizá porque había visto el modo de escapar de las garras de Wortex con vida, y aceptó seguir con la farsa, convencería a Wortex de que no contratase a otro para ocuparse del «problema» —eliminar a Harry—. Si no lo lograba, los advertiría y facilitaría la identidad del nuevo asesino. Dupont le ordenó a Harry que se quedase en Texas hasta que se hubiese recuperado del todo de la herida de bala. Spencer había sido capaz de recrear un falso accidente de moto con informes médicos y policiales incluidos para justificar la ausencia de Harry ante el congresista Holmes. Aceptó a regañadientes seguir con la mentira pero no se quedó en Texas, esperó un día más y volvió a Washington.

También podía recuperarse de ese maldito accidente de moto en casa. Llevaba demasiados días sin ver y sin hablar con Victoria. A diferencia de su hermano, él no podía llamarla y por desgracia era evidente que ella tampoco.

Prefería creer eso a que Victoria no le había llamado porque no había querido.

No sabía de cuánto tiempo disponía antes de tener que desaparecer, tal vez semanas, tal vez surgirían problemas y no podrían orquestar su «muerte» hasta al cabo de unos meses. Tuviera el tiempo que tuviese, quería pasarlo con Victoria. Asegurarse de que ella estuviera a salvo, demostrarle que la quería porque si deseaba que ella lo perdonase cuando se descubriese toda la verdad, ella tenía que quererlo. Si no, lo más probable sería que no quisiera volver a verlo nunca más. Y si sucedía eso, Harry casi prefería morir de verdad.

CAPÍTULO 13

Esta mañana, cuando me he ido de casa, he tenido miedo de coger mi ordenador. Es una tontería, solo es una máquina, pero desde que sé que Ben me mintió y que lo utilizó a escondidas casi no puedo tocarlo. Lo he guardado en la funda y después lo he encerrado en el maletero.
Ridículo, sí.
He conducido por una ruta distinta, tantas series de televisión tienen que servir para algo, y he llegado al trabajo cinco minutos tarde. Cada lunes los socios nos reúnen a todos en la sala ovalada y allí repasan con nosotros los casos que llevamos, asignan los nuevos o nos comentan si va a producirse algún cambio.
A pesar de mi retraso la reunión todavía no ha empezado y puedo sentarme tranquilamente. Elijo una silla cerca de Michael, en cuanto terminemos le pediré si puede echarme una mano con el ordenador. No quiero delatar a Ben ni acusarlo de nada frente a uno de mis compañeros,

le diré que hemos despedido a un empleado en casa y que quiero asegurarme de que no ha curioseado. No me siento cómoda con la historia, pero la prefiero a la otra opción.

Michael no se extraña lo más mínimo cuando se la cuento, me dice que su padre tenía un compañero de trabajo que descubrió que la niñera de sus hijos utilizaba el ordenador de la familia para buscar pareja. Le sonrió y escucho atentamente lo que me cuenta.

—Puedes instalar una doble contraseña o también delimitar el acceso a ciertos programas.

—¿Puedo saber qué consultó o qué hizo la persona que utilizó el ordenador mientras yo no estaba?

—Si esa persona es torpe, sí. Yo sabría borrar el rastro de los programas que utilizo o de las páginas webs que visito, pero la gran mayoría de gente no es tan cuidadosa.

—¿Es fácil? ¿Puedes enseñarme cómo se hace?

—Claro, ¿tienes el ordenador aquí?

—No —miento.

—No pasa nada, te lo enseño con el mío y después lo haces en el tuyo.

—Gracias —le sonrío aliviada—, me sería de mucha ayuda. No quiero tener ninguna sorpresa, Ben está en pre-campaña y, bueno, ya sabes cómo son estas cosas.

—Me lo imagino.

Michael me enseña los pasos a seguir y veo que, efectivamente, es un proceso sencillo. Supongo que si Ben me ha mentido y ha utilizado mi ordenador a escondidas es lo bastante astuto como para borrar lo que ha hecho, pero voy a intentar averiguarlo de todos modos.

«Ben te está utilizando, y no solo a ti, al país entero. En lo único en que ha sido sincero es en decir que quiere ser el presidente más joven de Estados Unidos y para conseguirlo no dudará en sacrificar nada. Si supieras de lo que es capaz, lo que ha hecho...»

Recuerdo las palabras de Harry como si las hubiese oído ayer. Nunca he podido —ni podré— olvidar nuestra primera gran discusión, como tampoco olvidaré nunca los días que estuvimos separados y lo mucho que sufrí cuando Ben me dijo como si nada que Harry había sufrido un accidente de moto y que no podía contar con él durante un tiempo. Ben lo dijo como si fuera un contratiempo molesto, sin preocuparse lo más mínimo por él. Yo asentí y cerré con tanta fuerza las manos que me clavé las uñas en las palmas.

Todo eso sucedió hace unos meses, una vida atrás.

Ben y yo volvimos de la fiesta que había originado mi discusión con Harry un lunes casi idéntico al de hoy. Yo me quedé en casa, me había pedido un día de descanso para poder recuperarme de lo que había intuido que sería un fin de semana horrible (acerté), y Ben se fue directamente a sus oficinas en el Capitolio. Quería llamar a Harry pero tras el modo en que nos habíamos despedido tenía miedo de hacerlo y de que no me contestase. Quería ir a verlo y tenía miedo de que no me abriese la puerta. Fui una estúpida y una cobarde.

He aprendido la lección y no volveré a serlo.

Entro en mi despacho, saco el ordenador de la funda y, tras ponerlo en marcha, repito los pasos que Michael me ha enseñado hace unos minutos. Al acceder a Internet me aparece en la pantalla una especie de servicio de mensaje-

Donde empieza todo

ría, intento entrar y evidentemente desconozco el *password* y quedo bloqueada. Sin embargo, el logo que decora la esquina superior me resulta muy familiar.

Estoy segura de que lo he visto antes.

Es el logo de una de las empresas de Wortex, eso es. Lo vi en una de las galas benéficas que organizan cada año. ¿A quién ha escrito Ben de Wortex? ¿Y por qué ha tenido que hacerlo a escondidas desde mi ordenador? Creía que iba a encontrarme con una amante, habría sido preferible a esto, que solo sirve para que mi desconfianza vaya a más y para demostrar que Harry tenía razón.

Debería haberle creído.

Bajo la pantalla del ordenador. ¿A qué se dedica exactamente esa filial de Wortex? No quiero consultarlo aquí, no me fío de estas máquinas ni de las personas que me rodean. Lo mejor será que me vaya a otro lugar, la biblioteca me parece una buena opción, hay mucha gente y allí podré investigar sin temor a que alguien descubra que lo he hecho. No levantaré sospechas, no diría que voy a menudo pero sí lo suficiente como para que nadie se extrañe. Cojo un cuaderno y unos lápices y los guardo en el bolso, el ordenador lo dejo allí. No quiero tenerlo cerca.

En la calle opto por ir andando, el aire me despeina un poco y siento un escalofrío. ¿Me están siguiendo o ya estoy paranoica del todo? Acelero el paso, me tropiezo con el tacón y no me caigo de bruces contra el suelo porque me sujeto de una farola.

—Tienes que tranquilizarte, Victoria —me digo en voz baja.

Miro hacia atrás a pesar de mí misma, pero no hay nadie. Igual que no había nadie en Texas ni en ninguna parte. En Washington las calles son muy anchas, majestuosas, igual que las entradas de los edificios oficiales. La primera vez que vine me resultó intimidante, ahora me parece fría y algo cruel. La biblioteca del Congreso quita el aliento si no estás preparado para verla y lo cierto es que nunca me he acostumbrado del todo a entrar. Me dirijo al edificio John Adams, creo que allí podré encontrar lo que busco. Esquivo a los visitantes de la entrada y aunque el entorno es apabullante llego a la zona de las mesas de estudio y elijo un lugar.

Tomo posesión de un asiento discreto y saco el cuaderno. Tras el descubrimiento de hoy, la frase de Harry ha adquirido un nuevo significado y muchos de los comportamientos de Ben también. Voy a hacer una lista de todo lo que me ha llamado la atención últimamente: viajes que no tenían sentido, frases extrañas, invitados que no parecen encajar en los actos del partido... han sido muchas las cosas raras que he visto y a las que no he prestado más atención.

Lo primero que anoto es el primer accidente de moto de Harry. Fue mentira, lo sé porque una semana después de mi llegada a Washington no pude resistirlo más y fui a verlo a su casa. No me costó demasiado encontrar la dirección, él no me la había dado pero estaba en los archivos que mantiene el agente del servicio secreto que se encarga de la seguridad de casa. Su nombre es John (al principio creía que todos se llamaban así, como Smith en *Matrix*) y no sé por qué, pero creo que Ben no termina de gustarle. Oh, sé que recibiría una bala por él y todas esas cosas, pero no le cae bien. Yo sí. Me acerqué a John, le pregunté directamente si sabía lo del accidente de moto de

Donde empieza todo

Harry y, cuando me contestó que sí, le pedí sin más la dirección con la excusa de mandarle un detalle de parte mía y de Ben.

El detalle lo mandé igualmente, una planta con una caja de bombones, porque no quería poner a John en un compromiso. Me detuve en una floristería de camino al bufete y les pedí que lo entregasen ese mismo día.

A Harry fui a verlo después, estuve tres horas trabajando para que nadie sospechase nada y a la hora el almuerzo fui a su casa. Cuando me abrió la puerta pensé que iba a gritarme.

No lo hizo. Se me cae el lápiz con el que estoy escribiendo al recordar lo que hizo Harry esa tarde. Me besó tan furioso, tan harto de echarme de menos, tan apasionadamente que me toco los labios convencida de que aún puedo sentirlo.

En cuanto me vio en la entrada tiró de mí y cerró la puerta de una patada. Me sobresalté y me pareció la reacción más honesta y más sensual que había visto nunca. Pronunció mi nombre una sola vez y después me empujó contra la puerta y me besó. No me pidió permiso, me arrebató ese beso y los que siguieron después.

Yo se los entregué con mi corazón.

Harry me besó en los labios hasta que pensé que se había colado dentro de mí y que tendría que respirar para siempre pegada a él. Se apartó solo para repetir esos mismos besos en mi cuello y cuando intenté tocarle, porque necesitaba tocarle, me sujetó las muñecas con las manos y las pegó a la puerta, que seguía a mi espalda. Yo no podía mover las manos y él tampoco, porque me las estaba sujetando. Me tocó con su cuerpo, pegó su torso al mío y la cintura en la mía. Tenía las piernas más fuertes que había visto nunca, los vaqueros que llevaba me rozaron los muslos porque yo iba con medias.

—Harry —suspiré su nombre.
—Cállate, no digas nada. Todavía no.
—Quiero...
—Chss.
—Quiero decirte que lo siento.

Harry se detuvo y yo me mordí el labio, furiosa conmigo misma, porque no quería que dejase de besarme.

—Yo también lo siento —confesó levantando la mirada hacia mí.

Me resbaló una lágrima por la mejilla. Le había echado tanto de menos que tenerle delante estaba acabando conmigo.

—Harry, yo...
—Deja que te bese, nada más.

Me beso todo el cuerpo. Sin soltarme las manos bajó los labios por mi cuello y por el escote. Me besó por encima de la camisa de seda, respiró por entre los botones, me acarició el ombligo con la punta de la nariz. Siguió bajando y respiró profundamente pegado a mí.

Una chica se aparta demasiado bruscamente de la mesa y la silla cae al suelo con un golpe seco. Somos varios los que gritamos sobresaltados pero probablemente yo soy la única que tiene el corazón en la garganta, porque he recordado uno de los momentos más íntimos de mi vida. Estoy sonrojada, me arden las mejillas y siento la tentación de abanicarme con el cuaderno.

Ese día Harry me enseñó que si él me besaba no necesitaba nada más.

Donde empieza todo

Descubrí lo del accidente cuando después de volverme loca con sus labios, y sin desnudarme, quise hacerle lo mismo a él. Me soltó las manos para desabrocharme la camisa. Tenía la mirada fija en los botones igual que si fuesen indescifrables y levanté las mías para quitarle la camiseta, las coloqué en la cintura de los vaqueros y él soltó el aliento como si le costase respirar.

—Dime que la próxima vez que tengas que elegir me elegirás a mí.

—Te elijo a ti, Harry. Estoy aquí.

Dejó de desabrocharme los botones, en realidad abrochó los que ya había soltado, y me sujetó el rostro entre las manos. Sonrió con tristeza, en aquel instante su rostro me partió el alma, y se agachó despacio para besarme.

—Tenemos que hablar —me dijo al apartarse.

Lo miré, lo miré de verdad, y la realidad empezó a calarme. No tenía ningún morado, ningún rasguño, ningún hueso roto. Yo había visto suficientes accidentes de moto como para saber que era imposible que estuviese tan sumamente ileso.

—No has tenido un accidente —adiviné confusa.

—No. Me han disparado.

Me temblaron tanto las piernas que Harry me abrazó de inmediato.

—¿Dónde? ¿Estás bien? —farfullé, aunque de repente añadí—: Podría haberte perdido para siempre.

Lo abracé con todas mis fuerzas, igual que haría ahora si tuviese una segunda oportunidad.

—Estoy bien, fue hace unos días. Eh, tranquila. —Me apartó de él, me sujetó el rostro y me prometió—: No vas a perderme.

Me besó otra vez, y yo no quise soltarle.
—No puedo perderte —insistí temblando.
Estuvimos callados un rato, abrazándonos, besándonos.
—Sorprendí a un ladrón en casa —me explicó después—. Entró por el jardín. Se fue corriendo después del disparo, supongo que se asustó. La policía me ha dicho que ven difícil encontrarlo.
—¿Por qué le has mentido a Ben? —No lograba entenderlo.
—Porque no quiero perder mi trabajo, no podría soportar perder la única excusa que me permite verte al menos una vez a la semana. Pensé que si contaba lo del robo Bradley se pondría frenético con lo de la seguridad y desconfiaría de mí.
Le creí, le pregunté si de verdad estaba bien y no paré hasta ver su herida y besársela. Ese mediodía fue el principio de los mejores meses de mi vida. Me enamoré de Harrison de verdad, no como la niña que se había casado con el chico más listo de la clase creyendo que le quería, me enamoré como se enamora uno solo una vez en la vida. Él cambió ese mediodía, antes siempre parecía contenerse, ocultar alguna parte de él, pero a partir de ese día dejó de hacerlo. Cuando nos veíamos dejaba que le conociese, me hacía sentir que formaba parte de su vida y que me necesitaba desesperadamente en ella. La primera vez que hicimos el amor fue... No fue ese mediodía, él se negó y me dijo que quería esperar. Me pareció muy romántico.
Esperó, esperó tanto que cuando por fin una noche fui a su casa porque necesitaba verlo, porque no soportaba estar sin él, porque Ben ya no significaba nada para mí a

Donde empieza todo

pesar de que no sabía cómo o si podía dejarlo, no pudo decirme que no. Lo intentó, yo le convencí de que teníamos que estar juntos, que era lo correcto.

Me cogió en brazos, me llevó a su dormitorio... No me atrevo a seguir recordando. Oigo en mi mente su «te amo» como si me lo estuviera susurrando ahora mismo al oído. Me lo susurró abrazado a mí, acostados en su cama, y yo lo besé.

Estoy enamorada de Harry y no se le dije. El día que murió habíamos discutido. Murió creyendo que elegía a Ben antes que a él.

Me froto los ojos para detener las lágrimas y los recuerdos me hacen daño y no me ayudan a avanzar. Aprieto el lápiz y anoto en el cuaderno:

¿Quién disparó a Harry de verdad? ¿Tiene algo que ver con Ben?

¿La muerte de Harry ha sido un accidente?

¿Qué pinta Wortex?

¿Por qué me miente Ben? ¿Por qué?

Es demasiado. Si no estoy loca y Ben ha tenido algo que ver con la muerte de Harry no podré perdonárselo nunca. Tengo miedo del odio que sería capaz de sentir.

Las consecuencias me abruman, tengo ganas de gritar, de salir de aquí corriendo para ir a buscar a Ben y exigirle que me diga la verdad, pero sé que si se lo pregunto me mentirá. ¿Quién es Ben? ¿En quién se ha convertido?

Cierro el cuaderno y me levanto, me acerco a los ordenadores y me siento en uno al lado de una chica que está prácticamente pegada a la pantalla. Empezaré por Wortex y sus filiales, a ver si encuentro algo que me sirva para descubrir la verdad.

Hay tal cantidad de información sobre esa empresa que es imposible asumirla o clasificarla. Entonces se me ocurre una idea, añado otro criterio de búsqueda y le pido a la base de datos que me proporcione toda la información relacionada con Wortex y con Benedict Holmes al mismo tiempo.

La cantidad sigue siendo importante, pero es manejable. No tenía ni idea de que Ben estuviese tan vinculado a Wortex, ni idea. Anoto los títulos de los artículos más interesantes para imprimirlos y leerlos tranquilamente en mi sitio. Allí podré anotar las dudas que me vayan surgiendo y seguir avanzando. A pesar de que los motivos que me han llevado allí son espeluznantes me siento mejor porque estoy haciendo algo para solucionar mi vida, para vivirla tal y como Harry habría querido.

«Tendrías que estar aquí conmigo, Harrison».

Una hora más tarde recojo mis cosas y salgo de la biblioteca. Tengo que volver andando al bufete y allí coger mi coche y regresar a casa. Quiero llegar a la hora de siempre, de momento me parece lo más precavido. La escalinata está mucho más desierta que cuando he llegado y también las calles que rodean la biblioteca. A medida que me alejo del edificio menos gente me rodea y más sumida estoy en mis pensamientos. Me detengo ante un semáforo, tal vez podría irme a casa de mis padres.

—¡Cuidado!

Giro el rostro al oír el grito y veo un coche negro acercándose a mí a toda velocidad. No consigo reaccionar, el miedo me paraliza. Las ruedas chirrían en el asfalto, va muy rápido y al mismo tiempo esos segundos se me hacen eternos. Viene hacia mí.

Donde empieza todo

Caigo al suelo y me golpeo con el asfalto. No puedo respirar porque encima de mí tengo al hombre que me ha salvado.

El coche se aleja tan rápido como se estaba acercando. Me escuece la mejilla, me he hecho daño y el desconocido sigue sin levantarse. Tal vez él también esté herido.

—¿Estás bien, Victoria?

—¿Harry?

Pierdo el conocimiento al ver sus ojos.

CAPÍTULO 14

Harrison creyó que iba a morir de verdad cuando vio ese coche abalanzándose encima de Victoria. No pensó en las consecuencias que podría tener para la investigación ni para su propia vida, ni para la vida de nadie. Solo pensó en Victoria y en que ella no podía morir.
Hasta ese instante había sido capaz de contenerse, le había costado parte del alma y casi toda su salud mental, pero lo había conseguido. No había ido a abrazarla cuando la vio llorar en su funeral, ni cuando vio que descubría el escondite de los tebeos. No había ido a ayudarla cuando le dio un calambre en el parque y tampoco había ido a besarla ninguna de las noches que la había visto subir a su dormitorio y quedarse dormida tras acariciar su fotografía. No había hecho ninguna de esas cosas y estaba a punto de volverse loco. La echaba tanto de menos que le dolía la piel, quería arrancársela para sentir la de ella. Se odiaba a sí mismo por haberle causado tanto dolor. Una

Donde empieza todo

noche, mientras la espiaba con los binoculares y la vio llorar de esa manera, supo que la amaba de verdad. La amaba más que a nada.

Harry ya sabía que estaba enamorado de ella antes de ese momento, sabía que nunca había deseado tanto a ninguna mujer como deseaba a Victoria y sabía que lo que sentía estando con ella iba mucho más allá de la pasión, la atracción, la lujuria o cualquier otro sentimiento físico. Todo eso lo sabía, lo que no sabía era que verla sufrir le haría tanto daño. Antes de morir pensó que si ella lloraba y lo echaba de menos se sentiría feliz, que así vería si sentía por él lo mismo que él por ella, pero cuando sucedió de verdad, cuando vio el dolor de Victoria y comprendió que él era el culpable, habría dado cualquier cosa para que ella no lo quisiera. Ver sufrir a Victoria era lo más doloroso que había tenido que soportar nunca y habría muerto de verdad con tal de que ella quisiera a su esposo y no a él, con tal de que Victoria dejase de llorar y le olvidase.

«No, eso no es cierto. No quiero que Victoria ame a Ben, quiero que esté loca por mí, que me ame, que me desee, que me perdone».

La paciencia de Harry tenía un límite y su autocontrol también. Ese coche dirigiéndose a toda velocidad hacia la mujer que amaba los había eliminado a ambos.

Tal vez, si hubiesen tardado menos tiempo en organizar su falsa muerte habría podido contenerse. Si solo hubiese pasado una semana enamorándose de Victoria, descubriendo lo que era el amor de verdad, tal vez habría podido encontrar la forma de salvarla sin revelar que seguía con vida. Pero habían pasado meses. Meses.

Harry había estado meses con ella, ahora lo sabía todo

de Victoria, sabía dónde tenía cosquillas y qué helados le gustaban. Conocía el sabor de todos sus besos, las curvas de todas sus caricias, los olores de todos sus sueños. Lo sabía todo porque irónicamente Wortex había decidido cambiar de planes y seguir utilizando a Ben durante un poco más de tiempo antes de eliminarlo, por lo que también le había pedido a Raz T. que no matase a Harrison MacMurray hasta que estuviese seguro de que podía iniciar la destrucción de Holmes. Al menos, esa era la teoría con la que Dupont, Spencer y él estaban trabajando desde que su informante —y ahora pintor retirado en Bolivia— les había advertido de la situación.

Gracias a Wally y a Sally, los programas espías de Harry, estaban al tanto de todas las comunicaciones entre el congresista y la empresa de seguridad privada. Spencer y Dupont habían seguido tirando del hilo de las pistas que habían encontrado en Irak y habían logrado identificar distintos objetivos y establecer las medidas oportunas para protegerlos. A todas las luces la operación estaba siendo un éxito y cuando concluyese, cuando arrestasen al congresista, a su mano derecha y desmantelasen las empresas de Wortex, habrían eliminado una gran amenaza. Harry lo sabía, la parte racional de su cerebro lo entendía, pero en su vida, la que vivía cada día, ya no sabía dónde empezaba la verdad y dónde la mentira.

Lo único que sabía era que amaba a Victoria.

Por todo eso, y porque no podía hacer lo contrario, se lanzó encima de Victoria y la apartó de ese coche que iba directo hacia ella. Dejó que ella chocase contra el suelo porque su instinto le decía que eso no era un accidente y que el ocupante del vehículo podía ir armado y disparar. Él

Donde empieza todo

se quedó encima para protegerla y antes de mirarla se fijó en el coche tanto como le fue posible, memorizó cada detalle en busca de alguno que captase su atención y lo ayudase a localizarlo más tarde.

Nadie disparó, pero el modo en que giraron las ruedas en el asfalto dejó claro que el conductor no era una persona cualquiera. Hacían falta meses de entrenamiento para realizar esa clase de maniobras. La ausencia de armas de fuego quizá se debiera al par de ancianos que había aparecido en la calle, o tal vez en el vehículo solo iba el conductor y no había podido soltar a tiempo el volante.

En cuanto el Cadillac negro giró una calle más abajo, Harry se giró hacia Victoria. El corazón le estaba destrozando el pecho a golpes y tuvo que tragar saliva para poder hablar.

—¿Estás bien, Victoria?

Ella lo miró con las pupilas dilatadas por el miedo, el corazón también latía muy rápido por el miedo y la adrenalina, no como él, que era porque volvía a verla. Victoria tardó unos segundos en enfocar la vista y reconocerlo. Harry notó el instante exacto, vio la luz que brilló en sus ojos, la ilusión, la confusión, el terror.

—¿Harry?

Se desmayó cuando él le sonrió.

Harry se apartó frenético de encima de ella, preocupado por si el golpe en la cabeza había sido más grave de lo que había creído en un principio. Los ancianos de antes, de los que uno era el que había advertido a Victoria del coche, se acercaron.

—¿Qué ha sucedido?

—Voy a llamar a una ambulancia.

—No —los detuvo Harry—, no es necesario. Soy médico.

Los dos hombres lo miraron con suspicacia y no le habrían creído si en aquel preciso instante no hubiese aparecido Spencer y hubiese fingido ser policía.

—Buenas noches, señores, soy el detective Pollock. Apártense para que el doctor pueda inspeccionar a la señorita, por favor. Una ambulancia está de camino, no se preocupen.

Victoria parpadeó y abrió los ojos. Harry, tras asegurarse de que no estaba herida y de que no tenía ningún golpe importante ni sangre en la cabeza, le estaba acariciando el rostro de un modo nada profesional.

—Hola —balbuceó como un idiota—. Soy yo.

Victoria volvió a cerrar los ojos. No perdió el conocimiento, apretó los párpados con fuerza y dos lágrimas se resbalaron por su rostro, una por cada mejilla.

—Tengo que levantarte, amor.

Spencer despidió a los dos caballeros, que muy amablemente se ofrecieron a testificar si fuera necesario, y se agachó junto a Harry.

—Tienes que irte de aquí antes de que alguien te vea, yo me ocuparé de la señora Holmes.

—No, no pienso dejarla otra vez—. La ayudó a levantarse, ella seguía en silencio pero dejó que él la incorporase—. Victoria se viene a mi casa conmigo.

—Joder, Harrison, sabes que no puedes hacerlo.

—Ese coche ha intentado atropellarla, Spencer. Te aseguro que no voy a volver a alejarme de ella.

—Mierda.

Spencer se puso en pie y se pasó nervioso las manos

Donde empieza todo

por el pelo. Harry acompañó a Victoria hasta el coche en el que había llegado Spencery la ayudó a sentarse. Le ató él mismo el cinturón y al pasar junto a su rostro respiró profundamente, ella abrió los ojos y lo miró. No ocultó las lágrimas ni el dolor, ni tampoco lo furiosa que estaba. Harry tragó saliva y asintió, se apartó y dejó la puerta abierta.

—Es imposible que el conductor de ese coche no me haya reconocido.

Harry iba vestido con unos vaqueros negros y una sudadera negra con capucha que todavía llevaba puesta. Tenía razón, su rostro estaba prácticamente oculto, podía ser cualquiera.

—¿Y qué le diremos al congresista, Harry? ¿Que su esposa ha desaparecido sin más? No digas estupideces.

—Tal vez el congresista conducía ese coche, o tal vez haya pagado a alguien para que lo hiciera. No voy a permitir que Victoria corra ningún riesgo, ¿está claro? No teníamos ni idea de que ella también podía ser un objetivo, maldita sea.

—Llamaré a Ben y le diré que me he ido unos días a casa de mis padres. —La voz de Victoria sonó apagada, y aun así Harry suspiró aliviado al oírla—. No le extrañará.

—¿Y sus padres, señora Holmes? ¿Qué dirán cuando su marido les llame para hablar con usted? —Spencer utilizó adrede su nombre de casada. Harry le habría dado un puñetazo a pesar de ser su mejor amigo y de entender los motivos por que lo hizo.

—Ben no se habla con mis padres, si quiere hablar conmigo me llamará al móvil —respondió Victoria—. De todos modos, llamaré a mi madre y le diré que necesito estar unos días sola y que si llama Ben le mienta. Tampoco le extrañará.

—Demasiadas mentiras —farfulló Spencer.

—Sí, demasiadas mentiras —convino Victoria mirando a Harry a los ojos un segundo para después perforar a Spencer con los suyos. —. Si no me falla la memoria, a usted le vi el otro día en el parque, me preguntó si necesitaba ayuda cuando me dio un calambre. Soy muy buena fisonomista.

—Maldita sea. —Spencer no negó que efectivamente era él el corredor del parque. Harry le había pedido que siguiese a Victoria durante las horas que él no podía y esa noche la había estado vigilando en el parque—. Llámeme Spencer.

Victoria cerró los ojos y apoyó la cabeza en el respaldo.

—Estoy cansada y quiero darme un baño, me duele la espalda por el golpe.

—Mierda. —Harry reaccionó de inmediato—. Nos vamos de aquí.

Entró en el coche y lo puso en marcha sin despedirse de Spencer. Ya hablaría con él más tarde (y le devolvería el coche), en ese momento solo le preocupaba Victoria. Condujo con cuidado, observando con atención los vehículos que circulaban cercanos a ellos para asegurarse de que no los seguían. Ninguno le pareció sospechoso, pero aun así dio un rodeo antes de dirigirse a su casa. También miraba a Victoria de reojo. Nada le habría gustado más que alargar la mano y coger la de ella, o colocarla cariñosamente sobre su pierna, o acariciarle la mejilla, sin embargo sabía que no podía hacerlo. Ella no quería, y a juzgar por lo ten-

Donde empieza todo

sa que tenía la espalda y por su negativa a mirarlo, ni siquiera soportaba estar en ese espacio cerrado con él.

Harry quería contárselo todo. Aunque ese coche dirigiéndose a toda velocidad hacia Victoria le había arrebatado años de vida, ahora sentía un profundo alivio porque por fin podía decirle toda la verdad. No sabía cómo empezar, ni por dónde, no quería que ella se sintiese como una tonta además de engañada. Victoria tenía que entender que esa clase de engaños formaba parte de su vida, de su profesión, desde hacía años y que, por desgracia, habían sido un mal necesario. Gracias a ese tipo de operaciones su equipo y él habían protegido a mucha gente.

Algo le decía que Victoria no iba a verlo de la misma manera.

Giró en la última calle, nadie los seguía, y se dirigió a la parte trasera de su casa.

—¿Es tu casa de verdad?

Cerró los ojos al apagar el motor. No, Victoria no iba a verlo de la misma manera.

—Sí, por supuesto que sí. Vamos, te preparé un baño de agua caliente, te irá bien.

Victoria soltó el aliento y bajó del vehículo. Caminó detrás de Harry adrede, parecía decidida a no mirarlo y a no permitir que él se le acercase.

Harry apretó los puños y se prometió que iba a tener paciencia. Lo primero era asegurarse de que no tuviese ninguna herida ni ningún golpe importante en la cabeza. Después, ya hablarían.

Abrió la puerta y se apartó para dejarla entrar. Victoria esperó en el vestíbulo como si no hubiese estado allí antes, como si él no la hubiese besado contra esa puerta o no la hubiese llevado en brazos por esa escalera desesperado.

—¿Quieres llamar a tu madre? —le sugirió Harry—. Yo mientras iré a por las toallas y llenaré la bañera.

Victoria parpadeó y lo miró un instante. Vio que él dejaba su bolso encima del mueble que había junto la entrada, ese donde Harry había colocado la tira de fotos que se sacaron en un fotomatón una tarde en una feria. Caminó hasta allí y tocó las fotos un segundo, después se apartó sin cogerlas y abrió el bolso para buscar el móvil. Harry suspiró resignado y subió la escalera.

—Me extraña que te hayas quedado con las fotos, deben de parecerte ridículas —dijo ella en voz baja y furiosa.

Harry se detuvo en seco y se giró en el escalón para mirarla.

—Son las únicas que tengo de los dos juntos, no me parecen ridículas. Llama a tu madre, tendrás la bañera esperándote cuando termines. Y después hablaremos.

—No hay nada de qué hablar, Harry. Me has mentido, me has utilizado, me has estado espiando. Es bastante evidente.

—Te he mentido y te he espiado, pero nunca te he utilizado. Yo te quie...

—No sigas, no hace falta. Voy a ayudarte de todos modos, a ti y a Spencer y a quien sea que esté detrás de todo esto. Tenías razón, Ben está metido en algo.

—No me importa, no quiero hablar de eso.

—Pues es de lo único que estoy dispuesta a hablar contigo. De hecho, ¿sabes una cosa? Si vuelves a insinuar una estupidez como la de antes, me iré. Esa es mi única condi-

Donde empieza todo

ción, Harrison, lo tomas o lo dejas. Saca el tema de «lo nuestro» —hizo el gesto con los dedos— y me largo y voy directa a la policía o al primer periódico que me pase por la cabeza y se lo cuento todo.

Harry apretó la barandilla, el gesto de las comillas le había puesto furioso. Victoria hablaba en serio, lo veía en sus ojos, no dudaría en abrir la puerta y salir de allí.

—Llama a tu madre, Victoria. Yo estaré arriba.

Giró y subió el tramo que le faltaba de la escalera. Entró primero en el baño, giró el grifo del agua caliente hasta encontrar la temperatura adecuada y dudó un segundo sobre si encendía o no una vela. No quería volver a provocar la ira de Victoria pero era incapaz de no cuidarla. Al final llegó a un acuerdo consigo mismo y encendió una vela pero dejó la luz encendida para que el ambiente no fuese tan íntimo. Oyó a Victoria hablando con su madre; tal y como les había sugerido antes a Spencer y a él le dijo que no estaba pasando por un buen momento con Ben y que necesitaba estar unos días sola. Harry no oyó las preguntas o las respuestas de la madre de Victoria pero decidió que esa mujer le gustaba, en ningún momento había intentado convencer a su hija para que volviese con su marido y estaba claro que el congresista no le caía nada bien. El ruido del tercer peldaño —crujía y llevaba años diciendo que lo arreglaría— le anunció que Victoria estaba subiendo. Ella conocía la casa a la perfección, sin embargo esa noche todo parecía tener un nuevo significado. Harry salió del baño y se cruzó con ella en la puerta. Se detuvo a mirarla, tenía un rasguño en la mejilla y la sombra de un golpe en la sien. Una de las mangas de la camisa estaba rasgada y la falda manchada.

—Te traeré algo de ropa —le dijo al moverse de nuevo.
—Gracias.

Victoria dejó la puerta abierta y esperó, comprobó la temperatura del agua y se dirigió al espejo. Al ver las heridas buscó en un cajón el líquido antiséptico para desinfectarlas.

—Toma, te lo dejo aquí. —Harry dejó encima del baño una vieja camiseta suya que solía ponerse para dormir y unos pantalones de algodón que utilizaba para estar en casa. Las prendas estaban limpias y olían a él, supuso. Después de esa noche olerían a ella.

—Gracias —repitió Victoria.

Su actitud estoica y distante lo enervó.

—Te dejo sola, estaré abajo esperándote.

Esperaría tanto como hiciese falta a que Victoria bajase, y si no, subiría a buscarla.

CAPÍTULO 15

Era muy difícil tener paciencia cuando lo que de verdad quería hacer era besarla, abrazarla, pedirle que por favor lo escuchase, contarle por qué había tenido que actuar de esa manera y suplicarle que lo perdonase. Fue a la cocina y puso a calentar un poco de agua para preparar té. Mientras comenzaba a hervir buscó la tetera y puso los dos sobres. Desde el piso donde estaba no podía oír a Victoria bañándose, pero podía imaginársela a la perfección.

Se quemó con el agua al oír sonar el teléfono móvil y tras soltar dos o tres insultos fue a contestar. Era su hermano Kev.

—No puedes llamarme —lo riñó sin saludarlo siquiera.

—Estás enamorado de la esposa del congresista.

—¿Para eso me llamas, Kev?

—No, Harrison, no te llamo para eso —contestó con el mismo tono sarcástico—. Papá y mamá están hechos una mierda, y aun así están mucho mejor que Victoria Hol-

Donde empieza todo

mes. Cuéntame en qué diablos estás metido, Harrison. No puedes seguir haciéndote el muerto, tienes que afrontar tus problemas.

Harrison suspiró agotado.

—No estoy haciéndome el muerto, Kev, y créeme, no quiero huir de mis problemas. Nada me gustaría más que resolverlos todos de frente de una vez por todas.

—Entonces, si no quieres huir de nadie, ¿por qué mierda has fingido tu propia muerte?

—Por el trabajo. —En ese mismo instante, sin pensarlo dos veces y sin pedirle permiso a Dupont, Harry decidió que iba a contarle la verdad a su hermano.

—¿Por el trabajo?

—Sí, ahora no puedo contarte los detalles, Kev, Victoria está aquí conmigo y necesito hablar antes con ella. Ella tiene que ser la primera en saberlo.

—¿Victoria está contigo? —Harry se imaginó a su hermano frustrado, pasándose las manos por el pelo—. Está bien, habla con ella. Llámame en cuanto puedas, ¿de acuerdo?

—De acuerdo —suspiró aliviado al oír que Kev lo apoyaba—. Gracias, Kev.

—De nada, tú harías lo mismo por mí.

Le colgó y Harry se quedó en silencio en la cocina durante unos segundos. Preparó las tazas y el azucarero y llevó la bandeja donde lo había preparado todo hasta el comedor. Quería subir, así que se sentó en el sofá y entrelazó los dedos para contener el temblor y las ganas de ir al baño y dar rienda suelta a sus sentimientos. Harry no era idiota, y tampoco estaba ciego, sabía que Victoria lo deseaba y sabía que si subía arriba y empezaba a besarla ella respondería, lo abrazaría, lo besaría... y después lo abofetearía y le odiaría más que ahora.

—Ya estoy aquí.

Estaba tan concentrado en contenerse que prácticamente había cerrado los sentidos y no la había oído bajar. Victoria estaba de pie bajo el umbral de la puerta del comedor. La camiseta le iba enorme, casi le rozaba las rodillas y las mangas cortas le cubrían los codos. El pantalón también. Se había remangado el dobladillo cuatro o cinco veces a juzgar por el grosor de la tela y seguro que había tenido que apretar el lazo de la cintura. Por debajo del exceso de prenda que se amontonaba en sus tobillos sobresalían sus pies desnudos. A Harry en ese instante le pareció lo más sensual y erótico que había visto nunca.

—Iré a buscarte unos calcetines —farfulló.

A Harry le costó moverse de lo excitado que estaba, lo consiguió gracias a una fuerza de voluntad que desconocía poseer y a que sabía con certeza que si esa noche cometía un error, la perdería para siempre. Entró en su dormitorio enfadado y buscó el par de calcetines más gruesos que tenía. No hacía demasiado frío, no era ese el motivo por el que había ido a buscarlos, pensó que llevarlos le resultaría más cómodo a Victoria que ir descalza, y así tuvo unos segundos más para pensar y recuperar la calma. Cuando regresó la encontró sentada en el sofá con las manos entrelazas y lo tranquilizó presenciar que ella estaba tan nerviosa y alterada como él.

—He preparado té —dijo al entrar para advertirla de su presencia.

—Sí, lo he visto, me he servido una taza —contestó llevándosela a los labios—. Gracias.

Donde empieza todo

Tanta educación estaba poniendo a Harry de los nervios, aunque si esa excusa servía para iniciar la conversación, bienvenida fuese.

—Antes de nada, ¿te duele algo? Tienes que haberte golpeado con el asfalto, te he empujado con fuerza y no he hecho nada para amortiguar el golpe.

—Me has salvado la vida.

Por primera vez en esa noche Harrison creyó que Victoria lo miraba como antes. Ella había accedido a quedarse solo si no hablaban de ellos dos, y no era el momento de desobedecer esa prohibición. Todavía era pronto y Victoria podía irse en un abrir y cerrar de ojos.

—¿Qué hacías en la biblioteca? —Cambió el enfoque.

—¿Y tú?

—Seguirte —contestó sin disimulo.

—¡Lo sabía, sabía que alguien me seguía desde hace días, en el funeral, en el parque, el otro día en los juzgados! —Enumeró los lugares separando un dedo para cada uno. La frustración y el enfado aumentaban con cada palabra.

—Un momento, espera un momento, ¿en los juzgados? Yo no estaba en los juzgados, esa mañana tuvimos una reunión.

Se levantó tan furioso como ella.

—¡Pues sería alguno de tus compinches!

—Yo no tengo compinches, y te aseguro que ellos no estaban en los juzgados. Esto es importante, Victoria, ¿de verdad crees que te seguía alguien?

—No lo creo, lo sé.

—Está bien—. Se sentó y se pasó las manos por el rostro antes de farfullar—: Mierda. ¿Sabes quién te seguía, pudiste ver a alguien?

—No, no pude ver a nadie, Harrison, ¿y sabes por qué? Porque estaba muy triste porque creía que se había muerto un hombre increíble con el que iba a empezar mi vida y creía, estúpida de mí, que esa sensación de que alguien me estaba siguiendo eran imaginaciones mías—. Le brillaron los ojos y apretó los puños decidida, sin embargo ni una lágrima escapó por entre las pestañas.

—No he muerto —dijo en voz baja, con la voz rota y contenida.

—Oh, sí que has muerto, Harrison, créeme. Fui a tu funeral. Dime, ¿a qué ha venido todo esto? ¿Por qué me seguías? ¿Por qué has fingido tu muerte? ¿Es por Ben? Ya sé que Ben es el motivo por el que me sedujiste, pero no logro...

—¡Yo no te seduje por Ben! ¡Maldita sea, Victoria! —Harrison se puso en pie de nuevo y se acercó a ella. Estaba sentada en el sofá con una taza entre las manos y había vuelto a inclinar la cabeza—. Mírame.

Ella siguió observando fascinada el interior de la taza de té.

—Mírame —repitió Harrison—. Ben no tiene nada que ver entre tú y yo. Nada en absoluto.

Victoria levantó la cabeza; las lágrimas sí que le recorrían ahora las mejillas.

—Claro que tiene que ver, Harrison, Ben es mi marido.

Harrison retrocedió dolido, herido.

—Sí, tienes razón—. Durante un breve segundo recordó una conversación muy dolorosa que prefería olvidar. Dio media vuelta y regresó al lugar donde antes había estado sentado, un chester que tenía frente a la chimenea.

Donde empieza todo

Ahora estaba apagada, pero había estado encendida una tarde que Victoria y él hicieron el amor delante. Cerró los ojos y soltó el aliento—. ¿Qué hacías en la biblioteca? Si hace días que te están siguiendo, tiene que haber sucedido algo últimamente que les haya puesto lo bastante nerviosos como para intentar matarte.

—No sé de qué me hablas, Harrison, pero no voy a contestar ni una pregunta más hasta que tú contestes a las mías. Creo que tengo derecho, asistí a tu funeral.

—¿Algún día dejarás de recordármelo?

—Tranquilo, en cuanto mi vida vuelva a la normalidad no tendrás que verme nunca más.

Harrison apretó los dientes. Victoria estaba furiosa y quería hacerle daño. Eso fue lo que se dijo para justificar su actitud cortante y distante.

—Está bien, pregunta. ¿Qué quieres saber?

—Oh, vaya, muchas gracias, qué detalle—. Harry enarcó una cerca para advertirle que el sarcasmo no le había gustado, pero Victoria le ignoró y, tras beber un poco más de té, dejó la taza en la mesilla que los separaba y se cruzó de manos. Lo miró cual profesora dispuesta a hacerle un examen—. Esta casa, tu moto, tu carrera, tu nombre, ¿es de verdad?

—Por supuesto que es de verdad —contestó él de inmediato—. ¿Quieres que vaya a buscar las escrituras?

—No me mires así, es normal que no te crea.

—Sí, ya sé, asististe a mi funeral—. Se pasó las manos por el pelo—. Sí, de verdad me llamo Harrison MacMurray y esta casa es mía, y la moto también, y sí, estudié en el M.I.T. y me trasladé aquí al terminar la ingeniera por trabajo. Y sí, mi familia es de Boston.

—No sabía que tu padre era Robert MacMurray y, tu hermano, el capitán de los Patriots de Boston.
—Te dije mi apellido y te hablé de mis padres y de mis hermanos. Para mí son mi familia, no acostumbro a alardear de sus éxitos profesionales porque en casa no somos así. Creía que sabías quiénes eran.
—No, no lo sabía—. El tono de esa pregunta y su respuesta había rebajado la tensión y Victoria bebió un poco más de té—. ¿Trabajas para la C.I.A. o para el F.B.I. o acaso eres policía? No me digas que eres periodista, porque...
—No, no soy periodista, y tampoco policía ni trabajo para el F.B.I. o la C.I.A..
—¿Entonces?
—Te he contado la verdad, estudié Ingeniería y estoy especializado en programación y análisis de sistemas—. Cogió aire, le buscó la mirada y no siguió hasta encontrársela—. Cuando estaba en mi último semestre un hombre vino a hablar conmigo. Su nombre es George Dupont y aunque hace años que trabajo para él todavía no sé qué cargo ocupa exactamente dentro del gobierno. Dupont se sentó en mi mesa a la hora del desayuno y básicamente me dijo que si yo de pequeño había podido entrar en la base de datos del Pentágono, al acabar la carrera tenía que ir a trabajar para él. Ni siquiera me dio sus datos, me dijo que si de verdad quería, sabría encontrarlo.
—Y lo encontraste.
—Y lo encontré. George Dupont dirige un departamento informático, por llamarlo de alguna manera, que trabaja de modo independiente para el organismo del gobierno que lo necesite. Cuando empezamos, hace años, la gran mayoría de las veces actuábamos de soporte de otros equi-

pos, proporcionábamos datos al F.B.I., descodificábamos programas para la C.I.A., etc.... Pero enseguida nos dimos cuenta de que solos éramos más eficientes.

—Seguro.

Harrison ignoró el sarcasmo —otra vez— y siguió adelante.

—Hace unos meses cuatro hombres de nacionalidad estadounidense aparecieron asesinados en Irak. Las profesiones de esos hombres, el modo en que acabaron con sus vidas, el lugar, nos pareció sospechoso y empezamos a investigar. Nada parecía tener sentido hasta que dimos con una pista fiable que nos llevó hasta el hotel Green Pomegranate y la noche en que Ben presentó allí su campaña.

—Ben no ha matado a esos cuatro hombres —afirmó horrorizada.

—Todavía no lo sabemos, aunque lo cierto es que yo tampoco creo que Ben los haya matado. Pero está involucrado de alguna forma.

—Ben jamás haría algo así.

—Sí, ya sé que Ben es perfecto. Sé que jamás lo dejarás por mí. Lo sé, me lo dijiste. —Victoria apartó la mirada al oír esas recriminaciones y Harrison se alegró de que a ella tampoco le gustase recordar esa conversación—. Pero ahora no estamos hablando de Ben tu marido, estamos hablando de Benedict Holmes, un congresista con mucho poder en Washington que puede haber movido algunos hilos para ayudar o proteger a quien no debía.

—Crees que Wortex está involucrado en esas cuatro muertes.

—¿Cómo lo sabes? —Él no había mencionado en ningún momento el nombre de la empresa de seguridad, ni en la discusión de esa noche ni en ninguna otra.

—Ben utilizó mi ordenador para comunicarse con una empresa de Wortex, es lo que estaba investigando hoy en la biblioteca.

—Mierda, ¿cómo lo descubriste? ¿Lo viste por casualidad? —Se levantó y se acercó a la repisa de la chimenea. No podía seguir sentado y así se alejaba de Victoria y de la tentación de besarla.

—No, hace unos días tuve la sensación de que alguien más aparte de mí utilizaba mi ordenador y le pedí a Michael, un compañero del trabajo, que me ayudase a investigarlo.

—Necesitaré ver ese ordenador.

—¿Crees que ese coche se ha abalanzado sobre mí por eso? ¡Pero si no sé nada!

—Tal vez tú crees que no sabes nada. Tengo que ver ese correo, Victoria.

—Está bien. Tengo el ordenador en el bufete, mañana puedo ir a buscarlo.

—Iré contigo.

—No, tú estás muerto, ¿recuerdas?

—Maldita sea, Victoria. En el bufete no me ha visto nadie, no saben quién soy, entraré fingiendo ser otra persona, iré a reparar una fotocopiadora o un ordenador. Nadie se fijará en mí.

—Lo de fingir ser otra persona se te da bien.

—Contigo no he fingido nunca nada.

—¿Y cómo quieres que lo sepa? Para mí Harrison está muerto, tú eres una especie de espía informático que está espiando a mi marido y que me sedujo porque se aburría.

Donde empieza todo

—Dime una cosa —había intentado contenerse, aguantar los golpes. Pero ya no podía más—, cuando creías que había muerto, ¿también me odiabas tanto? ¿O insultarme y destruir lo que sentimos el uno por el otro es tu manera de justificar que le fuiste infiel a tu marido?

Victoria se levantó y se acercó a él, retándolo.

—¿Qué estás insinuando?

—Nada, pero digamos que tienes razón y que te seduje porque me aburría o porque quería espiarte, o cualquier otra estupidez tras la que esconderte que se te ocurra. Digamos que tienes razón y lo hice por eso, ¿por qué lo hiciste tú? Porque, si no me falla la memoria, en esta misma habitación me desnudaste y me prohibiste que me moviera hasta que...

Victoria lo abofeteó. Harry anticipó el golpe y no se apartó, aunque le sujetó la muñeca al terminar para acercarla a él y besarla justo después. El beso fue tan breve, tan contundente y tan impactante como la bofetada. La soltó antes de que su sabor y su suspiro lo afectasen tanto que no pudiese dejarla ir.

—Es tarde, será mejor que dejemos el resto de la conversación para mañana —dijo como si el beso (o la bofetada) no hubiese existido. Le delató que se frotó la mejilla y que tenía los ojos más oscuros por culpa del deseo.

—Sí, será lo mejor —aceptó ella igual de alterada.

—Yo dormiré en el sofá, tú duerme en mi cama. Espera aquí, o ve a la cocina y bebe un poco de agua si no quieres estar aquí conmigo, haz lo que quieras. Yo iré a por una manta y un cojín y cuando vuelva me acostaré en el sofá.

Giró hacia la puerta. La casa contaba con varios dor-

mitorios, pero Harry no tenía más camas que la que él utilizaba. Llevaba años diciendo que iría a comprar una, pero nunca encontraba el momento. Esas habitaciones más o menos vacías todavía no tenían destino asignado.
—Quédate tú en la cama, yo dormiré en el sofá.
La voz de Victoria lo detuvo y se giró justo donde estaba.
—Mira, Victoria, o duermes tú en la cama, o dormimos los dos. Podrás abofetearme una vez más, pero entonces yo volveré a besarte y los dos encontraremos la manera de desquitarnos por lo furiosos que estamos. Así que, tú eliges, vas tú a la cama, o vamos los dos. Juntos.
Victoria se lamió el labio inferior, sin duda para provocarlo.
—Voy yo.
—Eso creía.

CAPÍTULO 16

Harrison está vivo y durmiendo en el piso inferior, en un sofá donde hace semanas le pedí que me dejase recorrerle el torso a besos para ver si tenía cosquillas. Siento un calor por todo el cuerpo al recordarlo y golpeo furiosa la almohada.

Harry tiene cosquillas, y tiene un modo muy curioso de vengarse.

He pasado de llorar porque creía que iba a morir por haberle perdido a querer matarlo con mis propias manos por haberme engañado. Los motivos por los que utilizó un subterfugio para entrar en el equipo de Ben puedo entenderlos, si sospechaban de Ben es lógico que quisieran investigarlo sin que él lo supiera.

Ben... ¿Qué le ha pasado a Ben? Cuando Harrison me ha contado lo de Irak, mi primera reacción ha sido negarlo. El Ben que yo conozco jamás encubriría o participaría en la muerte de cuatro personas, pero está visto que ni

Donde empieza todo

Ben ni Harry son como yo creo. Mi instinto me dice que aunque no estoy enamorada de Ben no puedo equivocarme tanto con él, que es inocente de esas cuatro muertes, aunque tal vez no del resto. ¿Qué voy a hacer? ¿Qué puedo hacer? Siento que tengo la obligación de cuidar de Ben, de intentar defenderlo o como mínimo ayudarlo. ¿Cómo?

Harry ha reconocido que él tampoco cree que Ben matase a esos cuatro hombres, pero sí que está encubriendo al verdadero culpable, o tal vez incluso beneficiándose de ello.

Vuelvo a moverme en la cama, que me parece gigantesca sin Harry a mi lado, y fría, impregnada de soledad, igual que creía estar yo estos días.

Soy una estúpida, me siento como una estúpida. Me he pasado la última semana llorando, desesperada por la muerte de Harry, y ahora le tengo a unos metros de distancia y me he asegurado de hacerle daño y de decirle que jamás vuelva a acercárseme.

Soy una estúpida.

Una estúpida herida a la que le han hecho mucho daño y está harta de equivocarse con los hombres de su vida. Esta vez creía que lo había hecho bien, que me había enamorado de verdad de un hombre que me había entregado su corazón junto con su cuerpo y toda su pasión. Creía que Harrison me amaba —él me lo había dicho— y que me respetaba. Lo de las mentiras por el trabajo o para proteger la misión, o la fantasmada que sea, puedo entenderlo. Sí, tal vez soy demasiado crédula o demasiado facilona, por eso lo entiendo y podría perdonarlo, pero ¿fingir su propia muerte? ¿Dejarme llorar desconsolada frente al árbol donde escondía los cómics? Eso es cruel y egoísta, y muy retorcido. Y demuestra que no confía en mí, que no me quiere ni necesita tanto como dice, o decía. Si eso fuera verdad, habría encontrado la manera de no hacerme sufrir tanto.

Vuelvo a golpear el cojín y el muy maldito me sopla el perfume de Harry a la cara. Durante unos segundos es como tenerlo pegado a mí, su olor, su piel, su sabor. Me tumbo hacia arriba y me llevo una mano a los labios. Aun puedo sentirlo allí, y también bajo las yemas de los dedos con los que le he abofeteado. Si Harry no me hubiese soltado y apartado, le habría sujetado por la camiseta y le habría seguido besando.

Él ha dicho la verdad, si hubiésemos vuelto a tocarnos habríamos encontrado la manera de desahogarnos... y ahora estoy aquí sola sufriendo en su cama y él seguro que está durmiendo a pierna suelta en el sofá.

Sí, soy una estúpida.

Debería estar histérica pensando en que hace unas horas alguien ha intentado matarme, debería llamar a un abogado (uno que no conociese a nadie de mi bufete ni relacionado con la política) y pedirle una cita para informarme sobre los pasos a seguir en caso de divorcio. Debería estar triste por el fin de mi matrimonio porque, pase lo que pase con Harrison, no voy a volver con Ben (aunque a Harrison no se lo diré, ya es bastante engreído como para empeorarlo). Desde el primer beso de Harry he sabido que a Ben nunca lo he querido como a él. Tal vez nos conocimos demasiado jóvenes, tal vez estábamos destinados a ser solo amigos y terminamos casándonos porque era lo que se esperaba de nosotros, en especial de Ben.

Conocí a Ben en la universidad, era encantador y su en-

Donde empieza todo

tusiasmo era contagioso. Nadie podía estar cerca de Ben y no querer estar con él. Hablaba sin parar de los cambios que nuestro país necesitaba para tener una sociedad más igualitaria, segura y feliz. Ahora que lo pienso no sé si quería estar con él o con sus ideas, tengo que ser valiente y reconocer que cometí un error. La noche antes de nuestra boda mi madre vino a mi dormitorio y estuvimos hablando durante horas. Mamá estaba muy ilusionada, me dijo que casarte con el hombre que amas era lo más maravilloso y lo más complicado del mundo. Me habló, sonrojada, de la pasión que papá y ella compartían, de las discusiones absurdas del principio, de los besos, de la sensación de echar tanto de menos a alguien que apenas podías respirar, de la seguridad que proporcionaba saber en lo más profundo de tu corazón que estabas con la única persona que te completaba.

Me seco una lágrima.

Recuerdo que cuando escuché a mamá pensé que era una exagerada, una romántica empedernida que estaba anclada en una idea del amor del pasado, mientras que yo vivía un amor del presente. Yo no sentía que Ben me completaba y sus besos nunca me habían hecho flotar en el aire. Compartíamos una manera de ver el mundo, unos objetivos, y creía que me bastaba con eso. Creía que eso era el amor. Ben y yo éramos felices, el sexo estaba muy bien, nos reíamos juntos y nos entendíamos. Al menos al principio. No sé cuándo empezamos a separarnos, fue hace tiempo y tan lentamente que no me di cuenta. Otra prueba más de lo poco intensos que son nuestros sentimientos, porque si le hubiese necesitado me habría dado cuenta de que no estaba a mi lado.

A pesar de ello, me siento culpable por haberme acercado a Harry. Tendría que haber sido más honesta con Ben y no actuar a sus espaldas. Le prometí que le sería fiel, y no se lo he sido, y por más que intente justificarme diciendo que él tampoco, que su infidelidad tal vez no haya sido física pero sí emocional, pues me ha traicionado, no me sirve.

No pude evitarlo, lo intenté, lo intenté con todas mis fuerzas, pero cada vez que veía a Harry el corazón me golpeaba el pecho diciendo «es él, es él». Por qué he cometido un error tan grande. He sido infiel a un hombre del que hace años no estoy enamorada y le he entregado mi corazón a uno que no existe y que me ha engañado.

Mi vida es un desastre. Sorbo por la nariz, me muevo en la cama y escondo el rostro en la almohada. Lo arreglaré, me costará pero pondré orden, ayudaré a Ben tanto como pueda y, si es culpable —por favor, que no lo sea—, no volveré a engañarme y lo asumiré. Y en cuanto a Harry, no sé qué hacer, no sé qué puedo hacer.

Está vivo. Hace unos días, unas horas, si alguien me hubiese dicho que podía volver a estar con Harry habría llorado de emoción, habría saltado a sus brazos y le habría besado. No habría parado de besarlo. Ahora estoy aquí sola, llorando, con la cabeza hecha un lío.

—No puedes dormir.

Su voz no me sorprende, he oído el sonido de sus pisadas por la escalera. Estoy de espaldas a la puerta y no puedo verlo, pero puedo sentirlo. Se me eriza la piel de la nuca y me lo imagino con un hombro apoyado en el marco y los pies cruzados por los tobillos. Probablemente está despeinado de pasarse las manos por el pelo y lleva las gafas

Donde empieza todo

que se tocará cuando esté nervioso. También le habrá empezado a salir la barba.

—No —le contesto, a pesar de que no me ha hecho ninguna pregunta.

—Yo tampoco puedo dormir.

Mantengo los hombros rígidos y aguanto la respiración. No quiero volverme y verle allí de pie con ganas de acercarse a mí. No podré volver a rechazarlo y sé que no estoy preparada para perdonarle, ni siquiera para escucharle. Sin embargo, le echo tanto de menos, tantísimo... Tengo la piel de gallina y el corazón en la garganta y una pequeña parte de mí (o no tan pequeña) quiere que Harry entre en el dormitorio y vuelva a besarme.

Así podría rendirme a él, dejarme ir, besarle, tocarle, amarle, sin tener que asumir las consecuencias.

—El día del funeral tenía que estar en Washington, o en Nueva York, en cualquier parte del mundo que no fuera el rancho de Texas del abuelo—. Harry empieza a hablar sin pedirme que lo escuche. Su voz, sin embargo, está tan rota y tan comedida que no tengo más remedio que hacerlo—. Dupont y Spencer amenazaron con encerrarme en alguna parte si me acercaba a un aeropuerto, pero surgieron distintos asuntos que nos dispersaron y me quedé solo. Evidentemente, cogí el primer vuelo que salía hacia Texas.

No puedo evitarlo, me giro despacio en la cama. Las sábanas susurran hasta que me coloco de nuevo de lado, pero ahora mirando hacia la puerta. Efectivamente, Harry está allí de pie, terriblemente atractivo, seductor, y por primera vez me doy cuenta de que está destrozado. El dolor que siente es tan profundo que aunque no tiene heridas en el cuerpo es visible, incluso palpable. Le quiero, eso no puedo negármelo, y cierro los dedos con fuerza para contener las ganas de levantarme y abrazarlo.

—Primero solo quería acercarme al rancho para ver si mis padres estaban bien. Nada más. Pero una vez llegué allí no pude contenerme y me quedé. Fui a hablar con Kev.

—Tu hermano sabe la verdad —le interrumpí horrorizada, y mi enfado aumentó. Harry sí que había confiado en alguien, pero no en mí.

—Si hubiese podido elegir, te habría contado a ti la verdad —adivina mis pensamientos—, pero no podía. Una semana antes del accidente en que morí me dejaste, ¿te acuerdas?

—No quiero hablar de eso.

Harry gira el rostro un segundo y veo que le tiembla el músculo de la mandíbula. Levanta una mano y se frota el puente de la nariz moviéndose un poco las gafas. Tengo que morderme la lengua para no pedirle que continúe con su historia, quiero saber la verdad y sé que es injusto que me niegue a hablar del papel que yo sin saberlo he jugado en ella, pero ahora mismo la justicia no me importa lo más mínimo.

—Está bien —suspira resignado—. Kev sabe la verdad porque necesitaba que alguien fuese a identificar mi cadáver. Pero mi hermano no sabe el resto, no sabe en qué consiste mi trabajo ni quiénes son mis compañeros. Eso solo lo sabes tú.

—Tu hermano también sabe lo que pasó entre tú y yo.

El uso del pasado hace que tense los hombros.

—Sí, me imagino que sí. Te vi hablando con él en el funeral.

Donde empieza todo

—Me espiaste.
—Necesitaba verte.
—Y yo necesitaba que no estuvieses muerto.
—¿Por qué? Me dejaste, no querías volver a verme nunca más.
Me seco una lágrima. Tal vez los dos hemos cometido demasiado errores para salvar lo nuestro.
—Me presionaste.
—Te dije que te amaba y que quería empezar y acabar mi vida contigo.
Se aparta del marco de la puerta y creo que va a entrar. Aguanto la respiración. La piel me quema bajo esa enorme camiseta que huele a él, es como si me estuviera abrazando. Da un paso hacia atrás, dos, tres. Se detiene en el pasillo y le veo caminar de un lado al otro, se pasa de nuevo las manos por el pelo y suelta una maldición. Se irá, no quiero que se vaya. No puedo pedirle que se quede.
—¿Qué quieres de mí, Victoria? —Harry se detiene de nuevo en la puerta.
—Nada.
Es lo único que me puedo permitir ahora.
—¿Nada?
La luz del pasillo le ilumina desde la espalda y le brillan los ojos.
—Quiero averiguar en qué está metido Ben y por qué me ha mentido, y quiero saber por qué un coche ha intentado atropellarme en plena calle.
—¿Y después?
—Después quiero irme de aquí, buscar mi propia casa o apartamento. Pasé de vivir con mis padres a la universidad y después me casé con Ben—. Le veo tensarse al oír el

nombre de Ben—. Quiero estar sola, hacer lo mejor para mí.

—¿Y nosotros?

—Ahora no puedo pensar en nosotros, Harry. Me duele demasiado.

—Está bien. Entonces, deja que te ayude.

—¿Ayudarme?

—A buscar piso, casa, lo que sea. Déjame formar parte de tu vida. Dices que no puedes pensar en nosotros, y lo acepto. O intentaré aceptarlo y esperaré a que puedas.

—De acuerdo, aunque tal vez tengas que esperar durante mucho tiempo. Quiero hablar con Ben y...

—Esperaré. —Me mira, me recorre el rostro con la mirada y se detiene en mis ojos—. ¿Crees que podrás dormir ahora?

—Lo intentaré.

—Buenas noches, Tory.

—Buenas noches.

Harry se da media vuelta y apaga la luz del pasillo al irse. Cierro los ojos convencida de que no voy a dormirme, a medida que le decía a Harrison lo que quería me daba cuenta de que era verdad, necesito estar sola y poder pensar.

Me ha dicho que quiere formar parte de mi vida, que está dispuesto a esperarme.

No puedo negarme a eso, si sé que él está en mi vida tendré un motivo de verdad para empezarla.

Cuando vuelvo a abrir los ojos ha amanecido, entra luz por entre las cortinas de la habitación de Harry y oigo ruido procedente del piso inferior acompañado del olor del

Donde empieza todo

café. Me desperezo y salgo de la cama, la camiseta, los pantalones, las sábanas, todo huele taaaaaanto a Harry que me da vueltas la cabeza. Salgo de la cama. La conversación de ayer me ayudó a dormir, reconocer que quiero salir adelante sola me ha dado fuerzas para enfrentarme a lo que está por venir. Y saber que Harry está a mi lado, también.

Voy al baño e intento no fijarme en la enorme ducha que hay a mi espalda para no recordar esa tarde que hicimos allí el amor. No lo consigo, obviamente, y opto por peinarme y cepillarme los dientes. Levanto una mano hacia el cepillo y me detengo. Me tiembla la mano, es la primera vez que duermo en casa de Harry y ha sido sin él a mi lado.

Es la primera vez que me despierto en esa cama sin haber hecho el amor con él y es la primera vez que me dispongo a hacer algo tan rutinario como lavarme los dientes en ese baño. No tengo cepillo allí y sonrío como una idiota al comprobar que Harry solo tiene uno. La ropa de ayer está sucia, cuando Harry me derribó sobre el asfalto no me hizo daño pero tanto la falda como las medias y el abrigo están manchados. Las medias en realidad están inservibles.

Tras lavarme los dientes —con el cepillo de Harry— y pasarme el cepillo por el pelo bajo la escalera hacia la cocina. Me detengo un segundo en el umbral; nunca he visto a Harry por la mañana.

Lleva vaqueros y una vieja camiseta con el emblema de la universidad donde estudió. Tiene el pelo mojado y no se ha afeitado, el baño del piso inferior tiene ducha aunque supongo que allí no tiene los utensilios para afeitarse. Lleva las gafas de pasta, hace meses me contó que las prefiere a las lentillas, que solo utiliza para hacer deporte. A mí me gusta con gafas, es como si contuvieran la fuerza de sus ojos y amortiguaran la dureza de los rasgos del rostro. Dosifican su atractivo, lo hacen más soportable.

Está preparando unas tostadas y sacando la mantequilla y la leche de la nevera. La tetera la tiene lista en una esquina del mármol, junto a dos tazas.

—Buenos días —anuncio mi presencia y él se gira de golpe.

—Buenos días. ¿Has dormido un poco?

—Un poco. No hacía falta que me preparases el desayuno.

—Siéntate y come—. Ha enarcado una ceja para decirme lo que de verdad piensa de mi comentario—. Vas a necesitar tener fuerzas para la mañana que nos espera.

Acepto la taza de té que, lógicamente, está servido a la perfección y para mi vergüenza suspiro al olerlo.

—¿Qué mañana nos espera? —Sin duda no podía ser peor que anoche.

—Hace un rato he hablado con Dupont. Viene hacia aquí y quiere hablar contigo.

Le doy un mordisco a la tostada, que he untado con mantequilla mientras él me contestaba.

—Deduzco que no te hace demasiada gracia su visita.

—Harry ha refunfuñado todo el rato y basta con verle el pelo para saber que se lo ha despeinado por culpa de los nervios o del mal humor.

—No, pero es necesaria. Y supongo que me merezco el sermón que va a echarme.

—¿Qué sermón?

Donde empieza todo

Harry se levanta y lava su taza bajo el grifo del agua.

—Sobre no involucrarte personalmente en un caso y no enamorarte de la esposa de tu objetivo. Ese sermón.

No puedo evitar sonreír pegada a la taza. Él, aunque está de espaldas lo sabe, y al cerrar el grifo me mira y sonríe.

—No te rías, no tiene gracia.

Esto de mantener las distancias va a resultarme muy difícil.

CAPÍTULO 17

Harry se había pasado toda la noche despierto, dándole vueltas a lo que había sucedido, analizando cada una de las palabras de Victoria y preguntándose hasta la saciedad qué podría haber hecho de otra manera.

Nada.

Si Victoria y él hubiesen sido una pareja consolidada, o tan consolidada como hubiese sido posible estando ella casada con otro, le habría contado la verdad sobre su trabajo antes de seguir adelante con el plan de Dupont y fingir su propia muerte. Él había creído que lo eran, al menos durante un instante.

Hasta que ella le dijo que lo suyo había terminado y no quería verlo más. Esa horrible discusión empezó como si nada, lo que le pareció muy cruel a Harry ya que, si iba a destrozarle la vida habría podido darle, como mínimo, una advertencia antes. Pero no. Victoria y él se habían visto la tarde anterior a la discusión, había pasado la tarde en

Donde empieza todo

casa de él, sentados frente a la chimenea, haciendo el amor.
Él le había dicho que la amaba.
Ella no le había respondido, algo que a Harry había empezado a inquietarle, pero se dijo que la reticencia de Victoria se debía a su situación con Ben e intentó ser comprensivo.
Jamás olvidaría lo que pasó al día siguiente. Victoria y él no pudieron verse hasta la noche, cuando coincidieron en el parque para correr juntos. Ella llegó un poco tarde y parecía preocupada. Cuando Harry le preguntó el motivo, no le contestó y se puso en marcha. Él la siguió, igual que hacía siempre, y disfrutó del silencio y de la compañía.
Estar cerca de ella le hacía feliz, le hacía sentirse como si hubiese encontrado su lugar en el mundo.
—Los actos de pre-campaña de Ben van a empezar a aumentar y antes de que nos demos cuenta estaremos en campaña propiamente dicha.
—Lo sé.
—Tengo que acompañar a Ben, él cuenta conmigo.
—¿Y el bufete?
Había aprendido a ser cauto. Esperó a que ella siguiese la conversación aportando únicamente unas pocas preguntas.
—Puedo trabajar desde casa o en los hoteles, y acudir a los juzgados cuando sea necesario. Eso no es problema.
Corrieron unos metros más.
—¿Y nosotros?
—¿Nosotros?
El tono desmayado de ella le preocupó y alteró ligera-

mente la dirección de sus pasos hacia una arboleda que les proporcionaría cierta intimidad.
—Sí, nosotros.
Harry se detuvo frente a ella y le cogió una mano.
—Harry...
—No nos ve nadie —le aseguró convencido, se sabía de memoria los rincones de aquel parque y allí estaban a salvo—. ¿Cuándo podremos vernos?
—No podremos. —Le soltó la mano—. De hecho, he estado pensado que es lo mejor.
—¿Lo mejor? ¿De qué estás hablando? ¿Lo mejor para quién?
—Para todos, para ti, para mí, para Ben —le contestó sin mirarlo.
—¿Para Ben? —Se asustó de verdad—. ¿Qué está pasando, Victoria?
—No puedo seguir así, Harry. Apenas consigo dormir por la noche, tengo miedo de que alguien nos vea y me siento como la peor mujer del mundo, como una mentirosa y una cobarde.
—Eras tú la que no quería decírselo a Ben. —Se tensó porque no era la primera vez que ella le decía que se sentía culpable por estar con él y a Harry le dolía que tuviese remordimientos por lo que estaba sucediendo entre ellos.
—Lo sé —contestó entre dientes—. Es muy fácil ser tú, Harry. Tú no tienes que ir a otra casa y sentarte a cenar con otra mujer.
—No lo hagas más, Victoria. Yo tampoco puedo soportarlo cuando te imagino allí con él. Te amo y quiero empezar y terminar mi vida contigo.

Donde empieza todo

—Oh, Harry...
—Tienes que hablar con Ben o, si quieres, podemos hacerlo juntos. Tú misma me has dicho que vuestro matrimonio hace mucho tiempo que no funciona, seguro que no le sorprenderá. Todo saldrá bien, ya lo verás.

Harry se acercó a ella para abrazarla, pero Victoria se apartó. A él un mal presentimiento le recorrió la espalda y le heló la sangre.

—No puedo, Harry, ahora no. Y tal vez no podré nunca. No puedo dejar a Ben en plena pre-campaña, y tampoco después, obviamente.

—¿Y si gana? ¿Podrás dejarlo entonces o también tendrás que cumplir con no sé qué promesa y quedarte con él y jugar a ser el matrimonio perfecto?

—No me merezco que me ataques, Harry.
—¿Y yo, qué me merezco? ¿Nada? Es muy triste que nuestra felicidad dependa de la campaña de Ben.

—Se lo debo, le prometí que le ayudaría.
—Y a mí no me has prometido nada, lo sé. Créeme. Ni siquiera me has dicho que me amas.

Victoria apartó la mirada e intentó reanudar la marcha, pero Harry la sujetó con cuidado por la muñeca y se lo impidió.

—Suéltame, Harry.
—Dime que cuando acabe la pre-campaña estaremos juntos, que empezaremos nuestra vida, y esperaré. Prométemelo.

—No puedo, Harry. Si Ben...
—¡Si Ben! ¡Estoy harto de Ben! Por una sola vez me gustaría que estuviéramos solos tú y yo, sin Ben. Por favor, Victoria, te amo. Sé que es difícil mentir a la gente por la

que sientes un profundo cariño y respeto. Lo sé. Pero la solución es fácil, tienes que decir la verdad.

—Está bien, te diré la verdad. —Le soltó la mano y se apartó—. No quiero volver a verte. No voy a dejar a Ben por un hombre al que solo hace unos meses que conozco y del que apenas sé cómo es.

—Victoria, yo... —palideció y la sangre dejó de circularle— no lo entiendo.

—No puedo seguir así, Harry, sintiéndome culpable y haciendo infelices a dos hombres tan maravillosos.

—Y le escoges a él.

—No tengo elección, él me necesita.

—Yo también.

—No, tú no me necesitas, Harry. —Le resbaló una lágrima por la mejilla y a Harry se le rompió el poco corazón que le quedaba intacto.

—La realidad es que tú no me necesitas a mí, Victoria.

Esa discusión había marcado el fin de su relación y esa noche Harry se emborrachó como nunca y odió a Dupont por haberle elegido para formar parte de su equipo, a Benedict Holmes por haber acudido a la misma universidad que Victoria y enamorarla con su palabrería barata, y a Victoria por no necesitarlo y no elegirlo a él.

Una semana más tarde Harry fingió su propia muerte. Filosóficamente, cualquiera podría interpretarlo como una señal: debía dar por muerta su relación con Victoria y seguir adelante, pero a Harry siempre se le había dado muy mal la filosofía. Dupont, Spencer y él planearon su muerte junto con la ayuda de Raz T. que, a esas alturas, estaba desesperado por abandonar Estados Unidos y perderse bajo un cocotero.

Donde empieza todo

Harry había decidido que olvidaría a Victoria a toda costa, pero esa última conversación reaparecía en su mente a diario y cuando llegó el día del funeral y la vio llorando o sujetando su viejo cómic, emocionada, supo con toda el alma que jamás la olvidaría y que nunca podría estar sin ella.

Esa última discusión había existido, las lágrimas en el funeral y el cómic también. Harry siguió observando a Victoria, cuidándola y protegiéndola desde las sombras, echándola de menos.

Ahora, semanas más tarde y con Victoria al tanto de casi toda la verdad, Harry se aferraba como un clavo ardiente a algo que había dicho ella esa madrugada:

«Después quiero irme de aquí, buscar mi propia casa o apartamento. Pasé de vivir con mis padres a la universidad y después me casé con Ben. Quiero estar sola, hacer lo mejor para mí».

Victoria iba a dejar a Ben, a divorciarse de él para empezar una nueva etapa en solitario. Harry podía volver a conquistarla, a recordarle lo mucho que se amaban.

Las palabras de esa discusión se mezclaron con las que habían mantenido de madrugada y tras varias horas dando vueltas en el sofá sin poder dormir, decidió levantarse y ducharse. Saber que Victoria estaba en su cama lo estaba volviendo loco y darse una ducha fue lo único que se le ocurrió para intentar evitarlo. No sirvió de mucho, pero al menos lo ayudó a despejarse y pudo sentarse frente al ordenador y trabajar un rato. Cuando oyó ruido en el piso de arriba adivinó que ella se había despertado y fue a la cocina a preparar el desayuno.

La oyó en cuanto bajó, pero se quedó de espaldas unos

segundos porque necesitaba tranquilizarse antes de darse media vuelta y verla. Le había dicho que, de momento, se conformaría con ser su amigo, pero no iba a resultarle fácil ocultar lo que de verdad sentía. Esperó, notó que ella le recorría con la mirada y se le erizó la piel. Una parte de él podía entender el deseo de Victoria por estar sola y encontrarse a sí misma, pero otra quería besarla y no parar hasta que ella accediera a darle una segunda oportunidad.

Acabaron de desayunar, fue raro y muy agradable. Harry estaba dispuesto a hacer cualquier cosa con tal de tener más mañanas como esa, aunque les añadiría besos y algo más. Dupont llegó a la hora acordada y primero se quedó hablando a solas con Harry en el comedor. Victoria disimuló y se quedó en la cocina y después fue al baño, pero incluso desde allí pudo oír lo enfadado que estaba ese otro hombre con Harry y lo poco que éste se defendía.

«Una actitud impropia de ti. Nada profesional. Has puesto en peligro toda la operación».

Eran algunas de las frases con las que Dupont le recordó a Harry el grave error que había cometido.

Lo único que dijo él fue: «Lo sé».

Harry abandonó entonces el comedor y fue en busca de Victoria, que volvía a estar en la cocina con una segunda taza de té en la mano.

—Dupont quiere hablar contigo.

Victoria dejó la taza y asintió al ponerse en pie.

Los dos entraron juntos en el comedor. Dupont, que estaba sentado en una butaca, se puso en pie y saludó a Victoria estrechándole la mano.

—Señora Holmes, lamento conocerla en estas circunstancias.

Donde empieza todo

—Llámeme Victoria, por favor.

El «señora Holmes» ya no encajaba con ella y erizaba a Harry, era mejor no utilizarlo.

—De acuerdo, Victoria. Soy George Dupont, el supervisor de Harrison. Todos me llaman Dupont. Espero que no te importe, pero después de que anoche Harry me contase lo que había sucedido en la biblioteca le pedí a Spencer que fuese a buscar tu ordenador—. Estiró un brazo y miró el reloj que llevaba en la muñeca—. Llegará en unos minutos.

—¿Spencer ha ido a buscar mi ordenador al bufete? ¿Y crees que se lo darán sin más?

—Sí, eso creo.

Harry se mantuvo en silencio, observando atento el intercambio.

—He estado pensando y creo que os equivocáis con Ben —sugirió Victoria moviendo nerviosa las manos. Había pronunciado esa frase mirando a Dupont, dándole la espalda a Harry, que estaba de pie frente a la chimenea con los brazos cruzados.

—¿Por qué? —preguntó Harry entre dientes.

—Porque Ben jamás mataría a nadie.

—Eso no lo sabes, Victoria —intervino Dupont—. Todo el mundo es capaz de matar, incluso tú, todo depende de las circunstancias.

—Ben no.

—*Ben* está involucrado en esto. Tenemos pruebas que lo demuestran —insistió Harry—. Esos cuatro hombres coincidieron en el acto de presentación de tu esposo. Eso no fue casualidad, las casualidades no existen.

—Tienes razón, las casualidades no existen —aceptó

ella mirándolo por primera vez desde que habían entrado allí—. Yo no te conocí por casualidad, te conocí porque decidiste espiar a Ben y te metiste en nuestra casa con falsos pretextos.

—Estaba haciendo mi trabajo, Victoria. Y lo que sucedió entre tú y yo, lo que sucede entre tú y yo, no tiene nada que ver con esto, ni con Ben ni con Dupont. Pero si quieres hablar de nosotros ahora —extendió los brazos—, adelante.

—Esa noche en el Green Pomegranate había más gente —se defendió Victoria ignorando el resto.

—Tenemos pruebas de que el congresista Holmes se reunió con Wortex y que este y uno de sus hombres de confianza lo hicieron después al menos con uno de los fallecidos —intervino Dupont.

—Wortex nunca me ha gustado, ese hombre me da escalofríos. Tiene que estar detrás de todo esto, el correo que encontré en mi ordenador estaba dirigido a una de las empresas de Wortex.

—Tal vez, pero Ben también forma parte —le recordó Harry—. Él escribió ese correo desde tu ordenador y después te mintió.

Victoria apartó la mirada, furiosa y avergonzada. La traición de Ben le dolía.

—La verdad es que todo parece indicar que Wortex está detrás de la reunión que aconteció en el Green Pomegranate —intervino de nuevo Dupont—, pero tu esposo también estaba allí y seguimos encontrándonos con su nombre a medida que avanza la investigación. Por eso decidimos que la mejor opción era meter a Harry dentro del equipo del congresista.

Donde empieza todo

—Entonces, todavía no sabéis si Ben es culpable.

—Todavía no —intervino Spencer, entrando en el comedor con el portátil de Victoria en la mano—, pero he encontrado algo que puede ayudarnos.

—Sí, claro, entra sin llamar, estás en tu casa —dijo sarcástico Harry, cuyo humor empeoraba por momentos.

—Gracias, Harrison —Spencer le guiñó un ojo—. Mañana hay una cena para recaudar fondos y el congresista va a reunirse allí con Wortex. Sally ha encontrado una conversación en el sistema interno de Wortex Security donde hablan de la cita de mañana como el momento de empezar a «desprenderse de Holmes». Creo que van a incriminarle en tu asesinato, Harry.

—¿¡Qué!? —tanto Harry como Dupont y Victoria se quedaron atónitos.

—Sí, me temo que Wortex sabía que estabais teniendo una aventura y va a utilizarlo para incriminar a Holmes.

—Victoria y yo no teníamos una aventura —farfulló Harry.

—Oh, pobre Ben —susurró Victoria.

Harry no podía creerse lo que acababa de oír, así que se giró furioso hacia ella y dejó de fingir.

—¿Pobre Ben? —La miró desencajado—. ¿Pobre Ben?

CAPÍTULO 18

Harry salió del comedor al jardín trasero de su casa. A esa hora hacía frío y él solo llevaba una camiseta, pero agradeció que el viento le golpease el rostro y le diese una excusa para sentir otro dolor aparte del que le estaba causando Victoria.

No fumaba; si lo hubiese hecho, en aquel instante habría encendido un cigarrillo. Paseó de un lado al otro, de la maceta de tierra rojiza a la verja negra y vuelta a empezar. No había ni rastro de los cristales rotos de meses atrás, de la noche en que recibió el disparo que en cierta manera lo empezó todo. Era absurdo que los estuviese buscando ahora porque desde entonces habían sucedido muchas cosas, pero dejó vagar la mirada por el suelo de todos modos.

Oyó la puerta y se giró hacia el recién llegado. Era Spencer, el único candidato posible.

—Tienes que calmarte, Harrison.

Donde empieza todo

—Lo sé.

No se defendió, Spencer tenía razón. No servía de nada que estuviese furioso, solo acabaría poniéndose el peligro, a él y también a Victoria.

—Victoria insiste en ir a hablar con el congresista. Afirma que aunque Wortex es uno de sus mayores donantes, su esposo es incapaz de matar a alguien. Dupont cree desde hace semanas que Wortex solo está utilizando a Holmes y utilizar a Victoria puede ser la solución.

—¿Y qué se supone que voy a hacer yo? —Paseó de nuevo hacia las plantas—. ¿Quedarme aquí en casa con los brazos cruzados mientras ella va a hablar con su marido dispuesta a protegerlo? Maldita sea, esta madrugada me ha dicho que iba a dejarle. Y no solo eso, no voy a dejar que vuelva a correr ningún peligro. Tal vez Holmes sea inocente, pero todavía no estamos seguros. No permitiré que vaya a hablar sola con él.

—Tú no tienes que permitirme nada. —La contundente afirmación de Victoria le heló la sangre y, al volver a girar hacia la puerta, la encontró allí de pie—. Dupont ha accedido, cree que es muy buena idea. Volveré a casa y hablaré con Ben, le diré lo que encontré en el ordenador.

—No harás tal cosa. —Harry se acercó a ella, mantuvo las manos apretadas a ambos lados y la miró fijamente a los ojos.

—Oh, sí, sí que lo haré.

—Llevará un micro, Harry —intercedió Spencer.

—Claro, un micro evitará que ese cretino le dispare.

—Ben no me disparará, Harry.

—No vas a entrar sola en esa casa, Victoria, con o sin micro. Spencer te acompañará, confío en él.

Harry se apartó de Victoria, se acercó a Spencer y vio que Dupont también se aproximaba al patio y se detenía en la puerta.

—Puedes entrar en la casa y estar alerta por si sucede algo y, llegado el caso, intervenir.

—Si lo hago, ¿te quedarás quieto frente a los ordenadores del coche de vigilancia? —le preguntó Spencer.

—Si Victoria no corre peligro sí, me quedaré quieto.

—Es una medida de precaución acertada, Victoria. Tal vez tú estés segura de que el congresista Holmes no es una amenaza, pero no podemos correr ese riesgo. Spencer está preparado para intervenir y sabrá qué hacer si hay sorpresas inesperadas —convino Dupont, apoyando la sugerencia de Harry. Este lo miró; seguía estando furioso aunque con el gesto intentó darle las gracias por esa pequeña concesión.

—Está bien, yo también entraré en la casa —dijo Spencer—. Puedo utilizar una de las ventanas del tercer piso, tienen una seguridad pésima, e instalaré un detector de pulsaciones junto al micro y la cámara. Estaré pendiente de Victoria en todo momento y, si sucede algo, intervendré.

—Intervendrás antes de que suceda —le advirtió Harry.

—Sí, eso es lo que quería decir —rectificó.

—Victoria llamará ahora al congresista y le dirá que este mismo mediodía regresa a casa. Holmes tiene una agenda apretada y hay ciertas citas que no podrá anular, así que como mucho disponemos de tres horas. Harry, tú encárgate de enseñarle a Victoria cómo funciona el equipo que vamos a proporcionarle. Spencer, ve a las oficinas y coge lo que te haga falta. Sé discreto, por favor.

Donde empieza todo

—Eso solo sucedió una vez —farfulló Spencer levantando las manos y dirigiéndose hacia el interior de la casa de Harry para irse—. Estaré de vuelta dentro de cuarenta minutos.

Dupont se dirigió entonces a Victoria.

—No tienes por qué hacer esto, Victoria. Puedes volver a casa y seguir con tu vida como si no hubiera sucedido nada, aunque si decidieras eso tendría que pedirte que no le hablaras a nadie de nuestro departamento ni de la operación que tenemos entre manos. En circunstancias normales no te dejaría ir, y ni mucho menos te daría esa segunda opción, pero supongo que todos podemos coincidir en que tu caso es excepcional.

—No puedo fingir que no ha pasado nada, necesito saber la verdad y hablar con Ben de una vez.

—De acuerdo. Iré a resolver unos asuntos y volveré antes de que Spencer y tú os vayáis. Ocúpate de que esté preparada, Harry. Y céntrate. —Dupont se levantó el cuello de la americana y se fue sin despedirse.

—¿Dupont? —Victoria lo detuvo.

—¿Sí?

—¿Qué le sucederá a Ben?

—Depende de lo que haya hecho. En cualquier caso, no está en nuestras manos.

Victoria asintió tras tragar saliva y Dupont abandonó la casa de Harry con intención de volver más tarde.

Harry seguía con los puños apretados, conteniéndose. Era consciente de que no podía dejar escapar ni la más pequeña manifestación de lo que sentía porque, si empezaba, no podría parar. Además, no podía impedir que Victoria hablase con su marido, no podía evitar que sintiera cariño, afecto, incluso amor por ese otro hombre. No podía evitar nada de eso y le estaba destrozando, así que decidió centrarse en lo que sí podía hacer.

Podía asegurarse de que Victoria estuviese preparada para ese encuentro, que supiese cómo avisar a Spencer si algo salía mal y que recordase que él seguiría a su lado pasara lo que pasase. «Hasta que ella elija a Ben».

—Ven conmigo —reaccionó al fin. No tenía demasiado tiempo. Subió los dos escalones que comunicaban el jardín con la casa y fue al lavadero en busca de la ropa de Victoria. Ella le siguió sin decir nada—. Si vas a volver a tu casa, tienes que llevar esta ropa. ¿Qué le dirás a Ben?

—Le diré que he pasado la noche en casa de mis padres.

—¿Y por qué no te has cambiado de ropa? Seguro que allí tienes ropa vieja.

—No lo sé.

—Tienes que saberlo.

—Ben no se fijará en esas cosas.

Harry giró en medio del pasillo.

—Esto va en serio, Victoria. Sé que no quieres creerlo, pero existe la posibilidad de que Ben sea un asesino. —Levantó la mano para pedirle que le dejase continuar—. Si lo es y sospecha de ti, estás muerta. Si no lo es, yo estaré equivocado. Prefiero la segunda opción.

—Está bien —accedió a regañadientes—. No me he cambiado porque me daba pereza, mi madre guarda mi ropa vieja en unas cajas en el ático, y solo ha sido una noche.

—De acuerdo. Sígueme. —Subió la escalera y entró en la habitación contigua a su dormitorio. A primera vista

Donde empieza todo

parecía un despacho normal y corriente, un poco desordenado y con una pantalla de ordenador gigantesca. Sin embargo, cuando Harry se sentó tras la mesa y empezó a abrir cajones se hizo evidente que era mucho más.

—Tu herida, el disparo... —le sorprendió Victoria—. La historia que me contaste no es verdad, ¿no?

Harry cerró un cajón del que extrajo una especie de botón negro que conectó a una placa adjunta al ordenador.

—No. Me disparó un asesino a sueldo, un hombre contratado por Wortex.

—Oh, Dios mío. —Se le llenaron los ojos de lágrimas—. Podrías haber muerto.

—Le oí a tiempo y le disparé. Spencer y Dupont le encontraron unos días más tarde y le convencieron para que nos ayudase. Él nos contó que Wortex había decidido posponer mi muerte unos meses y nos dio las claves para planificar mi falso accidente. Creo que ahora mi «asesino» está vendiendo cocos en alguna parte.

Victoria buscó a tientas detrás de ella para asegurarse de que tenía donde sentarse y al detectar la existencia de una pequeña butaca prácticamente sus piernas dejaron de sujetarla.

—Lo cuentas como si fuese lo más normal del mundo, como si te sucediese a diario.

—No lo es, la gran mayoría de las veces nos pasamos meses y meses trabajando en la nave donde tenemos las oficinas, descodificando datos, analizando transacciones electrónicas. Mi trabajo es muy parecido a lo que hacía para Ben.

—Excepto por los disparos y por lo de que pueden matarte.

—Solo me han disparado cuatro veces, cinco como máximo. Y han acertado dos.
—¿¡Ya te habían disparado antes!? Oh, Dios mío. Dime que no volverás a ponerte en peligro nunca más, Harry. Por favor.
—No me gusta que me disparen —afirmó levantándose—, y la verdad es que quiero vivir muchos años. No puedo prometerte que no volveré a ponerme en peligro, no cuando estoy a punto de colocarte un micro y dejarte entrar sola en un lugar donde demasiadas cosas pueden salir mal. Pero puedo prometerte que si algún día estás conmigo, me aseguraré de que no me pase nunca nada para poder volver a tu lado y no perderme ni un segundo del tiempo que me quede contigo.

Victoria apartó la mirada.
—No deberías decirme esas cosas.
—Ponte de pie. —Se apartó de ella y fue a por la blusa del día anterior. La sujetó entre las manos y con cuidado introdujo un círculo diminuto en uno de los botones—. Esto es una cámara. Es muy sensible, así que ten cuidado.
—Es muy pequeña.

Harry le sonrió.
—Gracias, el diseño es mío. —Tras asegurarse de que la cámara no se caía, introdujo otro círculo en el botón del puño derecho, ligeramente distinto al primero. Repitió el proceso de comprobación y la miró decidido y con los ojos completamente oscuros—. Quítate la camiseta, por favor.

Victoria se sonrojó al sujetar los extremos de la tela y tirar hacia arriba. Harry caminó hasta ella y le colocó la camisa por la espalda, después la ayudó a deslizar los brazos por las mangas y le abrochó uno a uno los botones. A él le

Donde empieza todo

temblaban las manos y a ella el torso le subía y bajaba pesadamente.

Al llegar al último botón, Harry dejó las manos en la cintura de Victoria y flexionó los dedos.

—En el botón del escote llevas una cámara que está conectada a dos ordenadores, el mío y el que tenemos instalado en la furgoneta de vigilancia. Spencer la aparcará en un lugar seguro frente a tu casa, lo más cerca posible, y si sucede algo, entraré. No es negociable. La cámara graba tanto imagen como sonido, pero no interpongas ningún objeto entre Ben y ella, necesitamos tener una imagen clara y nítida. No te olvides de que nosotros podremos ver lo que tú veas y oírte en todo momento, pero tú a nosotros no.

—La miraba a los ojos, tenía los hombros completamente tensos y la frente empapada de una fina capa de sudor. Sujetarla sin poder abrazarla, ponerle esa cámara para ir al encuentro de su marido —su marido— le estaba matando.

Y ella se dio cuenta.

—Harry... —Levantó una mano y le acarició el rostro. Él giró la mejilla hacia allí, apoyándola en la palma—. No me sucederá nada.

Harry cerró los ojos un segundo y tragó saliva en busca de calma. No quería que le temblase la voz, ella necesitaba estar lo más serena posible para estar alerta y lista para reaccionar si llegaba el momento.

—El dispositivo que te he puesto en el puño detecta cualquier cambio de temperatura o en tus constantes vitales. Es además un localizador. Si por algún motivo tienes que quitarte la camisa antes de volver a reunirte conmigo, arranca el botón y guárdatelo en alguna parte, donde sea. Prométemelo.

—Te lo prometo. —Movió la mano despacio, acariciándole el rostro. Él soltó el aliento poco a poco y después inhaló profundamente.

—Dupont y Spencer llegarán enseguida, tienes que acabar de vestirte. Ve a mi habitación, ya sabes dónde está todo. Yo esperaré aquí, comprobando por enésima vez que todo funciona.

Iba a soltarla, aflojó los dedos de la cintura uno a uno. Volvió a coger aire y abrió los ojos.

—No voy a volver con Ben, Harry —dijo ella sorprendiéndole y acelerándole el corazón. Intentó disimularlo, soltar los últimos dedos que quedaban en su cintura, pero Victoria se puso de puntillas y lo detuvo, susurrándole de nuevo pegada a sus labios—: Necesito hacer esto, no puedo traicionarle también de esta manera.

Harry asintió, o al menos lo intentó. No podía respirar y flexionó nervioso las manos. Victoria colocó los labios encima de los de él, los rozó con emoción; temblaba. Le sujetó el rostro con ambas manos y cuando suspiró junto a la boca de él, pronunciando su nombre, Harry abandonó su propósito de mantener las distancias, tiró de la cintura de Victoria para pegarla a él y la besó.

«Este no va a ser nuestro último beso. No va a ser nuestro último beso».

Separó los labios y movió la lengua por entre los de ella. Victoria gimió y le rodeó el cuello con los brazos como si buscase el modo de meterse dentro de él. No le hacía falta, siempre lo estaba. Ella le acarició el pelo de la nuca y movió la lengua poco a poco dentro de la boca de Harry, recuperando su sabor, buscando el rastro de los besos que se habían dado antes. Infinitos besos que ninguno de los

Donde empieza todo

dos quería perder nunca. Harry no la dejó apartarse, necesitaba que Victoria existiese en ese beso, que supiera que para él eso era mucho más que nada. Mucho más que todo. Movió la lengua, separó la mandíbula buscando un beso más profundo y salvaje. Gimió entre los suspiros de ella, le mordió con suavidad el labio inferior y después recorrió la marca de los dientes con la lengua. Victoria se estremeció y volvió a hacerlo. Repitió el beso, empezó otro de nuevo, lento, suave, frenético al cabo de un instante, apretó los dedos en la cintura de ella. No podía moverlos, si lo hacía la desnudaría y le haría el amor allí mismo.

No sería capaz de dejarla ir y si volvía a entrar dentro de ella no dejaría que fuese a reunirse con Ben. Él sabía que Victoria necesitaba hablar con el congresista y, si dejaba a un lado los celos (hazaña casi imposible), tenía que reconocer que su instinto le decía que ese hombre no era un asesino. Su futuro sería más fácil si Ben fuera un villano despreciable, pero la otra opción, esa en la que Benedict Holmes era sencillamente un hombre que había cometido un grave error, hacía que la decisión de Victoria fuese más importante.

Ella le estaba besando de esa manera porque sentía algo profundo y real por él, no porque estuviese aburrida de su matrimonio o tuviese miedo de estar sola.

Era auténtico y al mismo tiempo doloroso y horrible. Harry iba a tener que esperar. Tenía que dejar de besarla y prepararla para que fuese al encuentro de ese otro hombre. Un hombre que compartía un pasado importante con Victoria.

«Yo quiero su futuro, su presente».

Harry casi rugió, sujetó con fuerza la cintura de Victo-

ria y separó la boca tanto como pudo para besarla profundamente. Movió la lengua por los labios, por el interior, atrapó los gemidos, los suspiros, el sabor, la pasión y el amor que solo sentía por Victoria. Ella hizo lo mismo, lo sintió en los poros de su piel, lo supo igual que sabía que tenía que soltarla.
Y esperar.
Harry empezó a besarla más despacio, a darle besos suaves y lentos, hasta que sintió que era capaz de apartar los labios de los de ella. No se separó del todo, apoyó la frente en la de ella y antes de soltarla le dijo:
—Te quiero, Victoria.
Victoria asintió con un suspiro.

CAPÍTULO 19

Cuando Harry me ha dicho que me quería iba a contestarle que yo también. No solo le quiero, le amo, pero estos sentimientos que están tan claros en mi corazón se me quedan atravesados en la garganta y no puedo expresarlos. Al principio, el primer día que sentí que me estaba enamorando de Harry, intenté negarlo. Su físico, esa repentina e inmediata sincronización, la atracción, la falta de aliento..., me dije que solo me sentía atraída hacia él. Muy atraída.

La atracción, sin embargo, se desvanece y la mía solo crece.

Me di cuenta de que había cometido un error al dejarle apenas cinco minutos después de que se fuera. Lloré como no había llorado nunca, como volví a llorar en ese árbol en Texas. Tendría que haber ido a buscarlo, correr tras él y evitar que se fuera del parque creyendo que le dejaba porque elegía a Ben. No hice eso.

Donde empieza todo

Elegí ser cobarde, elegí escudarme tras unas promesas en las que ya no creía y en una deuda de gratitud que sin duda ya he saldado. Hace años, cuando mi hermano Russell estaba en la universidad cometió una estupidez y Ben, que en aquel entonces estaba ganándose una muy buena reputación en el partido, pidió un favor para que el expediente de Russell quedase limpio de cualquier incidente. Yo no estuve de acuerdo, pensaba que a Russell le iría bien asumir las consecuencias de sus actos, pero Ben y Russell me convencieron diciendo que era «lo mejor para todos».

«Lo mejor para todos». La triste realidad es que ese atardecer en el parque le dije a Harry que me quedaba con Ben porque era la mejor para todos.

Excepto para él y para mí.

Vaya tontería.

El día que me enteré de su muerte pensé que el destino me estaba castigando por cobarde, me lo imaginé como una de esas brujas que adivinan el futuro en una bola de cristal en una feria, mirándome y diciéndome «si no has sabido apreciar que tenías un regalo, voy a arrebatártelo para siempre».

Harry ha acabado de comprobar los micros liliputienses que ha instalado en mi blusa y me ha pedido que fuera a acabar de cambiarme mientras él se quedaba allí, en su despacho, preparando unas cosas. Le he hecho caso, he presentido que necesitaba estar solo y la verdad es que yo también. Ese beso me ha recordado por qué nunca podré besar a otro y por qué mi corazón ha latido de nuevo después de la desolación de estos días. El beso no ha sido lo más importante, lo más importante es que he visto a Harry de verdad.

Durante los meses que estuvimos juntos había ocasiones en las que le encontraba con la mirada pérdida o que estaba convencida de que quería decirme algo que al final se callaba. Pensaba que eran imaginaciones mías, que me lo inventaba para justificar mis propias dudas o mis sentimientos de culpabilidad. Ahora sé que no es así, y aunque sigo estando furiosa porque fingió su muerte y porque me engañó durante semanas, me alegro de conocer por fin al verdadero Harrison MacMurray y descubrir, o mejor dicho, redescubrir que es un hombre maravilloso.

Pero no puedo decirle que es mío, o que quiero —por favor— seguir conociéndole, volver a enamorarme mil veces más, empezarlo todo con él hasta que mi vida sea solo mía.

Harry ha salido de su despacho, esa habitación fascinante que desprende complejidad igual que su propietario, con otro minúsculo aparato en la mano. Me he cruzado con él en la escalera cuando los dos íbamos a reunirnos con Dupont y Spencer, que nos llamaban desde el vestíbulo. Harry ha pasado delante de mí y yo he pensado (sonrojándome sola) que cuando viviéramos juntos esos dos no podrían entrar y salir de nuestra casa cuando les diese la gana.

No tengo derecho a pensar así cuando soy yo la que mantiene a Harry a distancia, lo sé.

Spencer ha llegado con un aspecto más letal, menos inocente que antes. Llevaba pantalón y cuello alto negro, un maletín por cuyo contenido no he querido preguntar, y un micro en la oreja. Dupont se ha quedado hablando con Harry unos minutos y después se ha dirigido a mí para preguntarme de nuevo si quería seguir adelante con esto.

Donde empieza todo

Lo cierto es que tengo miedo, mucho miedo. Ben no ha sido el gran amor de mi vida, ahora lo sé, pero me dolería mucho descubrir que no es, y que nunca ha sido, el hombre que yo creía. Es imposible que haya podido estar tantos años a su lado sin darme cuenta de algo así, tiene que tratarse de un error o de una confabulación contra él.

Estoy de pie frente a la entrada de nuestra casa, los peldaños me resultan desconocidos, como si llevase décadas sin verlos en vez de una noche. Le he mandado a Ben un mensaje y tal y como sospechaba Dupont no puede anular las reuniones que tiene programadas y llegará tarde, aunque intentará que sea antes de lo habitual, ha añadido en su respuesta.

—Tienes que entrar, Victoria —me susurra Harry en el oído con la voz firme, llena de confianza y algo más cálido.

Me sobresalto, no me gusta tener otra voz dentro de la cabeza y, en un gesto que tanto Spencer como Dupont y el mismo Harry me han aconsejado repetidas veces que evite, me toco la oreja.

Se suponía que no iba a llevar ningún micro o dispositivo para que ellos pudiesen hablarme. Dupont había dicho que era para no ponerme más nerviosa y para asegurar que mi comportamiento fuese lo más natural posible. Al final, Harry se ha plantado delante de mí antes de que abandonase su casa en un taxi y me ha preguntado si quería llevarlo.

—Solo te hablaré yo —me ha dicho.

He asentido, perdida en esos ojos que tanto he echado de menos, y él me ha colocado el botón dentro de la oreja. He sentido su aliento haciéndome cosquillas y he notado la fuerza que siempre desprende su cuerpo. Cuando se ha apartado me ha colocado bien el pelo y se ha quedado en silencio.

Hasta ahora.

Abro la puerta y saludo como haría cualquier día al personal, que está perenne en la casa que he compartido con Ben. Al principio los dos dijimos que nunca nos convertiríamos en esto. Dejo mis cosas y me dirijo con normalidad a mi pequeño despacho, aunque antes me desvío por la escalera y me aseguro de dejar libre la vía de acceso que pretende utilizar Spencer en el caso de que tuviese que entrar precipitadamente en casa.

Intento trabajar un rato, pero lo único que consigo es ponerme más nerviosa, incluso conecto el correo dispuesta a curiosear las últimas fotografías que me mandó mamá y no sirve de nada. Me pongo en pie al oír la puerta de la entrada.

—Vicky, ya estoy en casa.

Es Ben. Odio que me llame Vicky. No es el nombre en sí, es el tono que le imprime, como si yo fuera una niña pequeña.

—Bajo enseguida —le contesto.

Quiero mantener esa conversación en el salón y no solo porque Dupont me ha asegurado que es lo más acertado. No quiero entrar en nuestro dormitorio, no lo siento como mío desde hace mucho tiempo, y me niego a hablar con Ben en su despacho, como si yo fuese una visita.

Me paso las manos por el pelo y bajo la escalera, él me está esperando en el rellano.

—Me alegro de que estés aquí —me sonríe—. Ayer por la noche me dejaste preocupado.

Donde empieza todo

—No me llamaste.
—Pensé que no querías que te llamase.
Cierto, y triste al mismo tiempo. Yo tendría que estar furiosa porque no se había interesado por mí, y él tendría que haber llamado hasta que le contestase. Le miro a los ojos y en ellos encuentro cansancio y preocupación, pero ni rastro de decepción ni maquinación alguna. Ben no tuvo nada que ver con el coche que intentó atropellarme ayer.
—Ven, vamos al salón, tenemos que hablar.
Ben resopla pero me sigue hasta allí, se sienta en un sofá orejero que preside la estancia y yo opto por mi butaca preferida, una de las pocas piezas que elegí de la decoración de esa casa.
—¿Qué sucede, Victoria? Ya sé que últimamente estoy volviendo a casa muy tarde y que ahora, con la campaña, nuestras vidas serán una locura, pero...
—No, no es eso —le interrumpo, y él enarca confuso una ceja—. No quiero hablar de eso, Ben.
—Entonces, ¿de qué quieres hablar?
Le veo allí, mirándome, y aunque sé que Dupont y Spencer también nos escuchan, digo lo que de verdad necesito decirle.
—Ya no te quiero, Ben. Hace mucho que no te quiero.
Él se inclina hacia delante y entrelaza los dedos.
—¿No me quieres?
—No, no te quiero. Lo siento. Y no creo que tú me quieras a mí, Ben. Piénsalo —me resbala una lágrima, sin saberlo me estoy despidiendo de mi pasado—, ¿cuánto hace que no hacemos algo juntos? Y no estoy hablando del sexo.
Ben se pone en pie y vuelve a sentarse sin dejar de mirarme.

—¿Es por lo de Harry?
Ahora soy yo la que abre los ojos de par en par y noto que se me desencaja la mandíbula.
—Sé que tuviste una aventura con él —sigue Ben—, pero no tiene importancia. Ahora está muerto.
—Voy a entrar —farfulla Harry en mi oreja.
—¿Sabes que tuve una aventura y no dijiste nada? —Me levanto furiosa—. ¿Por qué todos los hombres de mi vida me mienten o me engañan?
—¿Lo reconoces? —Ben se pone también en pie.
—No servirá de nada negarlo. Además, tú mismo has dicho que no te importa.
—Tienes razón —reconoce, descolocado por mi reacción—. Tienes razón.
—¿Has tenido algo que ver con el accidente de Harry?
—¡Por supuesto que no!
Me mira horrorizado, escandalizado. Esa reacción tiene mucha más pasión que cuando antes me ha dicho que sabía que le había sido infiel.
—¿Estás seguro? —insisto—. Sin Harry de por medio te ahorras un montón de problemas, ¿no te parece?
—Mira, reconozco que no quiero que nos separemos, y mucho menos que nos divorciemos. Eres una compañera excelente y los altos cargos del partido te adoran. Los estudios dicen que un separado o divorciado no cae bien y en cambio un hombre casado desprende responsabilidad y carisma. Por supuesto que me alegro de que estemos juntos y que voy a utilizarlo para la campaña, pero yo jamás mataría a nadie. Además, se supone que tanto tú como yo queremos ganar estas elecciones. Teníamos grandes ideas para el futuro, ¿acaso te has olvidado de eso por un polvo?

Donde empieza todo

Desvío la mirada hacia la puerta, convencida de que Harry va a echarla abajo de un momento a otro. Sigue intacta, supongo que Dupont ha logrado detenerle durante un rato.

—Harry no es un polvo. Le quiero —afirmo rotunda.

—Harry está muerto.

La cara de satisfacción y desprecio me hace dudar, pero me recuerdo que a ningún hombre le sentaría bien tener delante a su esposa confesándole que está enamorada de otro hombre.

—Tanto si Harry está muerto como si no, voy a dejarte, Ben. No quiero complicarte la vida ni perjudicarte en la campaña, pero es mi vida, y si alguna vez has sentido algo por mí, aunque fuera solo amistad y cariño, deja que la empiece.

—¿Cómo puedes dudar de que haya sentido algo por ti, Vicky? Por supuesto que sí, y es mucho más que amistad y cariño.

—Pero no es amor, Ben.

—¿Cómo lo sabes? —me reta.

—Porque lo he sentido, porque es lo que siento con Harry y te juro que es maravilloso. Y no se parece en nada a lo que siento por ti. Y si tú lo sintieras por mí —me adelanto—, no podrías pasarte meses sin tocarme o sin preguntarme cuáles son mis sueños,

—Estás melancólica porque se ha muerto. Lo entiendo, y estoy dispuesto a hacer un esfuerzo —se ofrece condescendiente.

—No estoy melancólica —asevero, aunque tras un segundo opto por cambiar de tema—. ¿Por qué utilizaste mi ordenador sin decírmelo? ¿Y por qué me mentiste cuando te lo pregunté? Vi que te habías conectado al servicio de correo interno de una de las empresas de Wortex.

Durante unos segundos Ben parece un pez al que han sacado del agua e intenta respirar. Me mira, luego aparta la mirada y se sienta de nuevo en el sofá, pasándose las manos por el pelo.

—Wortex está financiando gran parte de la campaña —empieza—, y hay ciertas conversaciones que es mejor que no queden grabadas a mi nombre. Fue idea de Bradley. Lo siento, no quería mentirte.

—Gracias por disculparte y por contarme la verdad. ¿Por qué no pueden figurar esas conversaciones? ¿Estás metido en algo ilegal, Ben?

Me mira y en ese momento veo al Ben de la universidad aparecer tras las capas de pátina de Washington.

—No exactamente, la ley de financiación de los partidos es muy confusa y estricta en ciertos temas, y la verdad es que algunas de las peticiones de Wortex son poco habituales.

—¿Como cuáles?

—Será mejor que no lo sepas. No te preocupes, lo tengo todo controlado, en cuanto acabe la campaña hablaré con la dirección del partido y buscaré la manera de desvincularme de Wortex.

—¿Te ha pedido algo relacionado con Irak?

Ben levanta la cabeza. Está pálido y tiene los ojos enrojecidos.

—¿Qué has dicho? —casi tartamudea.

Me acerco a él y me siento a su lado en el sofá. Le cojo una mano, la tiene helada.

—¿Wortex te ha preguntado alguna vez por Harry o te ha pedido algún favor relacionado con Irak?

Donde empieza todo

Ben me suelta la mano y se pone en pie. Camina hasta la ventana y mira hacia fuera. No verá nada, Dupont y Harry están aparcados en otro lado.

—¿Llevas un micro? ¿Tú también trabajas para Wortex?

—No, Ben, por supuesto que no trabajo para Wortex. Soy yo, Victoria, ¿por quién me tomas?

—No lo sé, Vicky. Hace años, si alguien me hubiese dicho que me serías infiel, le habría dicho que estaba loco, así que... —Se encoge de hombros.

—Tú y yo no tenemos nada que ver con la política, Ben. Sí, supongo que los dos teníamos los mismos ideales y nos enamoramos de la idea de crear algo grande y bonito juntos, pero eso no es amor.

Ben se gira, tiene las cejas arrugadas. Está pensando.

—Si tú y yo no tenemos nada que ver con la política, ¿por qué me has preguntado lo de Wortex? ¿Cómo sabes que está interesado en Irak?

—Será mejor que te sientes, Ben.

—No, estoy bien de pie.

—Hazme caso y siéntate, Ben.

—No.

—Está bien. Harry, Dupont, ¿podríais entrar, por favor?

—¿Con quién estás hablando? —Ben me mira como si me hubiese vuelto loca.

—Ya lo verás.

Oímos la puerta de la entrada y pocos segundos más tarde se abre la del salón donde estamos.

—Hola, congresista Holmes, me llamo George Dupont, a mi colega creo que ya le conoce. —Señala a Harry, que no ha perdido ni un instante en acercarse a mí y, sin importarle lo más mínimo lo que nadie piense, me ha sujetado las mejillas con las manos y me ha besado.

El beso lo ha interrumpido Ben, que ha apartado a Harry de mí y le ha dado un puñetazo.

—Supongo que me lo merezco —reconoce Harry desde el suelo. Se levanta y vuelve a acercarse a mí para cogerme de la mano y besarme los nudillos—. No vuelvas a intentarlo, Ben.

Antes nunca le trataba con ese tono, ahora le deja claro que son iguales. O que él es más, al menos para mí. Se pone bien las gafas sin inmutarse y le aguanta la mirada.

—Aunque no negaré que lo que sucede entre ustedes tres es una historia apasionante —dice Dupont sarcástico—, el motivo de mi visita no es este sino averiguar si Wortex consiguió lo que quería en Irak y evitar que usted acabe en la cárcel por el asesinato de Harry, o algo peor, muerto como él.

—Harry no está muerto —refunfuña Ben dejando claro que preferiría que lo estuviese.

—Lo sé, señor Holmes, pero su buen amigo Wortex cree que sí lo está. De hecho, pagó mucho dinero a un reputado asesino a sueldo para que lo matase. Por suerte, logramos arrestarle antes y convencerle de que cambiase de profesión.

—¡Yo no tuve nada que ver con eso!

—Lo sabemos, señor Holmes. También sabemos que el señor Wortex planea culparle de la muerte de Harry.

—¿Cómo?

—Desconocemos los detalles, pero sabemos que posee pruebas sobre la relación de Victoria y Harry. Ya me imagino el titular de mañana: «Marido despechado que enloque-

Donde empieza todo

ce de celos y mata al amante de su esposa», no es muy original, pero acabaría con usted para siempre.

—¿Quién es usted? —Ben se cruzó de brazos y observó por primera vez con atención a Dupont y a Harry—. ¿Qué hacen aquí, qué pretenden?

—Ya le he dicho mi nombre y ya le he dicho qué hacemos aquí: pretendemos salvarlo.

—No me interesa.

—Señor Holmes, el señor Wortex...

—Conozco perfectamente a Wortex y le aseguro que puedo protegerme solo, señor Dupont.

—Señor Holmes... —Dupont intenta insistir, pero Harry me suelta la mano y se acerca decidido a Ben.

—Mira, Ben, Wortex quiere eliminarte del mapa porque ya no le interesas y porque cree que puedes darle problemas. Tal vez sea porque has empezado a husmear o tal vez sea porque se ha cansado de ti. No importa. Va a por ti y, si no dejas que te ayudemos, te encontrará. Si de verdad crees en todo lo que predicas, confía en nosotros. De lo contrario, dentro de unos meses estarás muerto o en la cárcel y todos tus ideales se habrán olvidado.

—¿Por qué quieres ayudarme?

—¡Yo no quiero ayudarte! —reconoce Harry exasperado—, pero es lo que quiere Victoria, así que voy a hacerlo.

—Confía en ellos, Ben, saben lo que hacen.

Espero que la amistad que nos unió hace años siga viva dentro de Ben, a pesar de lo enfadado que pueda estar ahora por mi traición, y me haga caso.

Ben camina por el salón despacio, desviando la mirada de Dupont a Harry y después hacia mí. Se detiene en una fotografía que tenemos en una estantería, es del Capitolio y lo que tiene de especial es que la hizo Ben cuando lo visitó por primera vez con cinco años. Levanta el marco y la sujeta un instante, luego vuelve a dejarla en su sitio antes de darse media vuelta y mirarnos.

—No sé exactamente qué quería obtener Wortex de los hombres que murieron en Irak, pero no lo consiguió. Pretende recuperar esas pérdidas con un fuerte contrato gubernamental. Se suponía que yo iba a apoyarle, pero hace unos meses me negué y desde entonces mantenemos una relación más tirante.

—¿Por qué se ha negado a apoyarle, señor Holmes?

—Es un gasto innecesario y para justificarlo Wortex quería despertar viejos horrores.

—Entiendo —afirma Dupont.

—Esta noche se celebra una fiesta para recaudar fondos y Wortex me ha pedido que me reúna con él allí. Me ha dicho que necesita contarme algo importante. Afirma que quiere limar asperezas y que nuestra relación vuelva a ser como antes, libre de obstáculos y tensiones.

—No podemos obligarle a nada, señor Holmes —empieza Dupont—, pero si accediese a colaborar con nosotros podríamos reunir las pruebas que nos faltan sobre Wortex y protegerle a usted al mismo tiempo.

—No sé si es lo más acertado.

Me aparto de Harry y, aunque a él no le hace ninguna gracia, me deja ir.

—Vamos, Ben, si ese hombre te acusa de haber matado a Harry tu carrera no se recuperará jamás, aunque después se demuestre que es mentira. —Veo que todavía duda y le cuento algo que creo que le convencerá—. Ayer un coche intentó atropellarme.

Donde empieza todo

—¿Qué has dicho?

—Encontré el correo que le enviaste a Wortex y estuve curioseando; cuando iba por la calle horas más tarde, un coche intentó atropellarme. Me habría matado de no ser por Harry. —Ben desvía la mirada hacia él—. Wortex es peligroso, ayúdales a que puedan encerrarlo por mucho tiempo.

Ben levanta una mano y coge la mía. Noto los ojos de Harry fijos en mi nuca, sin embargo, no dice nada.

—Está bien. De acuerdo. ¿Qué tengo que hacer?

—Tenemos que prepararles, a Victoria y a usted, para el baile de esta noche.

—Otra vez no —farfulla Harry.

—Le prepararemos unas preguntas para que interrogue a Wortex por nosotros. En cuanto tengamos la información necesaria, les sacaremos de allí como si nada —siguió Dupont ignorando a Harry, que volvía a maldecir en voz baja.

Sí, el Harry de verdad no ocultaba sus sentimientos y no le hacía ninguna gracia que yo tuviese que asistir a una cena de gala con Ben.

CAPÍTULO 20

Harry se planteó seriamente la posibilidad de darle un puñetazo a Dupont y otro a Spencer. Ya que no podía darle ninguno al congresista Holmes, pensó que sus dos supuestos amigos eran la mejor alternativa posible.

Salió de la casa de los Holmes mientras Victoria y su esposo se preparaban para el baile. No se veía capaz de volver a colocarle la cámara y el auricular una segunda vez y mucho menos de verla vestida para salir con Ben. Él nunca la había visto con un vestido de noche y los celos que sentía por esa clase de momentos le estaban matando.

Harry la había besado desnuda tumbada en la alfombra del salón, pero nunca la había visto resfriada. La había besado detrás de un árbol en el parque hasta que los dos tuvieron que contenerse para no arrancarse la ropa, pero nunca la había visto vestirse, acicalarse para ir a cenar con él a un sitio elegante. No era que a Harry le gustasen esa clase de restaurantes, pero siempre había creído que ver a una mujer en un momento tan íntimo tenía que ser especial.

Salió de casa del congresista y se montó en su moto (que también se había salvado de las garras de la muerte). Condujo sin pensar en nada y cuando se detuvo llamó a su hermano Kev. Le había prometido que lo haría

—Hola, Kev, soy yo.

—Sé quién eres, Harry —farfulló su hermano—. ¿Estás bien?

—Sí, eso creo. Victoria ya sabe la verdad.

—Me alegro, ahora tienes que venir a Boston y resucitar para papá y mamá.

—Lo sé, te llamo mañana y lo organizamos todo. Necesitaré que me acompañes, no quiero que papá y mamá opten por matarme de verdad ahora que han pagado mi funeral.

—Muy gracioso. Ahora mismo estoy muy cansado porque tu sobrino ha decidido torturarnos y no dejarnos dormir, pero cuando me recupere quiero verte aquí en Boston, ¿de acuerdo?

—De acuerdo.

—Buenas noches, Harry.

—Buenas noches, Kev.

Harry volvió a poner la moto en marcha y regresó a casa de los Holmes. Victoria llevaba un vestido precioso de seda rosa sencillo, de corte idéntico a ese vestido verde que había llevado semanas atrás y que había vuelto loco a Harry. En el pecho llevaba un broche, una aguja imperdible decorada con una enorme y preciosa flor. Le diría a Spencer que le colocase allí la cámara. Él no podía acercarse tanto a ella en esas circunstancias. Benedict Holmes llevaba un traje negro impecable que le hacía parecer más guapo y más seguro de sí mismo de lo que aparentaba normalmente. Holmes se acercó a Dupont y repasó las preguntas que tenía que hacerle a Wortex con la esperanza de que se incriminase o le contase algo importante.

Spencer y Harry estaban en una esquina del comedor, descolgando unas americanas de smoking idénticas al uniforme de los camareros de la empresa de catering contratada para el evento. Victoria los vio y se acercó a ellos.

—Hola —susurró.

—Hola —contestó Spencer—, yo ya me iba.

Spencer se sentó en la butaca más alejada con un portátil en el regazo y fingió teclear algo mientras escuchaba atentamente lo que sucedía.

—¿Por qué te estás vistiendo? —le preguntó nerviosa a Harry.

—Porque no voy a dejarte entrar allí sola.

—No me sucederá nada.

—Tienes razón, no te sucederá nada porque no voy a permitirlo. —Harry se abrochó la camisa blanca y antes de ponerse la americana escondió una pistola en la parte trasera de los pantalones—. También tienes razón con Ben. No es un traidor ni un asesino, su único error ha sido confiar en la gente equivocada. Si nos ayuda a encerrar a Wortex, haremos todo lo posible por mantener su nombre fuera del informe que entregaremos a la fiscalía.

Esa promesa le costó mucho a Harry. Disimuló el dolor poniéndose, ahora sí, la americana y después se pasó las manos por el pelo para peinárselo.

—Gracias. —Emocionada por la promesa, Victoria aguantó la respiración para contener las lágrimas—. Sí, espero que todo esto sirva para recordarle que no puede confiar en todo el mundo.

Harry asintió y se alejó de ella. Se acercó a Spencer porque quería repasar los planos de la mansión en la que iba a celebrarse la fiesta y porque vio que Ben se estaba acercando a Victoria y prefería que le arrancasen las uñas de los pies y los dientes —todo al mismo tiempo y sin anestesia— antes que oír cómo Holmes era cariñoso con Victoria y a ella aceptándolo.

Había visto a Victoria hablar de Ben antes, pero esa noche había detectado en sus palabras y en su mirada un cariño que antes no estaba. No podía soportarlo, el miedo de perderla era tan real que incluso notaba su sabor en los labios y era muy amargo. Tal vez ahora que Victoria sabía la verdad sobre Ben, y también sobre él, preferiría arreglar las cosas con su marido, un congresista de Estados Unidos con un futuro brillante a pesar del grave error que acababa de cometer, a arriesgarse y empezar de cero con un informático que trabajaba para un departamento que ni siquiera existía de verdad y con el que solo había mantenido una aventura de varios meses... y no un matrimonio de años.

«Mierda. No es justo. Yo la amo». Harry se colocó de espaldas a Victoria y a Ben, pero incluso así vio que él le daba un abrazo y que ella apoyaba el rostro en el torso de él. «Una auténtica mierda».

—Tranquilo, Harry, Victoria está enamorada de ti —lo sorprendió Spencer.

—Tal vez, pero eso no significa que vaya a dejar a Holmes —reconoció furioso en voz alta. La rabia era mejor que rendirse a las ganas que tenía de largarse de allí y empezar a beber hasta perder el conocimiento—. Dime, ¿estás seguro de que estos planos están actualizados?

—Estoy seguro. Aquí tenemos la casa por plantas —extendió unas hojas azules con líneas blancas—, y aquí el sistema eléctrico y de ventilación. —Sobrepuso unas hojas blancas translúcidas—. Los empleados de seguridad de Eisner son metódicos pero no exagerados, al fin y al cabo trabajan para un excongresista octogenario al que prácticamente adora todo el país. Eisner nunca ha recibido ninguna amenaza y lleva una vida muy tranquila.

—Por eso precisamente no me gusta. Cualquiera puede entrar y salir de esa casa con un arma.

—Nosotros vamos a hacer exactamente eso, Harry. No te preocupes, Wortex no sospecha nada.

—Tal vez, pero el muy hijo de puta intentó matarme y todo indica que encargó el asesinato de esos cuatro hombres en Irak. Elimina a cualquiera que no obedece o que se interpone en sus planes, y Holmes y Victoria han hecho ambas cosas.

—No sucederá nada. Victoria y el congresista llevan las cámaras que diseñaste, ella en el broche y él en la solapa. Holmes hablará con Wortex y grabaremos la conversación, Victoria mientras estará en el salón con alguna otra esposa hablando de lo que sea que hablen en estos actos. En cuanto tengamos la información necesaria, Dupont nos lo dirá —se tocó el botón que llevaba oculto dentro de la oreja— y les sacaremos de allí dentro sanos y salvos. Será coser y cantar.

—Dijiste lo mismo en Dublín y me dispararon.

—No es lo mismo, y no seas quejica, solo fue un rasguño.

Donde empieza todo

Harry enarcó una ceja y desvió la mirada hacia los mapas para memorizar los detalles. Pasó los dedos por encima y se subió las gafas unas cuantas veces. Era un tic que había adquirido en la universidad y que solía delatar que estaba nervioso.

Dupont se acercó entonces a ellos, repasaron unos últimos detalles y, tras recoger el equipo, se montaron en la furgoneta negra que utilizaban en esos casos y se dirigieron a la mansión de Eisner. Ben y Victoria iban en su coche, como si nada hubiera pasado. Harry no los miró, una voz dentro de él le decía que tenía que prepararse para que esa imagen se convirtiese en definitiva, mientras que otra insistía en que confiase en Victoria y en ellos.

A Harry se le daba muy mal confiar en la gente, no era solo culpa de su trabajo sino también de su propia naturaleza. Era un mecanismo de protección, eso lo sabía, y había demostrado ser muy necesario porque por primera vez había confiado en alguien, se había entregado a alguien, y ahora iba a perderla.

Spencer chasqueó dos dedos delante de él y le hizo reaccionar. Tenía razón, debía centrarse, no podía entrar en esa mansión con la cabeza en las nubes.

La fiesta para recaudar fondos iba a celebrarse en la mansión del viejo senador Eisner. Dick Eisner ya no era senador, no lo era desde hacía años, pero lo había sido durante mucho tiempo y era uno de los pocos políticos de Washington que gozaba de buena reputación y al que no podía atribuírsele ningún escándalo más allá de haber enchufado a uno de sus hijos en una importante empresa tecnológica.

La mansión era una construcción relativamente elegante a pesar de su ostentoso tamaño. Estaba situada a las afueras de la ciudad, en una zona rodeada de árboles y de verjas que proclamaba la exclusividad de sus residencias.

Ben y Victoria se desviaron hacia la entrada principal, donde los recibiría un aparcacoches que se encargaría del vehículo y otro empleado de modales sofisticados los acompañaría hacia el interior de la casa. Spencer condujo la furgoneta hacia la parte trasera, donde Harry y él descendieron y, tras presentar sus credenciales falsas como empleados de la empresa de catering, se incorporaron al flujo de camareros encargados de atender el evento. Dupont se quedó en la furgoneta y fue a estacionarla en el lugar que habían elegido para ello estudiando los mapas. Esquivó al personal de seguridad del senador Eisner; tal y como había dicho antes Spencer, eran buenos profesionales pero no tanto como ellos.

Harry no llevaba ningún disfraz. A lo largo de los años había aprendido que la gente como Wortex no se fija en los rostros de las personas que elimina, y en el caso de que lo hubiese hecho a estas alturas, semanas más tarde, ya se habría olvidado. Además, nadie se fijaba nunca en los camareros.

Cogieron una bandeja cada uno y durante unos minutos ejercieron de perfectos camareros y aprovecharon para deambular por el salón y comprobar que la mansión no había cambiado por dentro y que tanto las cámaras como las alarmas estaban en el mismo lugar en el que aparecían en los planos que habían estudiado. Harry vio por el rabillo del ojo a Victoria y a Ben saludando a otro matrimonio; él era idéntico a Ben, su actitud, su altivez, su saber estar.

Donde empieza todo

Ella podría haber sido idéntica a Victoria, pero no lo era. Victoria poseía un brillo distinto en los ojos, desprendía una vitalidad y una fuerza de la que la otra mujer carecía. En aquel instante, Victoria levantó la vista y se encontró con la de Harry.

Y le sonrió.

No debería haberlo hecho, ahora le costaría más mantenerse alejado de ella.

Harry carraspeó y se centró en su trabajo, que al final sería lo que le permitiría seguir adelante.

Estuvieron así una hora, Harry y Spencer ejerciendo de camareros y Ben y Victoria de matrimonio perfecto. Tal vez Wortex había cambiado de opinión y no iba a asistir, tal vez había decidido prescindir de Holmes directamente y había trazado algún plan para eliminarlo.

Dupont les ordenó a través de los micros que llevaban escondidos en las orejas que se quedasen y se siguiesen comportando con normalidad. Harry casi se rio al oír esa palabra, hacía tiempo que su vida había perdido cualquier asomo de normalidad.

La puerta del salón se abrió de nuevo, Harry giró el rostro hacia allí de modo automático y suspiró aliviado al comprobar que Wortex y su séquito habitual hacían acto de presencia. Wortex dio una vuelta cual monarca que regresa vencedor de la batalla y es recibido por sus súbditos y bebió una copa de champán. Cuando la terminó la dejó encima de una bandeja y fue en busca de Holmes, al acecho cual zorro tras su presa.

Todo iba a acabar. Por fin.

Wortex se detuvo delante de Holmes y Harry se tensó, listo para entrar en acción. Se quedó helado al comprobar que Wortex insistía en que Victoria los acompañase. Y si Spencer no le hubiese sujetado por el antebrazo, los habría seguido cuando los tres desaparecieron tras las puertas que conducían al pasillo de la mansión.

—Tengo que ir tras ella.

—No, tienes que quedarte aquí. Dupont nos avisará si tenemos que intervenir.

—Cinco minutos —decretó Harry entre dientes—. Si dentro de cinco minutos Victoria no ha vuelto aquí, iré a buscarla. Y me importará una mierda lo que digáis Dupont o tú, ¿está claro?

Spencer asintió y lo soltó.

—Clarísimo.

Dupont no contestó, aunque Harry estaba convencido de que le había oído resoplar por el auricular que llevaba escondido. Le daba completamente igual, estaba harto de que por culpa de esa investigación Victoria estuviese en peligro. Los demás podían opinar lo que quisieran, su instinto le decía que algo iba mal y no quería correr el riesgo de tener que comprobarlo.

Paseó por la sala metido aparentemente en su papel de camarero cuando en realidad no apartó ni un segundo la mirada de esa maldita puerta. Dupont, desde la furgoneta, podía ver las imágenes que captaban las microcámaras que llevaban tanto Holmes como Victoria, pero él no podía ver nada. Lo mismo sucedía con el sonido, la grabación llegaba directamente a los ordenadores del equipo móvil y ni Spencer ni él oían nada excepto a Dupont.

Maldita fuera, si hubiese tenido más tiempo seguro que habría encontrado la manera de solucionarlo, pero todo

Donde empieza todo

había ido tan rápido que había tenido que conformarse. Esa era de las partes que menos le gustaban de su trabajo; podía pasarse meses investigando, escuchando grabaciones, descodificando datos y programas, pegado al ordenador, en definitiva, y de repente no tenía tiempo para prepararse como debía para la acción. Pero una cosa era que le disparasen a él al saltar de un balcón de un banco en Dublín y otra muy distinta que Victoria, la mujer que amaba, estuviese encerrada en un despacho con... Maldita fuera, ni siquiera sabía cuánta gente había allí o quiénes eran.

—Cuéntame qué diablos está pasando, Dupont, o echo abajo esa puerta ahora mismo —farfulló mientras colocaba varias copas en la bandeja que llevaba. Dupont podía oírle, era el único que estaba en contacto con todos.

—Están en un salón que hay en el extremo final del pasillo. Hay un coche en marcha frente al balcón exterior, pero ni Wortex ni nadie de su equipo ha mencionado que vayan a irse. Tal vez sea solo causalidad.

—Tú siempre dices que las casualidades no existen —le recordó Harry, dejando la bandeja encima de una mesa sin dudar ni un segundo más.

Spencer le vio y dejó también la suya para ir tras él.

—Algo va mal —dijo Harry entre dientes cuando su amigo y compañero lo alcanzó.

—Wortex le ha dicho a Holmes que está harto de que le haga esperar, no piensa seguir tolerando retrasos e ineficiencias —les informó Dupont—. Holmes le está plantando cara.

—Mierda —sentenciaron los tres.

Harry y Spencer empezaron a correr y desenfundaron

sus pistolas aprovechando que estaban a solas en ese pasillo que parecía no acabarse nunca.

—Holmes acaba de acusar a Wortex de las muertes de Irak. ¿¡Acaso no me ha escuchado!? Maldita sea.

Dupont puso en marcha la furgoneta y se dirigió hacia donde estaba aparcado el vehículo sospechoso, que con toda seguridad pertenecía a Wortex.

Harry oyó el grito de Victoria justo antes de abrir la puerta y lo que vio le detuvo el corazón. Por mucho que viviera jamás volvería a asustarse tanto. Wortex estaba de pie frente a Ben hablando como si nada, aunque su mirada era fría y amenazante. Ben tenía los puños cerrados y la mirada fija en Victoria, que estaba de pie junto al ventanal con un hombre sujetándola por la espalda y apuntándola con un arma en la sien.

—¡Suéltala ahora mismo! —Harry apuntó a ese matón, convencido de que Spencer le cubría las espaldas.

—Oh, vaya, al parecer no eres tan estúpido como aparentas, Holmes —le dijo Wortex a Ben—, y te has atrevido a traicionarme además de hacerme perder el tiempo. No importa —siguió sin hacer demasiado caso a Spencer ni a Harry y sin reconocer a este, gracias a Dios—, así me será todavía más fácil eliminarte. Deduzco que tus amigos no son de la policía ni de la C.I.A. o del F.B.I. porque no me ha avisado nadie.

Harry notó una gota de sudor resbalándole por la frente y el corazón golpeándole el pecho. Ese hombre acababa de confesar que tenía agentes sobornados en todos los cuerpos de seguridad. Era una suerte que su departamento no existiese para el resto del mundo, si no también se habría enterado de su llegada.

Donde empieza todo

—Suelta a mi esposa —exigió Ben.

Harry le habría apuntado por haber utilizado aquel tono tan «casado» en relación a Victoria, pero mantuvo el cañón fijo en ese matón y la mirada fija en Victoria. Ella le estaba mirando de un modo que le heló la sangre, despidiéndose de él, con un amor que hasta ahora había logrado ocultarle. Harry negó con el gesto, suplicándole que no le hiciera eso, que no se rindiese.

—Voy a entrar en mi coche y voy a llevarme a la exquisita señora Holmes conmigo —anunció Wortex a los allí presentes sin perder la calma—. Si quieren recuperarla, hablen con Holmes, él les dirá lo que necesito.

—No voy a aprobar esa ley, Wortex. Ni ahora ni nunca. Retiraré mi voto y haré todo lo que sea necesario para impedir que progrese.

—Vaya, vaya, reserva tus discursos para tus votantes.

Empezó a caminar hacia el balcón, mientras uno de los hombres abría la ventana y el otro seguía apuntando a Harry y a Spencer. El tercero apuntó a Holmes.

Harry calculó que podía eliminar a uno y sin duda Spencer podía ocuparse de los otros dos, pero aun así era demasiado arriesgado. El hombre que sujetaba a Victoria tenía tiempo de sobra de matarla, y también de disparar a Holmes, o incluso a ellos dos. Era demasiado arriesgado y estaban en inferioridad de condiciones.

Entonces Holmes cometió una estupidez.

Harry odiaba cuando alguien que no estaba preparado intentaba comportarse como un héroe.

Holmes se abalanzó sobre Wortex con intención de detenerlo, o eso supuso Harry, y el matón que Wortex tenía detrás no dudó en disparar. Todo sucedió muy rápido: el grito de Victoria pronunciando el nombre de Ben, Wortex esquivando el impacto y caminando hacia el interior del vehículo junto con el hombre que llevaba a Victoria cogida por el cuello.

Harry recibiendo el impacto de la bala destinada a Holmes.

Harry perdiendo la conciencia un segundo.

El coche arrancando con Victoria dentro.

CAPÍTULO 21

Harry abrió los ojos justo a tiempo de ver cómo se ponía en marcha el coche de Wortex con Victoria en el interior. Dupont apareció al instante, detuvo la furgoneta en el espacio que había dejado vacante el coche y se dispuso a tranquilizar a los miembros del equipo de seguridad del viejo senador Eisner y a los agentes del servicio secreto que solían acompañar al matrimonio Holmes. Dupont les dijo a todos que no había sucedido nada, que la señora Holmes se había ido con el señor Wortex para visitar a la esposa de este, que no había podido acudir al baile por estar indispuesta.

Era una excusa malísima, sin embargo se la creyeron sin problemas gracias a que Harry se levantó justo a tiempo y fingió que el hombro no le quemaba como los mil demonios. Ben también consiguió mantener la calma el tiempo necesario y no estalló hasta que volvieron a quedarse los cuatro solos, Dupont, Spencer, Harry y él.

Donde empieza todo

—¿Por qué ha dejado que se llevase a Victoria? —le preguntó Holmes furioso a Dupont—. Podría haber ido tras ellos, llamar a la policía. ¡Hacer algo, maldita sea!

—No habría servido de nada, solo habría conseguido poner en peligro la vida de Victoria. Sabemos lo que hacemos, y si nos hubiera hecho caso ahora mismo Wortex estaría arrestado y nadie habría resultado herido —sentenció también furioso Dupont. Harry lo observó y pensó que por momentos como ese admiraba a ese hombre—. ¿Estás bien, Harry?

Dupont se alejó del congresista y se acercó a él. Lo miró atento, no solo preocupado, y esperó a que Harry le contestase.

—Estoy bien, no es nada que no pueda solucionar en casa o en nuestras oficinas. Larguémonos de aquí cuanto antes, tenemos que sacar a Victoria de allí.

Spencer se colocó junto a Harry y sin decirle nada le ofreció su apoyo para caminar. Los miembros del equipo de seguridad de Eisner y de Holmes los miraron inquietos hasta que Dupont pronunció el nombre de unos hombres que identificaron como a sus superiores y los dejaron en paz.

—¿Qué quiere Wortex? —le preguntó Dupont directamente a Holmes, sin ocultar su enfado.

—Que apruebe una ley que modificará sustancialmente el consumo de armas a nivel profesional y particular y le convertirá prácticamente en la única empresa capaz de cumplir con todos los requisitos legales para suministrarlas.

—¿Y cree que el lobby armamentístico va a permitírselo? —Fue Spencer el que sonó incrédulo.

—No tengo ni idea, solo sé que lleva meses detrás de esto.

—¿Cuándo empezó a sospechar de Wortex?

—En la gala de presentación de mi campaña. Llevó a cabo un encuentro en el hotel Green Pomegranate a mis espaldas y cuando le pregunté fue muy esquivo. Conseguí identificar a dos de los tipos gracias a las fotos del hotel y cuando vi que se trataba de un militar retirado y de un profesor universitario, me pareció muy extraño.

—Wortex no tiene la llave —farfulló Harry—, si la tuviera no estaría tan desesperado por hacer dinero. Joder —apretó los dientes al sentir un fuerte tirón en el hombro—, supongo que al menos podemos ser optimistas respecto a eso.

—He encontrado un archivo fantasma en el ordenador del profesor de Albany, pero no he podido abrirlo, está protegido por un código de seguridad que no había visto nunca —les informó Spencer.

—Yo lo abriré —sentenció Harry apretándose la herida—, después de recuperar a Victoria y de meter a Wortex en la cárcel, el muy hijo de puta no me ha reconocido y eso que contrató a un asesino para matarme. Estoy dolido.

—Y delirando. —Dupont abrió la puerta de la furgoneta y Spencer lo ayudó a sentarse.

Harry entró y se sentó, cerró los ojos y apoyó la cabeza en el respaldo mientras Spencer se aseguraba de presionarle mejor la herida y Dupont se sentaba tras el volante. Holmes no sabía si debía o podía seguir a esos tres hombres o no, pero lo hizo de todos modos. Había cometido un grave error perdiendo los nervios ante Wortex. Su or-

Donde empieza todo

gullo herido tras las palabras de Victoria le había obligado a demostrarle que podía ser otra clase de hombre, uno más aventurero, pues ella parecía preferirlos de esa manera. Se mantuvo en silencio tanto tiempo como pudo, hasta que dejó de poder.

—¿Qué vamos a hacer ahora? Wortex tiene a Victoria.

Harry abrió los ojos de golpe y los clavó en los de Holmes. No le hizo falta mover ni un solo músculo más para intimidarlo y dejarle claro que cuando Victoria estuviese con ellos, le diría exactamente lo que pensaba de él.

—*Nosotros* la sacaremos de allí. *Tú* vas a quedarte quieto en tu casa y vas a reunir todas las pruebas que creas tener en contra de Wortex, lo que sea, incluso un recibo de un café en un restaurante sospechoso, ¿está claro?

—Me necesitáis, Wortex quiere que apruebe esa ley y seguro que querrá tratar conmigo.

—Wortex nos ha visto, diremos que Dupont negocia en tu lugar, seguro que no le extrañará —añadió Harry sarcástico. Tenía todo el derecho del mundo a estarlo, esa herida le escocía como los mil demonios. ¡Y Victoria estaba en manos de un multimillonario psicópata!

—Victoria es mi esposa. Seré yo el que negocie o...

—¿O qué? ¿Vas a llamar a la policía y les dirás que Wortex ha secuestrado a tu esposa y te está chantajeando? Genial, él tardará menos de un segundo en saberlo porque probablemente tiene a más de un oficial en nómina, y el resto de policías tendrán un ataque de risa. Muy buen plan, señor congresista. Muy buen plan.

—Ya hemos llegado —Dupont les interrumpió. No había intervenido hasta entonces porque creía que Harry necesitaba desahogarse, y se lo había ganado—. Reúna las pruebas tal y como le ha dicho Harry, Holmes, y esta vez no me desobedezca. Quédese aquí hasta que me ponga en contacto con usted, no tardaré. Le aseguro que le mantendré informado en todo momento.

—Eso espero, por su bien. Si le sucede algo a mi esposa, haré que...

—Sal del coche de una vez, Holmes —le dijo Harry casi aburrido.

Dupont le abrió la puerta desde el exterior como si hubiesen ensayado aquel momento cientos de veces y Ben se bajó y se dirigió indignado hacia la puerta de su casa.

—No llamará a la policía, no quiere tener que dar explicaciones a nadie —aseguró Dupont nada más poner el vehículo de nuevo en marcha—. Tienes que limpiarte la herida, Harry.

—Y deberías dejar de recibir disparos en el hombro.

—Muy gracioso, Spencer. Me la limpiaré en la nave mientras repasamos el plan. Porque tenemos un plan, ¿no?

—Victoria lleva el localizador que diseñaste oculto en la aguja del escote, así que podemos localizar su posición exacta. Lo único que necesitamos saber es si está vigilada y por cuántos hombres.

—¿Victoria lleva el auricular en el oído? —preguntó Harry.

—No, ni ella ni Holmes quisieron ponérselo.

—¡Maldita sea!

—La cámara ha fallado, debe de habérsele caído o quizá sencillamente se ha estropeado, pero el localizador no ha dejado de transmitir en ningún momento —siguió Spencer.

—Wortex no le hará nada, solo se la ha llevado de allí

Donde empieza todo

porque quería recordarle a Holmes que él está al mando.

—Eso no me tranquiliza, Dupont. ¿Todavía no hemos llegado?

Dupont se limitó a apagar el motor a modo de respuesta. Harry saltó del vehículo seguido por Spencer y, tras entrar en la nave, fue directo al ordenador que recibía los datos del localizador. Spencer refunfuñó que estaba harto de hacer de enfermera y fue a por el botiquín. Harry insultó a todo ser viviente cuando tuvo que quitarse la americana negra del uniforme de camarero y también cuando Spencer le arrancó la tela blanca de la camisa que se le había pegado encima de la herida. Aceptó que se la limpiara y cosiera, aunque no dejó de teclear como un maníaco. Para cuando Spencer se apartó, la herida estaba suturada y Harry tenía toda la información disponible acerca de la residencia de Wortex en la que estaba Victoria.

—Está aquí, ya podemos irnos.

—Un momento, antes...

—¡Ningún momento más! Vamos a ir a buscar a Victoria ahora mismo —interrumpió a Dupont furioso, y tuvo que secarse el sudor de la frente con la manga de la camisa que le quedaba.

—Antes vamos a llamar a Wortex para que crea que lo tiene todo bajo control —Dupont terminó la frase impertérrito y descolgó.

Wortex, lógicamente, se regodeó en su éxito y le recordó a Dupont (del que Wortex creía que era un asesor de Holmes o tal vez miembro de su servicio de seguridad) que la señora Holmes iba a quedarse a pasar unos días con él, hasta que su marido cumpliese con lo prometido.

—Está allí —dijo Dupont al colgar—, pero antes de entrar tenemos que asegurarnos de que podemos hacerlo sin llamar la atención y sin tener que disparar.

—Ni recibir disparos —añadió Spencer, y se ganó que Harry lo fulminase con la mirada.

—Desconectaremos las cámaras y los sensores de vigilancia y crearemos una distracción en el exterior, aun así, no tenemos ni idea de dónde puede tener a Victoria.

—Vamos, esto podemos discutirlo en el camino —insistió Harry, y Dupont y Spencer intercambiaron una mirada antes de dirigirse de nuevo al vehículo.

—No me gusta actuar sin tener un plan bien delimitado, Harry. Hay demasiadas incógnitas y no tenemos nada con lo que negociar ante Wortex si nos descubre.

Dupont cerró la puerta del conductor y giró la llave del motor.

—¿Tienes aquí el archivo fantasma del que me has hablado antes? —preguntó Harry de repente.

—Sí, en el portátil —contestó Spencer.

Los dos estaban sentados en la parte trasera de la furgoneta negra junto con los ordenadores y los distintos aparatos que habían utilizado recientemente en sus expediciones (así llamaba Dupont a las horas que a veces se habían pasado espiando a uno de sus objetivos).

—Dámelo.

—Ah, claro, porque eres capaz de desbloquearlo después de haber perdido sangre y mientras vamos en coche a salvar a la mujer que te ha convertido en un lunático. Cómo no se me había ocurrido antes intentarlo.

—Dame el ordenador, Spencer.

Spencer se lo dio y se cruzó de brazos. Si Harry estaba

Donde empieza todo

convencido de que podía realizar tal hazaña, también podía levantar la tapa del portátil él solo.

La residencia de Holmes no era tan elegante ni tan magnífica como la de Eisner, pero sí más intimidatoria. Dupont no podía acercarse sin que los detectasen, así que detuvo la furgoneta en un lugar seguro desde donde trabajar sin ser vistos. Desconectar los sistemas de seguridad y de vigilancia no les resultó difícil, como tampoco lo fue detener el sistema alternativo que se ponía en marcha cuando eso sucedía y mandaba la señal de alarma a la policía y a una empresa de seguridad (filial de Wortex, por supuesto). Nadie del interior de la casa detectaría que alguien iba a entrar por una ventana, o a arrollar la puerta delantera. El problema eran los vigilantes del exterior.

—Puedo disparar las alarmas de las casas cercanas y también las de los coches con sistemas de navegación que hay aparcados en la calle. Seguro que irán a comprobar si sucede algo, pero solo dispondremos de unos minutos.

—Solo necesito dos para llegar a la parte trasera y entrar por la cocina. Una vez dentro, sabré encontrar a Victoria.

—Me alegro de que tengas superpoderes, Harry, pero en el mundo de los humanos acaban de dispararte y estás demasiado alterado. Creo que lo mejor para todos sería que fuese Spencer —sugirió Dupont, aunque en realidad era una orden.

—Spencer puede venir, pero os aseguro que no hay nada que pueda impedirme que vaya a buscar a Victoria.

—Dispara todas las alarmas que puedas, Spencer —accedió Dupont a regañadientes—, el lunático y tú vais a entrar en esa casa. Procura que no le maten, y si sucede algo...

—Sí, diré que eres amigo del presidente —se burló—. No te preocupes, sabemos lo que hacemos. Lo hemos hecho cientos de veces.

Dupont conectó su ordenador y empezó a teclear. Ni Harry ni Spencer sabían qué escribía exactamente cuando hacía eso, podía ser incluso una novela juvenil.

Spencer disparó las alarmas y, cuando empezaron a sonar, Harry y él salieron del vehículo y se dirigieron corriendo hacia la mansión. No les descubrieron y al llegar a la parte trasera tampoco tuvieron ningún problema para entrar. Antes de hacerlo se aseguraron de que la cocina estuviese desierta y tras entrar dejaron la puerta tal y como la habían encontrado.

Hablando en señas, Spencer y Harry se repartieron la casa y empezaron a buscar a Victoria sin hacer ruido. Fuera seguían sonando las estridentes alarmas, aunque la distracción no duraría demasiado. Los propietarios de las casas ocupadas no tardarían en apagarlas, y las de las casas deshabitadas se apagarían tras el tiempo programado por sus habitantes. No podía faltar mucho.

Harry entró en dos salones, uno en tonos verdes y otro en tonos dorados, un cuarto repleto de utensilios de limpieza y un baño sin obtener resultado. Subió la escalera, esquivó a una chica con uniforme de doncella, algo que le pareció sumamente retrógrado, y abrió otro dormitorio sin éxito. Spencer tampoco la había encontrado. Ellos dos sí llevaban auriculares y su amigo no se había comunicado con él para decirle nada desde que se habían separado. Entró en otro dormitorio sin éxito, cerró la puerta y se secó el sudor de la frente.

Oyó un ruido a lo lejos, se detuvo y esperó a que pasa-

Donde empieza todo

se antes de abrir la última puerta de ese pasillo. Había entrado en lugares mucho más peligrosos, aunque en ese instante era incapaz de recordar uno que hubiese sido tan importante para él. Giró el picaporte despacio y cuando la vio allí de pie, frente a la ventana, le fallaron las rodillas.

—Victoria.

Ella se giró sorprendida y se llevó una mano a los labios para contener un grito y un sollozo que se le había escapado al mismo tiempo. Harry cerró la puerta a su espalda y Victoria corrió hacia él para abrazarlo.

El hombro le dolió, le dolió muchísimo, pero por nada del mundo la habría soltado.

—Estoy aquí, estoy aquí —le susurró acariciándole la espalda.

—Vi como te disparaban, creí que te había perdido otra vez —confesó Victoria trémula.

—Solo es el hombro.

Victoria se apartó y lo miró preocupada, y al ver la mancha de sangre en la camisa que él se había negado a cambiarse para no perder más tiempo, volvió a llorar y a abrazarlo con todas sus fuerzas.

—Estoy bien, te lo prometo.

Victoria siguió abrazándolo, suspiró pegada a él y le dejó un beso encima del corazón.

—Tenemos que salir de aquí —dijo Harry, aunque en realidad no tenía ganas de que ella lo soltase—. Vamos.

Victoria se apartó despacio, no aflojó los brazos que tenía alrededor de la cintura de Harry y se puso de puntillas para besarlo. Le temblaban los labios, le acarició despacio con la lengua y dejó que su sabor se colase por los poros de su piel.

—Tenemos que irnos de aquí —se recordó Harry a sí mismo—. No tenemos mucho tiempo.
Victoria asintió y se apartó.
—¿Ben está bien?
A Harry le molestó la pregunta. Intentó entenderla, pero le molestó y le retorció las entrañas.
—Sí, está bien. Está en vuestra casa. Vamos, ponte detrás de mí.
Victoria obedeció y se colocó tras él. Harry se comunicó entonces con Spencer para decirle que había encontrado a Victoria y quedaron en reunirse en la cocina por la que habían entrado. Los tres saldrían juntos de la casa y se dirigirían al punto de recogida que había establecido Dupont.

Estaban entrando en la cocina cuando uno de los hombres de Wortex los vio y dio la voz de alarma. Corrieron como posesos, Harry y Spencer disparando a sus perseguidores mientras Victoria corría hacia delante. Durante un segundo Harry pensó que lo único que le importaba era que ella se salvase, pero después se dijo que era un estúpido, tenían que salvarse los dos.

La furgoneta negra se materializó frente a ellos cuando más lo necesitaban. En más de una ocasión Spencer había bromeado sobre el sentido de la oportunidad de Dupont, y una última bala impactó en la puerta trasera al cerrarla.

En el interior del vehículo, Victoria dijo:
—Tengo muchas ganas de ver a Ben. Seguro que está en casa, ¿no?

Harry pensó que era el mejor momento para perder de nuevo el conocimiento. Había recibido otro disparo, esa vez en el muslo, y ya estaba harto.

CAPÍTULO 22

Si no fuera porque Harry está malherido podría matarle con mis propias manos. El muy idiota dejó que le disparasen dos veces por mi culpa. Bueno, la segunda vez fue culpa mía, la primera, de Ben.

Harry perdió el conocimiento en la furgoneta después de que Spencer y él me rescatasen de la mansión de Wortex y lo último que oyó fue que yo tenía muchas ganas de ver a Ben. Sí, reconozco que fue una frase desafortunada, pero la que le habría seguido no lo era tanto... Sin embargo, Harry se quedó inconsciente antes de que pudiese pronunciarla y yo creí morir al ver que se desplomaba en el suelo.

Dupont condujo entonces hasta el hospital más cercano, o a mí me pareció que lo era por lo rápido que llegamos, y se aseguró de que Harry fuera atendido por el mejor médico disponible. Yo me habría quedado allí con él, insistí y me puse frenética pidiendo que me dejasen quedarme, pero Dupont me recordó que mi testimonio era

Donde empieza todo

necesario para poder arrestar a Wortex y que el tiempo era de vital importancia, pues lo más probable era que el multimillonario intentase salir del país. Además, me recordó con tacto, yo no era nada de Harry.

Al final, subí triste y furiosa a la furgoneta negra y Spencer se quedó esperando noticias de Harry. Dupont me aseguró que Spencer se pondría en contacto con él en cuanto supiera algo acerca del estado de Harry y me prometió que me mantendría informada.

«Yo no era nada de Harry». Esa frase todavía me persigue.

No era, y sigo sin ser, nada de Harry y soy la esposa de Ben, aunque la segunda parte de la frase espero poder cambiarla pronto.

Esa noche, cuando Dupont me llevó a casa, nos reunimos allí con Ben, que se había pasado esas horas reuniendo toda la información que tenía referente a Wortex, y Dupont llamó al fiscal del estado. El fiscal se presentó en casa al cabo de apenas cuarenta minutos y saludó a Dupont con afecto y sin sorprenderse lo más mínimo por lo extraño de la situación. Ben le entregó la documentación, Dupont hizo referencia a un archivo que ya le había mandado antes y yo le conté lo que me había sucedido esa noche. Desconozco los pormenores, y en realidad en este momento de mi vida no me importan demasiado, solo sé que la fiscalía ordenó la detención de Wortex y que se enfrenta a una acusación de terrorismo y a varias de asesinato y secuestro, junto a otros cargos «menores» como chantaje y espionaje industrial.

Ben ha conseguido salir ileso del escándalo. Nuestros nombres se han mantenido alejados de la prensa y tampoco figuran en la documentación de la acusación, tal y como le prometió Dupont a Ben. Sigo sin saber qué o quién diablos es ese hombre, pero me cae bien porque siempre cumple sus promesas. Esa noche que parecía no tener fin, cuando el fiscal se fue de casa, Dupont se acercó a mí y me dijo que Harry había salido del quirófano y estaba estable. Habían tenido que intervenirle porque la bala del muslo se había quedado dentro, pero ya estaba fuera de peligro y descansando en una habitación. Spencer iba a quedarse allí hasta que llegase Kev MacMurray, el hermano de Harry.

Yo no podía ir.

No me lo dijo, Dupont tiene mucho más tacto, aunque no le hizo falta.

Me desnudé y me metí bajo la ducha para disimular el llanto con el agua y cuando salí me puse un pijama y bajé a la cocina a prepararme un té. Ben estaba allí, no sé si me esperaba o si había bajado porque también le rehuía el sueño, pero estaba allí y me miró con tristeza y serenidad.

Una mirada muy del Ben de antes, del bueno.

—Estás enamorada de Harry —me dijo sirviéndose un vaso de agua.

—Sí.

—Haz los trámites necesarios, firmaré todo lo que quieras. —Se bebió el agua y dejó el vaso. Se movía despacio, como si tuviese cien años y no apenas treinta y cinco.

—Gracias, Ben. Siento no haber podido cumplir con mi promesa, pero quiero a Harry.

—Yo también lo siento —me dijo dándome la espalda, y salió de la cocina.

Me habría gustado decirle que no era culpa suya, que él

Donde empieza todo

no me había fallado, sencillamente Harry era Harry. Me habría gustado poder decirle que algún día sentiría lo mismo que yo, que vería a una mujer y se daría cuenta de que su vida empezaba en ese justo momento, que lo de antes no había sido nada, que había carecido de importancia porque ella no estaba. Pero no podía decírselo, no estaba en mi mano prometerle tal cosa y sabía que lo que más necesitaba Ben era estar solo. Mi consuelo le habría sonado vacío, falso, y probablemente me lo habría echado en cara.

Deseé entonces que el paso del tiempo me permitiese recuperar a Ben como amigo, y la verdad es que sigo esperando. No será fácil, pero si Ben vuelve a ser el de antes seguro que lo conseguiremos, ese Ben y yo siempre seremos muy buenos amigos.

Me pasé el resto de la noche en vela y, en cuanto vi que el reloj que había encima de la mesilla de noche marcaba las seis, volví a ducharme y me vestí. Ben había pasado la noche en una de las habitaciones de invitados, no fui a despedirme de él antes de salir, pero me prometí que iría a verlo en cuanto volviese de visitar a Harry.

No conseguí verle. No me dejaron pasar, ni ese día ni el siguiente, ni el día después.

«Petición directa del señor MacMurray», me dijo la enfermera, harta de mis preguntas.

Hoy vuelvo a estar aquí, dispuesta a pelearme con quien sea necesario con tal de ver a Harry. El muy idiota lleva tres días en el hospital, hoy es el cuarto, y necesito verle y hablar con él.

Necesito besarle y decirle que le quiero.

Paso por la entrada principal y la recepcionista me sigue con la mirada. Probablemente me reconoce de estos días y tengo miedo de que intente detenerme. Acelero el paso con disimulo, o lo intento, el ascensor está detenido en el vestíbulo con las puertas abiertas y consigo entrar justo antes de que se cierren. Menos mal, algo me ha salido bien. El corazón me late rápido, así que cojo aire para darme ánimos e intentar tranquilizarme. No sirve de mucho pero por suerte estoy sola y no hay nadie aquí que presencie lo nerviosa que estoy. Suena la campanilla, una voz metálica anuncia el piso en el que me he detenido y, cuando veo el pasillo, me dirijo al puesto de enfermeras de esa planta.

—Buenos días, vengo a visitar a Harrison MacMurray.

—Ah, te estaba esperando. —Oigo detrás de mí.

Es Kev, no es Harry, pero se me acelera el corazón porque decido interpretarlo como una buena señal. Le doy la espalda a la enferma que aún no me ha contestado y veo a Kev MacMurray acercándose a mí por el pasillo. No me muevo de donde estoy, todavía no sé en qué habitación está Harry y no me iré de allí hasta averiguarlo y hablar con él.

—Buenos días, Kev.

—Buenos días, Victoria. ¿Te apetece tomar un café?

—No, quiero ver a Harry.

Kev suelta el aliento exasperado y modifica la frase.

—Vamos a tomar un café, por favor.

Levanta una mano y me señala el ascensor, pero yo me mantengo firme sin dar ni un solo paso.

—Por favor —añade él.

—Oh, está bien —accedo—, pero no me iré de aquí sin ver a Harry.

—Me parece bien.

Doy un primer paso hacia el ascensor y Kev vuelve a

Donde empieza todo

sonreírme. No parece estar feliz con el papel que le ha tocado desempeñar esa mañana.

—¿Cómo está Harry? —le pregunto en el ascensor.

Estamos solos, lo que es un alivio, al menos para mí, porque nunca me ha gustado que haya demasiada gente en los ascensores.

—De la herida del hombro está bien, de la del muslo también, pero esa le produjo una leve infección y por eso no le han dado todavía el alta.

—Oh, no lo sabía.

Me sonrojo. ¿Por qué no me ha llamado para decírmelo? ¿Por qué no quiere verme ni hablar conmigo? Se abre la puerta del ascensor y eso evita que me ponga a llorar.

—Harry está insoportable. Si no fuera porque le quiero y porque nuestros padres le adoran ahora que le han recuperado y que saben que es una especie de Jack Ryan, le mataría.

—Te entiendo.

Entramos en la cafetería del hospital, que a esas horas está relativamente desierta, y los dos pedimos té.

—Yo normalmente prefiero el café, pero aquí es malísimo —me dice Kev mientras firma un autógrafo que le ha pedido una señora que le ha reconocido.

«Es para mi nieto, está en la segunda planta, le han extirpado el apéndice», le ha dicho. Y él le ha prometido que pasaría a verlo más tarde.

Sé que lo hará.

—Perdona la interrupción —se disculpa en cuanto volvemos a quedarnos solos en la mesa.

—No pasa nada.

—Harry insiste en que no quiere verte —me dice de

golpe, sin previo aviso. Es tan contundente que se me escapa una lágrima—. No para de decir tonterías como que no va a interponerse entre tu marido y tú o que el amor de verdad consiste en dejar escapar a la persona que amas.

—Ya no estoy con Ben, he empezado los trámites del divorcio. Y no quiero que Harry me deje escapar.

—Dice que tú le abandonaste una vez por Ben y no para de refunfuñar acerca de que en el fondo lo entiende, él es congresista y no sé cuántas chorradas más.

—No me importa lo que sea Ben, a mí solo me importa Harry, y es perfecto tal y como es.

—Mira, sé por lo que está pasando Harry, lo sé perfectamente, y sé que no sirve de nada que alguien intente hacerle entrar en razón.

—Entonces, ¿qué puedo hacer?

—Entra en su habitación y no salgas hasta que te diga la verdad. Yo me encargaré de las enfermeras, ¿de acuerdo?

—De acuerdo.

Me levanto tan rápido que estoy a punto de derramar el té, del que no me he bebido ni una gota. La taza sigue intacta porque Kev la ha cogido al vuelo.

—Gracias, Kev.

—De nada.

Entro de nuevo en el ascensor. Estoy mucho más nerviosa que antes y también más decidida que nunca. No voy a permitir que Harry se sacrifique y se comporte como un héroe por unos motivos que ni siquiera existen. Salgo de nuevo en la planta donde se encuentra su habitación y una enfermera me guiña un ojo.

Es buena señal, me digo.

Donde empieza todo

Me detengo en la puerta, cojo aire una vez más y entro sin llamar.

—Se ha ido, ¿no? —pregunta con la mirada fija en la ventana—. Gracias por hablar con ella, Kev. ¿Te ha parecido que estaba bien, que era feliz?

«Será idiota», pienso en medio del amor que me estrangula la garganta.

—No, no está bien y nunca será feliz sin ti.

Harry gira el rostro de inmediato al oír mi voz.

—Sabía que Kev no era de fiar —sentencia apartando de nuevo la mirada.

—Tienes un hermano maravilloso.

—Sí, Kev suele generar ese efecto.

—Tú todavía lo eres más.

Se ríe sin humor y sigue sin mirarme.

—Estoy bien, no hacía falta que vinieras a verme. Seguro que Ben y tú tenéis muchas cosas que hacer.

Camino hasta el otro lado de la cama, no voy a permitir que siga manteniendo esa horrible distancia entre los dos.

—Ben está muy ocupado, cierto, y yo también. En el bufete tengo mucho trabajo y como he decidido presentar una petición de divorcio también tengo que estar pendiente de eso. Ah, veo que ahora sí me miras. Ben y yo vamos a divorciarnos, él lo sabe y ya ha firmado todos los papeles.

Harry traga saliva dos veces, le veo subir y bajar la nuez por la garganta. Va mal afeitado y ha adelgazado, las gafas le resaltan los pómulos incluso más que antes. Lleva un pijama azul cielo que le hace parecer más moreno, más peligroso de lo que es. O tal vez no.

—Me alegro de que sigas adelante con tu vida y te deseo lo mejor, Victoria.

—¿Y ya está?

—Quiero que seas feliz, muy feliz.

—¿Y tú qué, vas a comportarte como un mártir, vas a decirme que estoy mejor sin ti?

—Estás mejor sin mí —me dice por fin furioso. Cualquier emoción es preferible a la apatía que ha mantenido hasta ahora.

—No estoy mejor sin ti.

—Conmigo te han secuestrado y casi te matan.

—Contigo he descubierto lo que es el amor y la pasión. Y no me secuestraron, Wortex solo me llevó a su casa, y el único al que casi matan es a ti.

—Wortex no te llevó a su casa, y esas balas podrían haberte dado a ti.

—Ah, claro, y qué más. Me dejas porque algún día encontraré a alguien digno de mí, alguien de mi clase y que pueda cuidarme como me merezco. —Tengo ganas de pegarle, y de besarle.

—Exacto.

—¡Y una mierda! Me dejas porque estás asustado y porque tienes miedo de que yo vuelva a fallarte —le digo horrorizada al reconocer en voz alta el dolor que le he causado.

—No es verdad —insiste apretando los dientes.

—Sí que lo es. —Me siento cansada en la cama, junto a sus pies, y coloco una mano encima de la rodilla de Harry. Él no intenta apartármela—. Y tienes motivos para estarlo, Harrison —confieso con lágrimas en los ojos—, pero lo único que puedo decirte es que lo siento. Lo siento mucho. Dame otra oportunidad, por favor.

—No, Victoria. Es mejor así.

Donde empieza todo

Vuelve a apartar la mirada y sé que no servirá de nada que me quede y siga insistiendo. Me pongo en pie y tras secarme las lágrimas con el reverso de la mano me dirijo a la puerta, aunque me detengo antes de abrirla.

—Te amo, Harrison.

Él gira la cabeza y me mira. Es incapaz de contener la sorpresa y la emoción que le inunda los ojos, y tampoco que le cuesta respirar.

—Te amo, Harrison. Esa es la verdad, te amaba cuando te dejé por primera vez, te amo ahora y te amaré aunque no vuelvas a darnos nunca la oportunidad de ser felices. Te amo y no volveré a tener miedo de reconocerlo.

—Vete, Victoria. Por favor.

—Está bien, me voy. Pero volveré mañana y volveré a decírtelo. Que tengas un buen día, Harrison. Te amo.

Salgo de la habitación antes de que pueda pedirme de nuevo que me vaya y me encuentro con Kev en el pasillo.

—Qué, ¿has conseguido hacerle entrar en razón?

—No, todavía no.

—Oh, vaya, lo siento. —Se aparta de la pared en la que está apoyado y se acerca a mí—. Creí que, en cuanto te viese, reaccionaría.

—Harry es mucho más complicado que eso, pero no voy a rendirme. Volveré mañana y... ¿puedo pedirte algo?

—Claro.

—Llámame si le dan el alta o si Harry decide abandonar el hospital, algo me dice que intentará huir.

Kev se ríe y me da un abrazo, y de repente creo que voy a conseguir recuperar a Harry.

CAPÍTULO 23

Me despierto igual de nerviosa que ayer aunque contenta porque voy a ver a Harry. Me imagino que él seguirá evitándome y echándome de su lado, pero al menos es un principio. Me visto con una blusa y unos vaqueros, he pedido vacaciones en el bufete y me las han dado sin ningún problema. Lo decidí anoche mientras estaba en la cama. Harry y yo siempre hemos tenido que robar momentos para conocernos y para estar juntos, y nos merecemos pasar días enteros sin tener que preocuparnos por el reloj o por si nuestra vida nos espera.

Estoy en la cocina sirviéndome un té cuando recibo un mensaje de texto. Cojo el móvil y sonrío al leerlo, es de Kev.

«Harry ha conseguido huir, estamos de camino a su casa. Va a echarme en cuanto lleguemos. Cuida de él. Buena suerte».

Sabía que Harry no iba a quedarse en el hospital después de mi visita y de que le dijese tan claramente que tenía intención de volver.

Idiota.

Ben duerme en una de las habitaciones de invitados que siempre hemos tenido en el piso superior y no hemos utilizado hasta ahora. Ayer, cuando le pedí que firmase los papeles para empezar a tramitar nuestro divorcio de común acuerdo, me miró a los ojos y me preguntó una vez más si estaba segura.

Si le hubiese dicho que no, o que había cambiado de opinión, seguro que él me habría recibido con los brazos abiertos y nunca más me habría hablado de Harry.

No me gusta ver a Ben tan preocupado y sintiéndose tan culpable. Desde que arrestaron a Wortex ha quintuplicado su dedicación, y ya era absoluta. He intentado decirle que no fue solo culpa suya, Wortex supo utilizarle y él se dejó cegar y cometió un error. Me gustaría poder ayudarlo aunque sé que él no vería con buenos ojos mi ayuda, y la verdad es que lo mejor para todos es que nos distanciemos durante un tiempo. Vamos a poner la casa en venta, a ninguno de los dos nos ha gustado nunca. Ben probablemente se buscará un apartamento en el centro, algo elegante y propio de él, un lugar donde empezar de cero. Yo no sé si quedarme en Washington, tal vez me decante por una casa pequeña en las afueras, en una ciudad no tan grande, y busque allí trabajo.

Llego a la cocina y no hay ni rastro de Ben, se esfuerza en evitarme y no puedo culparle. Dejo el móvil en la encimera mientras me preparo un té, aunque lo miro impaciente cada dos segundos por si Harry decide llamarme. El aparato tiembla y corro hacia él.

«Dejo una llave escondida bajo una maceta roja que hay en la entrada. Suerte».

No es Harry, es su hermano y el tono del mensaje no es nada esperanzador. Quiero salir corriendo hacia su casa, entrar sin avisar y plantarme delante de él, discutir hasta hacerlo reaccionar. No lo hago porque intento ponerme en su lugar, Harry me pidió que me fuera del hospital y me dijo que no quería verme. Las heridas que ha recibido, aunque son serias, no han sido tan graves, así que probablemente pueda estar solo sin peligro o sin necesitar ayuda. Además, su hermano no se habría ido de lo contrario. Consigo beberme el té y engullir una tostada y una manzana, pero después mi comprensión llega al límite y es derrotada (con suma facilidad) por las ganas que tengo de abrazarlo.

Voy a pie, así tardaré un poco más en llegar y tal vez él esté más dispuesto a hablar conmigo, me digo, y yo no estaré tan nerviosa. Me sudan las palmas de las manos, he compartido momentos excitantes y muy sensuales con Harry y son en cambio esos detalles cotidianos, como caminar hacia su casa a plena luz del día, los que ahora me aceleran el corazón. Me gusta, quizá nuestra historia no sea la típica, la mía con Ben lo fue y no ha acabado bien, pero por primera vez en mi vida sé lo que es amar. Me detengo en una floristería a dos calles de su casa y compro unas flores. No es un ramo perfecto, son flores de distintos colores que me han hecho sonreír al verlas y espero que consigan lo mismo con Harry. Se parecen a las que crecen en un seto junto al árbol del parque donde solíamos besarnos.

La casa de Harry está igual que siempre, es preciosa,

Donde empieza todo

fiable, dispuesta a darme la bienvenida. Identifico la maceta donde Kev ha escondido la llave, la levanto y los dientes de metal se me clavan en la mano porque la cierro con fuerza a su alrededor.

No dudo, aunque me tiemblan los dedos al introducirla en el cerrojo y hacerla girar. Primero no oigo nada, quizá Harry haya subido al dormitorio a dormir un rato, o quizá esté tumbado en el sofá.

—¿Qué diablos estás haciendo aquí?

Aparece frente a mí furioso, apoyado en una muleta para no colocar peso sobre el muslo herido, y el otro brazo está en un cabestrillo. En el hospital, tumbado en la cama, no me pareció tan impactante, aquí y ahora me escuecen los ojos. Trago saliva y respiro profundamente para no llorar.

—He venido a verte.

—Pues ya me has visto. —Gira hacia el salón dando por concluida nuestra conversación y mi visita.

Durante un segundo me planteo irme dando un portazo y tal vez un grito, ¿quién se ha creído que es para tratarme de esa manera? Logro contenerme porque he visto los círculos negros bajo sus ojos y la tensión en sus hombros. Si pudiera entender por qué me echa, tal vez me iría, pero ese comportamiento no tiene sentido.

Vuelvo a coger aire y me seco una lágrima que se me ha escapado y me resbala por la mejilla. Doy el primer paso para ir tras él, me detengo un segundo al lado del mueble que tiene en la entrada, donde hay un cuenco de plata con las llaves de la moto y un par de gafas viejas al lado. Me gustaría quedármela, tener acceso a él siempre que quiera, pero suelto la llave y la oigo tintinear al caer junto al resto. Harry también tiene que haberlo oído, el silencio es sepulcral. En el salón los cojines están desordenados y encima de la mesa hay un ordenador portátil, unos cascos y varios cuadernos además de tres o cuatro bolígrafos y lápices.

—Logré descifrar el código de seguridad del matemático, tenemos pruebas para encerrar a Wortex de por vida. Ben y tú podéis estar tranquilos, no vais a tener que testificar.

—¿Es esto lo que de verdad quieres decirme? —le pregunto. Agradezco la información, por supuesto, no quiero volver a ver a Wortex ni siquiera en la sala de un juzgado.

Harry está dándome la espalda. Se ha colocado frente a la chimenea y la mira como si fuese un jeroglífico, buscando la manera de encender el fuego a pesar de que tiene una mano y una pierna heridas. Con lo terco y listo que es seguro que acabaría por encontrarla... y haciéndose más daño.

—¿Quieres que te ayude? Puedo colocar los troncos.

Se encoge de hombros, se aparta, cojea hasta la butaca y se sienta. Cierra los ojos al apoyar la cabeza en el respaldo.

—¿A qué has venido, Victoria? —No suena enfadado como hace unos minutos, sino resignado y exhausto.

—He venido a verte, ya te dije que lo haría.

—Sí —reconoce sin mirarme aún—, y yo te dije que no quería que lo hicieras.

—¿Por qué?

—He estado pensando, en el hospital —especifica—. Tenías razón cuando me dejaste, hiciste bien, tú y yo solo estábamos teniendo una aventura.

Donde empieza todo

—No digas eso, por favor.

Abre los ojos, yo cojo aire al verlos tristes y me doy cuenta de que reflejan exactamente lo mismo que los míos.

—Ben y tú no estabais pasando por un buen momento y yo... —suspira furioso—, yo cometí un error. Nunca debí involucrarme contigo.

—¿Involucrarte? —La palabra me produce arcadas.

—Todo era tan romántico, tan sensual, tan prohibido, que nos dejamos llevar.

—¿Qué estás diciendo? —Me dejo caer en la butaca que tengo a mi espalda.

—No fue real, Victoria.

—Hace apenas unos días opinabas lo contrario. —Aprieta la mandíbula y sigue sin decirme nada; yo estoy furiosa—. Explícamelo, Harry. Si esta es la última vez que vamos a vernos, tengo derecho a saber la verdad.

—Esa noche, en mi casa —empieza, y suena como si cada palabra saliese de su garganta en contra de su voluntad—, cuando estuvimos hablando porque ninguno de los dos podía dormir, estabas furiosa conmigo.

—Me habías hecho creer que estabas muerto —le recuerdo—. Fui a tu funeral.

—Tuve que hacerlo, pero eso ahora no importa. Lo que importa, Victoria, es que antes de mi muerte me dejaste para apoyar a tu marido e intentar salvar tu matrimonio.

—Me equivoqué, y yo no dije tal cosa, dije que tenía que apoyar a Ben porque se lo debía, se lo había prometido y él contaba conmigo. Ahora voy a divorciarme y él seguirá adelante con su carrera política. No me necesita para eso, me equivoqué al creerlo. Tú también has cometido errores.

—Cierto. Los últimos nos han puesto en peligro a los dos y no quiero volver a cometerlos, aunque eso ahora tampoco importa.

—Entonces, ¿qué importa?

—Esa noche, cuando estuvimos hablando, me dijiste que querías estar sola, que habías salido de casa de tus padres para estar con Ben y que ahora querías ser tú.

—Puedo ser yo contigo.

—Aún no, no antes de haber sido tú.

—¿Así que esa es tu excusa para no tener que arriesgarte conmigo? Yo te dije que quería estar sola y ahora me castigas y no quieres que estemos juntos.

—No te estoy castigando, Victoria —farfulla—. Te juro que nada me gustaría más que estar contigo. Maldita sea, ¿por qué no lo entiendes?

Me resbalan lágrimas por las mejillas. Harry está exhausto, y no solo físicamente, y yo estoy furiosa.

—¡Explícamelo!

—Si todo hubiese salido bien en esa maldita fiesta, si Ben no hubiese intentado hacerse el héroe, ahora no estaríamos aquí —pronuncia cada sílaba con precisión—. Ahora tú estarías arreglando las cosas con tu marido —levanta una mano para detenerme— o sí, tal vez le habrías dejado y estarías buscando piso o casa donde empezar desde cero. Y yo... yo estaría volviéndome loco esperando, buscando la manera de recuperarte, de que volvieras a estar a mi lado.

—Lo estoy, no tienes que recuperarme. Estoy aquí.

Me levanto y camino hasta la butaca donde él sigue sentado. Me mira, clava los ojos en los míos. En los suyos, a través de las gafas, veo la rabia y las emociones tan complejas que siempre han habitado dentro de Harry.

Donde empieza todo

—Maldita seas.

Tira de mí hasta que caigo casi encima de él. Me sujeta solo con la mano que no tiene herida, pero le basta para retenerme y besarme. Separa mis labios enfadado, no sé a quién pretende castigar porque yo siento que por fin puedo respirar. He echado mucho de menos sus besos, el modo en que nuestros labios encajan y bailan a la perfección, sus gemidos roncos y en cierto modo silenciosos que se deslizan por mi espalda, la lengua de Harry que recorre la mía y la seduce con cada caricia. Tengo las manos apoyadas en los antebrazos del sofá, han ido a parar allí en un acto reflejo para no caerme cuando ha tirado de mí y ahora las maldigo porque necesito tocarlo. Harry me retiene por el pelo, me ha enredado los dedos en la nuca y sigue besándome, quedándose con mi alma. Necesito decirle que no es necesario que me retenga, quiero estar allí, besarle hasta que los dos no podamos soportarlo más y entonces volver a empezar.

—Harry... —susurro sin darme cuenta y él abre los ojos y me suelta.

No quiero apartarme, lo hago porque él gira el rostro y, si no, no puedo verle los ojos.

—Tienes que irte, Victoria.

—No, acabas de besarme —balbuceo—, te quiero.

—Y yo no te creo.

Esa es la verdadera razón. Se me detiene el corazón al escucharla y retrocedo un poco más. Me tiembla el labio inferior y cuando acerco unos dedos para controlar el temblor encuentro rastros de los besos de Harry.

—Estás aquí y dices que me quieres porque te sientes culpable, o por una reacción tardía a la adrenalina del secuestro y de los disparos, quién sabe. Pero si ese baile hubiese salido bien, si no me hubiesen disparado dos veces delante de ti, si no me hubiese quedado inconsciente en la furgoneta, tú no estarías aquí. Y esa es la realidad, Victoria. No pienso volver a engañarme.

—No es verdad.

—Tal vez —reconoce encogiéndose de hombros—, supongo que no lo sabremos nunca. Ahora lo cierto es que yo tengo que recuperarme de dos heridas de bala y que tengo que acabar de descodificar toda la información que tenía el profesor. Y tal vez tengamos suerte y podamos conseguir más pruebas que también deberé analizar. Tengo mucho trabajo, y tú también —me recuerda con crueldad.

Me pongo en pie. Las palabras de Harry me hacen daño y, aunque no me hacen dudar ni un segundo de sus sentimientos, me avergüenza lo ciertas que podrían ser. No es ningún disparate, hay parejas que se quedan la una con la otra por esa clase de sentimientos, pero no es mi caso. Yo no amo a Harry porque haya recibido dos balas por mí —aunque se me detiene el corazón solo de pensarlo—. Le amo porque es parte de mí.

—Esa noche en tu casa me dijiste que estarías a mi lado.

—No es el único que recuerda esa conversación—, ¿qué ha cambiado? ¿Por qué no quieres estarlo ahora?

—Porque no podría soportarlo. Porque me pasaría la vida dudando de cualquier cambio, de cualquier reacción tuya. Y porque a la larga te odiaría por ello, Victoria. No quiero odiarte, por eso te pido que te vayas.

—Lo que nos estás haciendo es una estupidez y el peor error de tu vida —le recrimino—. Eres un genio y prácticamente acabas de pedirme que te demuestre algo indemostrable, lo cual es una táctica muy cobarde por tu parte. Según tú no te quiero de verdad, no estoy locamente enamorada de ti, sino que me siento agradecida o culpable porque te dispararon y no tengo forma humana de demostrarte lo contrario. Por más que te diga que te quiero, que te amo, que quiero serlo todo para ti, no puedo demostrártelo porque tú sencillamente no me crees.

—Exacto.

—Vete al infierno, Harrison. Si ibas a hacerme tanto daño, ¿por qué volviste? ¿Por qué no seguiste muerto?

—Vete, Victoria. Tú misma lo has dicho, solo nos hemos hecho daño.

Tengo que irme, me pondré a llorar y acabaré gritándole o suplicándole y las dos posibilidades me horrorizan.

—Está bien, Harry —me rindo abatida—. Adiós.

Me giro y camino a paso firme hasta el pasillo, dejo la puerta de esa habitación abierta tal como está y recorro por última vez el interior de esa preciosa casa con la mirada.

—Una cosa más, Harry —le digo en voz alta cuando me detengo antes de irme para siempre—. Cuando te recuperes de tus heridas, cuando tengas todo ese trabajo resuelto, si algún día piensas en mí y te das cuenta de que has cometido un error, no vengas a buscarme.

CAPÍTULO 24

—Maldita sea, yo también te amo —pronunció Harry cuando la puerta se cerró y supo que Victoria ya no estaba.

Lo supo porque volvió a sentir esa horrible presión en el pecho y le escocieron los ojos.

Lo que le había dicho a Victoria era la verdad, pero no toda.

Cuando despertó en el hospital, aturdido por los efectos de la anestesia y con el brazo y la pierna en llamas tras la intervención, lo primero que hizo fue pronunciar su nombre y buscarla en esa horrible habitación.

Tardó varios minutos en comprender que no estaba y los motivos de su ausencia. En su lugar, estaba Kev con cara de querer matarlo con sus propias manos, y Dupont, más o menos con la misma expresión.

—Quiero ver a Victoria —insistió.

—Está con el congresista —al menos Dupont tuvo el

Donde empieza todo

detalle de no decir «está con su marido»— y, si queremos mantener su nombre fuera de la investigación, no puede aparecer por aquí.

Harry se maldijo por dentro y apretó el botón con el que controlaba la medicación para el dolor, para ver si le aliviaba el que sentía en el pecho. Dupont tenía razón.

—Me prometiste que tendrías cuidado y que no volverías a dejar que te disparasen —le recriminó Kev pasándole una mano por el pelo como cuando eran pequeños. Harry comprendió entonces cuánto había asustado a su hermano mayor.

—Es verdad —reconoció tras tragar saliva—. Lo siento. Gracias por venir.

—Te dije que siempre podías contar conmigo —repitió Kev solemne y, tras unos segundos durante los cuales intercambiaron una profunda mirada, carraspeó—. Será mejor que llame a Susana, la he dejado muy preocupada. Menos mal que estábamos en Washington, al menos esto lo has hecho bien, Harry —bromeó.

—Ya me conoces, siempre procuro hacerte la vida más fácil —siguió con la broma porque la falta de Victoria le estaba matando.

—Entonces, ponte bien cuando antes. Voy a salir al pasillo a llamar a Susana, ¿de acuerdo?

Harry asintió y Dupont se quedó con él.

—Esta vez te has arriesgado demasiado, Harry.

—Solo ha sido un rasguño.

—Un rasguño que casi te mata. Vas a tener que hacer mucha rehabilitación.

—¿Y qué más? —A juzgar por la mirada de Dupont había algo más.

—Tal vez te cueste más de lo esperado, la bala del hombro te hirió parte de las conexiones con la columna vertebral. Los médicos dicen que será difícil y que tendrás que ser muy constante.
—¿Qué les has dicho tú?
—Que, si constante equivalía a terco, dentro de nada volverías a ser el mismo de siempre.
—Gracias.
—Has asustado mucho a tu hermano.
—Lo sé.
—Y a Victoria, no quería apartarse de tu lado cuando te han llevado a quirófano.

Harry volvió a apretar el botón que le suministraba calmante.

—No tendrías que haberte involucrado con ella, Harrison —siguió Dupont, a quien no le pasó inadvertido el gesto de Harry—, y no tendrías que haberle desvelado que seguías vivo.
—Ese coche la habría atropellado.
—Habrías podido disparar a las ruedas, Harry. Eres listo, se te habría ocurrido algo. La salvaste de esa manera porque viste que era la excusa perfecta para volver a verla. —Se acercó a una silla en la que horas antes había dejado el abrigo—. La rehabilitación va a ser muy dura y, cuando te recuperes, porque sé que te recuperarás, ¿qué vas a hacer? Ella es la esposa de un congresista, Harry, tuvo una aventura contigo y hoy se ha derrumbado cuando te han disparado.
—¿Qué es lo que de verdad quieres preguntarme?
—Estoy divorciado, Harry, me casé con una mujer maravillosa que sabía la verdad sobre nuestro trabajo desde el

principio y acabó por dejarme. Victoria apenas hace unos días que sabe quién eres realmente.

—Si vas a decir que solo tuvimos una aventura, puedes irte.

—No, eso es asunto tuyo. —Se acercó a la puerta de todos modos—. Lo que quiero decirte es que los dos necesitáis tiempo, ella para asimilar lo que ha sucedido y tú para recuperarte de tus heridas. Tal y como te he dicho, eres un hombre listo, así que seguro que tomarás la decisión correcta.

Harry odiaba que Dupont le hablase en acertijos y optó por cerrar los ojos y ponerse a dormir sin despedirlo. Unos minutos más tarde la puerta volvió a abrirse y entró Kev guardándose el móvil en el bolsillo.

—Voy a quedarme a pasar la noche contigo en este maldito sofá que parece de juguete. Cuando te recuperes me debes una cena, Harrison.

—Claro. ¿Puedo preguntarte algo?

—Por supuesto, pregunta —afirmó Kev intentando encajar en ese sofá, que efectivamente era ridículo para un hombre de su físico.

—¿Cómo sabes que Susana te quiere de verdad? Sé que estáis casados y tú pareces asquerosamente feliz, pero... ¿cómo sabes que es de verdad?

Kev lo miró y tardó unos segundos en contestarle.

—Sencillamente, lo sé.

—No es una respuesta muy elocuente.

—Deja de decir chorradas y duérmete, Harry.

Harry cerró de nuevo los ojos y le dio al botón de la medicación. Habían pasado varios minutos cuando Kev volvió a hablar.

—Lo sé aquí dentro y tú también lo sabes, Harry. Victoria te quiere, lo vi en cuanto la conocí. No podía ocultarlo.

Harry no dijo nada y se le heló la sangre al darse cuenta de que él no lo sabía. Sabía que él estaba enamorado de ella, que la deseaba y quería con una intensidad que eliminaba todo lo demás, pero ella... ella le había dejado y había elegido a su marido. No estaba ahora allí con él. Victoria quería rehacer su vida y que él la esperase. Le dolió como los mil demonios recordar que ella no le había pedido que formase parte de esa nueva vida y apretó cuatro veces seguidas el botón para noquearse. Si la enferma lo reñía por la mañana, que así fuera.

Cuando volvió a despertarse Victoria seguía ausente y Kev estaba a su lado. Lo vio llamar a Susana. Él ni siquiera podía hacer eso, maldita fuera. Una hora más tarde, después de hablar con el médico sobre sus heridas, supo que la recuperación iba a ser mucho más dura de lo que Dupont le había explicado.

Y decidió que no podía hacerle eso a Victoria y que él no podía soportar ser su amigo mientras pasaba por ese infierno. No era lo bastante fuerte para sobreponerse a otro abandono y la quería demasiado como para retenerla a su lado cuando ella no lo amaba de la misma manera y, si lo hacía ahora, solo sería porque se sentiría culpable.

Se levantó de la butaca como pudo y fue a servirse un whisky. Recordar el momento en que había tomado la decisión de arrancar a Victoria de su vida bien se merecía una copa. Era una frase estúpida, pero sin duda había sido lo más doloroso que había hecho en su vida.

Dios, después de ese beso había tenido que recurrir a

todas sus fuerzas para no decirle que él también la amaba y que sí, que podían estar juntos para siempre.

—¿Por qué diablos no puedes creerla, Harry? —dijo en voz alta mientras se servía la segunda copa.

Porque la pierna y el hombro le estaban matando y porque no podría soportar que se quedase con él, que lo quisiera por eso. Además, seguro que en cuanto Victoria estuviese instalada en su nueva vida ni siquiera se acordaría de él.

Bebió otra copa, y después otra. Se quedó dormido en el sofá y cuando se despertó seguía queriéndola y echándola de menos.

La rehabilitación empezó dos días más tarde y Harry dio gracias al duro entrenamiento al que se sometía por su trabajo porque, si no, no habría podido seguir adelante. Durante semanas fue incapaz de sujetar nada con la mano herida; sí podía coger un objeto unos segundos, pero este caía de sus dedos pasado ese tiempo. Tardó un mes en poder subir la escalera sin la ayuda de una muleta o de un bastón y dos en volver a correr.

No dejó de pensar en Victoria ni un segundo, su rostro era el que veía en sueños, su voz la que lo animaba a seguir luchando, sus ojos los que le recordaban que podía hacerlo y que lograría recuperarse. Era una tortura, y absolutamente necesaria.

Kev intentó hacerle hablar del tema hasta que una tarde discutieron por teléfono y Harry le prohibió que volviese a mencionar a Victoria. Kev le insultó y le colgó, y lo llamó al día siguiente para disculparse. Harry tenía la teoría de que Susana había tenido algo que ver con eso, pero Kev lo negó.

Cuanto mejor estaba su cuerpo más centrada y aguda parecía estar su mente. Descodificó el programa del profesor y volvió al trabajo con una dedicación apabullante. Spencer y Dupont se alegraron de su regreso, por supuesto, y le preguntaron por Victoria convencidos de que estaban juntos o, como mínimo, en contacto.

Harry les dijo que no y que no quería hablar del tema.

Dupont y Spencer lo miraron incrédulos pero a diferencia de Kev, tal vez porque no existían lazos familiares entre ellos, decidieron hacerle caso a la primera y no volvieron a mencionarla.

Nada de eso sirvió para que Harry dejase de pensar en ella. De hecho, sucedió todo lo contrario. A medida que pasaban los días, más y más imágenes de Victoria volvían a su mente, más y más recordaba la dolorosa conversación que habían mantenido en su casa el último día que la vio, cómo ella le miró y le dijo que le quería, cómo le besó. No solo eso, también recordó los instantes antes de que le disparasen en casa de Eisner, cuando Victoria lo miró a los ojos y le dijo que le amaba.

Entonces ella no sabía que iban a dispararle.

Recordó el beso que robaron al destino cuando le colocó la cámara, los temblores y los susurros.

Recordó que ella había intentado visitarlo en el hospital y él se lo impidió, y ella insistió hasta conseguirlo y poder decirle que estaba enamorada de él y que le había pedido el divorcio a Ben.

Recordó que ella había estado dispuesta a luchar por él, a cambiar su vida entera por él y que él la había rechazado.

Donde empieza todo

Recordó lo que le dijo ella, furiosa, herida, después de ese último beso y de que él le dijese que no la creía: «Lo que nos estás haciendo es una estupidez y el peor error de tu vida. Eres un genio y prácticamente acabas de pedirme que te demuestre algo indemostrable, lo cual es una táctica muy cobarde por tu parte. Según tú no te quiero de verdad, no estoy locamente enamorada de ti, sino que me siento agradecida o culpable porque te dispararon y no tengo forma humana de demostrarte lo contrario. Por más que te diga que te quiero, que te amo, que quiero serlo todo para ti, no puedo demostrártelo porque tú sencillamente no me crees».

Recordó lo que le dijo antes de irse: «Una cosa más, Harry, cuando te recuperes de tus heridas, cuando tengas todo ese trabajo resuelto, si algún día piensas en mí y te das cuenta de que has cometido un error, no vengas a buscarme».

Si algún día pensaba en ella... Pensaba en ella todos los días. Y sí, había cometido un error, había sido un hipócrita y un cobarde, le había pedido a Victoria que luchase por ellos, que confiase en su amor, que fuese valiente y rompiese con un pasado que no la hacía feliz y, cuando ella lo había hecho, no la había creído.

El dolor, los celos, el miedo, le habían cegado y había echado de su lado a la mujer que amaba. Habían pasado cuatro meses desde esa mañana, Victoria podía estar en cualquier parte, podía haberse enamorado. Se le heló la sangre, y sería culpa suya.

Esa noche tuvo una pesadilla en la que ella iba corriendo por el parque (algo que no había vuelto a hacer desde su ruptura) y la veía. Intentaba alcanzarla sin lograrlo, la perseguía durante horas, el sudor le resbalaba por la frente y el corazón le golpeaba las costillas de un modo doloroso. Cuando por fin daba con ella recuperaba la respiración durante un segundo y volvía a perderla cuando Victoria se apartaba de él para acercarse a otro hombre y empezar a correr con él.

Salió de la cama con sudor y palpitaciones idénticos a los de la pesadilla y fue a por el ordenador. Se había negado a hacerlo hasta ese momento, no había consultado nada sobre el paradero de Victoria para no caer en la tentación de ir a buscarla, sin embargo tardó meros segundos en teclear su código de seguridad y el nombre de Victoria.

Se había divorciado de Ben y había recuperado su apellido de soltera: Victoria Cooper.

Acarició el nombre en la pantalla como el idiota que había demostrado ser y recopiló los datos que de verdad necesitaba.

Victoria se había mudado a Boston. Intentó no buscarle un doble significado a que ella hubiese elegido la ciudad donde vivía su hermano Kev y no lo logró. Vivía en una pequeña casa antigua que iba restaurando poco a poco y trabajaba en un bufete de abogados familiar. No encontró nada acerca de su situación personal, y no buscó demasiado porque no quería saberlo. Anotó esa información y acto seguido compró el primer billete que encontró rumbo a Boston. Mientras hacía la maleta llamó a su hermano.

—¿Sabes qué hora es? —le preguntó Kev adormilado.

—No tengo ni idea.

—¿Te ha sucedido algo?

Donde empieza todo

—Ya entiendo lo que me dijiste en el hospital.
—Perfecto, ya era hora —señaló Kev, excepcionalmente lúcido de repente—. ¿Y qué piensas hacer?
—Volar a Boston, Victoria se ha mudado.
—Esa chica y yo tendremos que hablar —farfulló—. Llámame cuando llegues, ¿de acuerdo?
—Te llamaré.
Colgó y se montó en su moto, algo que había echado mucho de menos durante la rehabilitación, y se fue al aeropuerto.

CAPÍTULO 25

Victoria estaba contenta con su nueva vida. Después de esa horrible mañana en casa de Harry, cuando él le rompió el corazón y la echó de su vida, pensó que no podría seguir adelante. Pero lo había hecho. En realidad, en cuanto llegó a su casa esa misma mañana decidió que no se hundiría, que lucharía por tener la vida que se merecía y que encontraría la manera de ser feliz. No volvería a conformarse con estar bien, no volvería a confundir amistad o cariño con amor, no volvería a dudar de sus sentimientos y no volvería a rendirse.

Le había costado mucho, pero por fin sabía quién era y qué quería.

Varias cosas no las había logrado aún, como por ejemplo recuperar su amistad con Ben. El divorcio, aunque amistoso, había sido doloroso para ambos y su exmarido seguía sin querer hablar con ella más allá de lo necesario (firmar papeles de una declaración de impuestos y cosas

Donde empieza todo

por el estilo). Tampoco tenía la casa que ella quería. Había encontrado una preciosa casa antigua, nada comparable a la lujosa construcción que había compartido con Ben, y en un arrebato la había comprado con intención de remodelarla, sin embargo el bricolaje era más difícil de lo que había creído en un principio y se le daba extremadamente mal.

El trabajo era una de las mejores partes de su nueva vida, tal vez la mejor de momento. En cuanto decidió divorciarse de Ben supo inconscientemente que tenía que irse de Washington. Se despidió del bufete al día siguiente de visitar a Harry y se dijo que se tomaría un tiempo para pensar en el futuro. Sin embargo, el futuro fue a su encuentro, al menos ese futuro, y unas semanas más tarde coincidió con una antigua amiga de la universidad en un supermercado y empezaron a hablar. Meredith le contó que se había mudado a Washington porque se había casado, era muy feliz, pero le había dado mucha pena dejar el trabajo que tenía en Boston y empezó a hablarle del discreto y familiar despacho de abogados. Victoria se enamoró de la descripción, eso era exactamente lo que ella había querido siempre; un lugar real donde el Derecho sirviese de verdad. Los llamó al día siguiente y la señora Tobey, Millie, le dijo que estarían encantados de entrevistarla. Voló a Boston y tras esa extraña y surrealista entrevista decidió mudarse allí para empezar en su nuevo trabajo cuanto antes.

Esa mañana se despertó cansada. Se había pasado la noche anterior intentando desatascar una vieja tubería, algo de lo que ella no tenía ni idea ni al parecer tampoco la página web que había consultado, a juzgar por el resultado. Se desperezó en la cama y fue a ducharse en el único baño que tenía funcional y bajo el chorro del agua caliente —menos mal— pensó que tal vez esa tarde, cuando saliese del despacho, iría a la perrera municipal a buscar un perro. Siempre había querido tener uno.

Se vistió con una falda de un elegante gris plateado y se puso una blusa con un diminuto estampado de flores violetas. Sin los zapatos de tacón se tomó un té en la cocina y unas tostadas con mantequilla. Sí, un perro, era una buena decisión, seguro que podría salir a correr con él. Eso era lo único que no había conseguido volver a hacer desde que no estaba con Harry.

Para su desgracia, seguía completamente enamorada de él. Oh sí, había intentado odiarlo y olvidarlo, aunque nada había funcionado. Después de los llantos y de la rabia se dio por vencida y asumió que siempre lo amaría. Tal vez algún día volviera a enamorarse, pensó, pero Harry siempre formaría parte de su corazón. Se preguntaba a diario qué estaría haciendo, ¿saldría a correr por el parque sin ella? ¿Se habría recuperado bien de sus heridas? ¿Estaría con otra mujer?

Esa última pregunta le dolía demasiado e intentaba no hacérsela.

Había cogido el teléfono cientos de veces para llamarlo, pero no lo había hecho porque cada vez que marcaba los números recordaba su mirada pidiéndole que se fuese, diciéndole que solo se habían hecho daño. Había días en que se decía que tenía que llamarlo, que él no sabía dónde estaba y si quería hablar con ella, o verla, no la encontraría. Entonces recordaba que Harry podía hacer lo que quisiera con un ordenador, encontrar literalmente una

Donde empieza todo

aguja en un pajar, así que si no había aparecido era porque no quería.

Bebió el último sorbo de té y dejó la taza en el fregadero. Cogió la lista de utensilios que quería comprar para seguir con sus reparaciones del día y salió de la casa. Sonrió al esquivar el destartalado escalón de la entrada como hacía cada día y levantó la vista hacia el cielo de Boston. Era distinto a lo que había soñado, pero era un buen principio.

—Hola, Victoria.

La voz, esa voz, le acarició la espalda y le erizó la piel al mismo tiempo que le llenó los ojos de lágrimas.

Imposible.

Bajó la cabeza y mantuvo los ojos cerrados. Aunque no tenía sentido, no después de tanto tiempo, podía sentirlo detrás de ella. No eran imaginaciones suyas, cuando soñaba con él nunca se le aceleraba el corazón de esa manera. Estaba allí y tenía que darse media vuelta para verle y enfrentarse a él.

Alargó ese instante tanto como pudo; en cuanto le viese recordaría el dolor y volvería a sentirse herida, volvería a odiarlo por no haber creído en ella. Así, sin verle, podía fingir que era un día cualquiera de la vida que habrían tenido juntos... «Si él hubiese creído en mi amor».

Estaba furiosa.

—¿Qué haces aquí?

—¿No vas a darte media vuelta?

—Te dije que no quería que vinieras a buscarme.

Él no dijo nada durante un rato y Victoria aguantó la respiración hasta que notó que él colocaba una mano trémula en su cintura y apoyaba la frente en su espalda.

—Lo sé —susurró—, y lo siento.
Ahora temblaban los dos.
—Yo... no sé si puedo hacer esto, Harry.
—Perdóname, por favor.
Victoria cogió aire y se atrevió a tocarle, apartó la mano que Harry tenía en su cintura y se dio media vuelta. Aunque le doliera, tenía que verle, lo necesitaba.
Harry se apartó, dio un paso hacia atrás y esperó. Cuando Victoria lo miró sintió en su corazón el daño que le había hecho.
—Lo siento mucho, Victoria —farfulló—. Aunque no me perdones, aunque no quieras volver a verme nunca más, tenía que decírtelo.
—¿Por qué, Harry?
—Porque fui un cobarde y un hipócrita, te pedí que luchases por nosotros, que confiases en lo que sentíamos el uno por el otro y, cuando lo hiciste —carraspeó—, cuando lo hiciste no te creí.
—Me echaste de tu lado, Harry.
—No quería que te quedases conmigo porque te sentías culpable o agradecida —reconoció.
—Te habían disparado, me necesitabas.
—Mucho.
Esa palabra hizo que una lágrima resbalase por la mejilla de Victoria, ella desvió la mirada y tras unos segundos cambió ligeramente de tema.
—¿Estás bien?, ¿te has recuperado del hombro y de la pierna?
—Sí, tuve que hacer mucha rehabilitación y hay días en que todavía me duele un poco, pero estoy bien. ¿Podemos entrar en tu casa? —le preguntó señalándola con la cabeza.

Donde empieza todo

—Tengo que ir a trabajar.

—Oh, de acuerdo. —Harry sabía que se tenía merecida esa reacción—. ¿Puedo venir luego?

Victoria se quedó mirándolo. Al principio se había pasado semanas deseando que Harry apareciese hasta que acabó por resignarse; ahora estaba allí, fuera por el motivo que fuese, y no tenía sentido seguir alargando esa agonía.

—No —se humedeció el labio al ver que él apretaba la mandíbula—, entremos los dos. Llamaré al trabajo y diré que hoy no puedo ir. Será mejor que hablemos cuanto antes.

—Gracias.

Victoria buscó las llaves en el bolso y cuando las encontró le cayeron al suelo.

—¿Puedo? —le preguntó Harry señalando el picaporte tras recogerlas.

—Adelante.

Mientras él abría, Victoria aprovechó para hacer esa llamada y disculparse. Iba a inventarse una excusa, pero en cuanto oyó la voz de Millie le dijo la verdad y esta le dio ánimos y le pidió que la llamase si necesitaba algo. Colgó y caminó hacia el comedor, pues Harry se había dirigido hacia allí. Se detuvo en el marco de la puerta a mirarlo, él estaba agachado frente a la tubería que ella había intentado arreglar sin éxito la noche anterior. Encajaba tanto allí, con la mirada fija en las instrucciones que ella había impreso y las herramientas a su lado, en esa casa... Con ella.

La rabia la embargó de tal manera que no fue capaz de controlarla.

—No tienes derecho a estar aquí. Vete ahora mismo.

Me lo he pensado mejor, no quiero oír nada de lo que quieras contarme.

Harry se levantó del suelo y se giró hacia ella.

—¡Y no me mires así! —siguió Victoria, que no podía dejar de llorar—. Me echaste de tu vida, te dije que te amaba y tú...

Harry eliminó la distancia que los separaba en dos pasos y la besó frenéticamente, con desesperación y brutalidad, con un amor sin medida y sin capacidad para contenerlo.

La besó porque la amaba y ella lo amaba a él.

Le sujetó el rostro con las manos, movió los labios a un ritmo imposible que solo ella fue capaz de seguir porque sentía exactamente lo mismo. Ya estaba bien de explicaciones, de hablar de los errores que habían cometido o de los miedos que los habían separado. Por fin estaban juntos, por fin podían besarse, sentirse, amarse sin pensar en nada excepto ellos dos.

Por fin empezaba todo.

Victoria reaccionó y le apretó el torso con las manos unos segundos, clavándole las uñas.

—Victoria... —susurró Harry sin soltarle las mejillas—, te amo. —Le brillaron los ojos y una lágrima se deslizó por debajo de la montura de las gafas—. Maldita sea, lo siento. Te amo. Dime que no estás con nadie, dime que me has echado de menos, que has creído morir sin mí.

—Harry...

—Yo no puedo estar sin ti. Me comporté como un estúpido, no creí en ti, lo sé y lo siento. Dime que no te has enamorado de otro y que tengo una oportunidad contigo, aunque sea solo una.

Donde empieza todo

—No me he enamo...
—Gracias a Dios.
Volvió a besarla, a perderse en sus labios, a temblar mientras se acercaba a ella con el resto del cuerpo, a suspirar en su boca.
—Harry, espera —le pidió Victoria apartándose—. Déjame hablar. Siempre me dolerá que no confiases en mí, que no creyeses en mis sentimientos, pero puedo entenderlo —añadió a media voz—. Habían sucedido muchas cosas y yo... yo antes te había fallado.
—No digas eso.
—Es la verdad —reconoció—. Me hiciste mucho daño, Harry. ¿Qué habrías sentido tú si yo te hubiese dicho que no te creía cuando me decías que me querías? ¿Qué habrías hecho si te hubiese echado de mi lado cuando más te necesitaba, con dos heridas de bala en el cuerpo?
—Me habría vuelto loco.
—Pero yo también te he hecho daño a ti.
Él no dijo nada, se agachó despacio y le dio un beso en los labios. Si esa iba a ser la última vez que la viera, iba a besarla tanto como pudiera.
—Mírame, Harry —le pidió ella sujetándole las muñecas para apartarlo. Harry suspiró y obedeció—. Te amo.
Se le paró el corazón, abrió los ojos y Victoria sintió que se le aceleraba la respiración.
—Te amo —repitió ella—. ¿Me crees?
—Sí.
—¿Por qué? Hace cuatro meses que no nos vemos, ¿cómo sabes que no te estoy mintiendo o que lo que siento es amor y no gratitud?
—Porque lo siento dentro de mí. Dios mío, Victoria, lo

siento. —La abrazó y la estrechó con todas sus fuerzas—. Lo siento.

Victoria se puso a llorar. La esperanza que había intentado apagar sin lograrlo, el amor que había tenido que contener y encerrar dentro de ella durante todo ese tiempo, todo salió a la superficie en forma de lágrimas.

—Te amo, Victoria —susurró él una única vez antes de hundir el rostro en el pelo de ella.

Era un hombre rendido, entregado por completo al amor de la mujer que tenía entre los brazos.

—Yo también te amo, Harrison.

Cuando Harry oyó esa frase de nuevo, cuando la sintió pegada a su piel a través de las lágrimas de Victoria, perdió el control. La cogió en brazos y la besó y la besó.

Nunca la había besado de esa manera, sintiéndola tan suya, tan adentro. Y ella hizo lo mismo, lo cual destrozó el alma de Harry porque pensó que los había torturado a ambos con esos meses de distancia. Sin embargo, ella adivinó sus pensamientos y lo tranquilizó.

—Ha sido difícil y te he echado mucho de menos, muchísimo, pero esta es mi vida y ahora sé, sin lugar a dudas, que soy yo. Así que, Harrison MacMurray, ¿quieres quedarte aquí conmigo?

—Nada ni nadie podrá impedírmelo, Victoria Copper. Te amo.

Victoria respondió besándolo, acariciándole el rostro. Estuvieron allí, en el vestíbulo de esa destartalada casa, besándose, temblando cada vez que suspiraban y sus lenguas se rozaban. Recordando el sabor y el tacto del otro, la sensación de poder al fin respirar porque estaban juntos. Harry fue el primero en perder el control y la cogió en bra-

Donde empieza todo

zos para subir la escalera en busca de una cama. Si ella no le decía cuál era su habitación se pararía en la primera que encontrase.

—Es esa —le señaló una antes de besarle en el cuello y empezar a desabrocharle los botones de la camisa.

Harry abrió la puerta con el pie y entró decidido hasta encontrar la cama. Depositó a Victoria en ella y se tumbó con cuidado encima para seguir besándola. Ella le quitó la camisa antes de que él llegase a la mitad de los botones de la blusa y cuando Victoria le quitó las gafas y le besó apasionadamente en los labios se planteó seriamente arrancársela.

Lo hizo cuando ella le mordió el cuello.

Harry arrancó los botones que quedaban de cuajo y colocó la nariz encima de la piel de su escote para inhalar su perfume.

—Te he echado tanto de menos... —susurró casi sin darse cuenta—. Te necesito tanto...

Victoria tiró de él en busca de sus labios y, cuando los encontró, los besó y llevó las manos a la cintura de lo vaqueros para desabrochárselos.

—Yo también te necesito, Harry.

Harry no podía contener el temblor de las manos, ni tampoco el que le recorría el resto del cuerpo. Ahora era de verdad, por fin estaban los dos solos, sin mentiras ni medias verdades entre ellos, sin ninguna duda.

—Te amo, Victoria.

No fue capaz de desnudarse del todo, a ella le quitó las medias y la ropa interior y a sí mismo se desabrochó los pantalones. Entró dentro de Victoria y se estremeció. No podía contenerse, era demasiado.

—Tranquilo, Harry —le susurró ella—, yo también te amo.

Él apretó los dientes y tensó la espalda, tenía que encontrar la manera de recuperar cierto control.

—No te muevas —le suplicó.

Victoria incorporó la cabeza y le besó la mejilla hasta acercarse al oído. Al llegar allí también lo besó y sonrió al notar que él echaba la cabeza hacia atrás.

—Victoria, por favor, quiero... —Cerró los ojos y sin poder evitarlo movió las caderas despacio, hacia dentro y hacia fuera.

—¿Qué quieres? —le susurró de nuevo al oído, haciéndole temblar otra vez.

—A ti.

Apoyó el peso en un brazo y consiguió mover el otro hasta acariciar los pechos de Victoria. Ella arqueó la espalda y suspiró su nombre.

—Lo quiero todo de ti —añadió Harry, que seguía moviendo las caderas.

—Lo tienes.

Deslizó la mano de los pechos de ella al estómago.

—Maldita sea —farfulló—, no te he desnudado.

Victoria se rio despacio y la risa hizo que ambos se estremeciesen.

—No te preocupes, desnúdame después.

—Quiero tocarte —parecía furioso consigo mismo.

—Pues tócame —le pidió ella.

Harry bajó la mano entre las piernas de ella y buscó el punto exacto encima de donde estaban unidos. La acarició con adoración, convencido de que tocarla era la sensación más maravillosa que podía existir. Algo mejor sería cruel e inhumano.

Donde empieza todo

—Victoria, no puedo más. Maldita sea, casi te pierdo.

Hundió la cabeza en el hueco del cuello de ella y dejó de fingir que podía contener la necesidad de penetrarla más y más y quedarse para siempre en su interior. Le besó el hombro y movió la mano que tenía entre ellos hasta notar que ella estaba tan perdida como él.

—Te amo, Harry —sollozó Victoria. El deseo le quemaba el cuerpo, necesitaba sentir de nuevo que sus cuerpos se fundían, que el uno empezaba con el otro.

—¡Victoria!

Harry gritó su nombre al rendirse ante el orgasmo que le destrozó y le convirtió en un hombre que por fin había encontrado el valor y la fuerza necesarias para confesar su amor a esa mujer que lo amaba con locura y creer en ella.

Victoria lo abrazó, lo besó, se perdió también en el clímax al que solo sobrevivió porque estaba con el único hombre al que había amado jamás.

Al terminar, Harry volvió a besarla. No dejó de hacerlo cuando la desnudó —por fin— ni cuando le pidió que por favor volviese a hacerle el amor. Esa segunda vez tampoco lograron contenerse demasiado, y tampoco la tercera después de dormir un rato. La cuarta consiguieron hacerse enloquecer y descubrieron que no tenían ganas de separarse ni de dejar de besarse. Esa noche, tumbados frente a la vieja chimenea que Harry había conseguido hacer funcionar tras varios intentos, volvieron a hacer el amor. Esa vez fue distinta, fue lenta, llena de confesiones de amor y de los sentimientos que los dos habían guardado escondidos esos meses que habían estado separados. Harry entró dentro de Victoria sin dejar de mirarla, la besó, dejó que ella le acariciase, le besase. Nunca ninguno de los dos había sido tan sincero con el otro, el amor se metió dentro de ellos para no salir jamás y ese clímax, con sus cuerpos sudados, enredados, mezclados, sin principio y sin fin, les recordó por qué se habían enamorado y porqué se amarían siempre.

Después, cuando Harry se despertó, la cogió en brazos y la llevó al dormitorio.

Por la mañana hablarían de los detalles sin importancia, como por ejemplo cuándo iban a casarse, dónde iban a vivir o si pintaban la cocina de verde o naranja. Ahora solo tenía una cosa más que decirle.

—Te amo —le susurró pegado a sus labios, convencido de que ella estaba dormida.

—Yo también te amo, Harry. Duérmete, mañana empieza el resto de nuestra vida.

—Sí, la mejor parte.

La abrazó y se durmió tras darle un último beso. O dos más.

CAPÍTULO 26

Harrison no lograba entender cómo había sido capaz de estar esos meses lejos de Victoria. Ahora que la tenía en brazos le resultaba imposible contemplar la posibilidad de no estar con ella, de no notar el tacto de su piel, de no oler su perfume. Esos meses que habían estado separados habían sido una agonía, pero habían sido necesarios.

Habían sucedido demasiadas cosas demasiado rápido. Dios santo, se había enamorado de una mujer casada, de la esposa del hombre que había estado investigando. De un buen hombre que al final había resultado ser inocente, o no tan culpable como lo que Harry habría querido. Una parte de él no se sentía orgullosa de haberse enamorado de la mujer de otro; su corazón, sin embargo, se negaba a sentirse culpable de ello.

Por eso se había mantenido alejado de Victoria. Las heridas de bala le habían proporcionado la excusa que necesitaba, pero la verdad era que quería irse, quería darle la oportunidad a Victoria de elegir por sí misma sin ninguna presión, sin el drama de esas últimas semanas, sin su presencia.

Si Victoria hubiese elegido a Ben, si se hubiese quedado en Washington y hubiese decidido luchar por su matrimonio...

—Te late muy rápido el corazón —susurró Victoria. Tenía la cabeza apoyada en el torso desnudo de Harry y con una mano lo acariciaba lentamente.

—Creía que estabas dormida.

Ella se apartó un poco y le acarició el pectoral izquierdo con los labios. Un beso justo donde lo necesitaba.

—¿Qué sucede?

Harry se quedó en silencio. Podría haber perdido a Victoria para siempre con su decisión de mantener las distancias, podría no haber vuelto a sentirla nunca más en sus brazos. Ella podría haberse divorciado de Ben tal y como había hecho e irse a vivir por su cuenta, conocer a otro, no querer verlo nunca más.

El corazón volvió a acelerársele.

—Harry...

—Tenía miedo de haberte perdido para siempre.

Victoria volvió a apartarse, esa vez apoyó el codo en la cama y recostó la cabeza en la palma de la mano. Tenía los ojos fijos en Harry y aunque el amor era más que evidente en ellos, también lo era el dolor por lo que él acababa de decirle.

—¿Por qué lo hiciste, Harry? Dime la verdad.

Él levantó una mano. Le temblaba cuando le acarició el rostro a ella, cuando le apartó un mechón de pelo y descendió por el cuello y la espalda.

—Estabas furiosa cuando descubriste que no había muerto —empezó—, y te vi con Ben. Con él nunca parecías estar tan enfadada, siempre que os veía juntos pensaba que eráis perfectos el uno para el otro. Conmigo discutías y todo era muy complicado y con él... —Suspiró y se frotó el rostro—. Joder, Victoria, tenía miedo de que al final te dieras cuenta de que conmigo solo habías tenido una aventura y que volvieses a abandonarme.

—Y me abandonaste tú. Muy listo, Harrison.

—Ya, no razono demasiado bien desde que te conozco. Dios, Victoria, jamás había sentido por nadie lo que siento estando contigo. Me asusté, pensé que si te dejaba sola podías rehacer tu vida, decidir si querías rehacer tu matrimonio o, no sé, empezar de cero en otra parte.

—¿Y ahora ya no tienes miedo?

—Estoy aterrorizado. Te amo, Victoria. Eres mi corazón.

—¿Qué habrías hecho si me hubiese quedado con Ben, o si hubiera conocido a otro hombre? —No iba a ponérselo fácil.

—Habría venido a verte, te habría mirado a los ojos y te habría dicho que no podías amar a otro amándome a mí como me amas.

—Estás muy seguro de ti mismo.

Harry se rio.

—No, para nada.

—¿Sabes por qué no discutía con Ben o por qué te parecía que entre nosotros las cosas eran tan fáciles?

—No quiero hablar de Ben.

Victoria se sentó en la cama, cruzó las piernas como una india y se quedó mirándolo. Él seguía tumbado, tenía

Donde empieza todo

una mano bajo la cabeza y la otra cerca de ella, acariciándole el muslo o la pierna, cualquier parte que pudiese tocar.

—Porque con Ben no había esto —siguió como si él no hubiese hablado—, esta necesidad de tocarlo a todas horas, de meterme dentro de él, de besarlo, de entenderlo, de amarlo. Ben era y espero que vuelva a ser un muy buen amigo, es un buen hombre y sé que me quiere. Y yo le quiero a él. —Vio que Harry apartaba el rostro y miraba hacia el otro lado del dormitorio. El torso le subía y bajaba despacio, con movimientos controlados—. A ti te amo, Harrison. Para siempre.

Harry soltó el aliento y poco a poco volvió a mover la cabeza hacia Victoria. Ella se levantó y, tras apartar la sábana, se sentó encima de él. Los dos estaban desnudos, sus cuerpos y sus miradas se encontraron.

—Te amo, Harrison. Solo a ti. Eres mi corazón. —Le acarició la mejilla y él respiró por entre los dientes.

—Te amo, Victoria. Hazme el amor.

Victoria se levantó y, sujetándolo con firmeza, lo deslizó dentro de ella. Harry levantó las manos hasta acariciarle los brazos y subió por ellos. Le tocó el rostro, perdido para siempre en la belleza de esa mujer, y tiró de ella para besarla. El beso imitó los movimientos del resto de su cuerpo, se rindieron a él, lo convirtieron de nuevo en su principio. Harrison no pudo contener el deseo ni la necesidad de sucumbir a ese amor que le había demostrado que su corazón y su alma pertenecían a Victoria para siempre.

—Puedo estar sola, Harrison —le susurró ella al oído antes de besarlo de nuevo, de morderle el labio, de apretar las piernas para retenerlo en su interior—. Lo odio, me muero sin ti, pero podría. Y tú también podrías. Puedo estar con otro hombre...

—¡No! —Levantó las caderas y buscó los labios de Victoria para besarla frenético, para marcarla con sus besos y su sabor.

Victoria colocó las manos en los hombros de Harrison y lo apretó contra la cama. Interrumpió el beso y echó la cabeza hacia atrás para mirarlo a los ojos. Esperó a que él se tranquilizase, los ojos desprendían fuego por los celos que ella acababa de encender con su última frase.

—Enamorarme de ti me ha cambiado, me ha demostrado lo fuerte que puedo ser, lo mucho que soy capaz de luchar por mí y por lo que quiero. Y te quiero a ti, quiero estar contigo, Harry. Te amo. No vuelvas a dudar de mí nunca más. Me hiciste mucho daño, nos lo hiciste a los dos. ¿Entendido?

—Entendido. Yo... —Victoria movió las caderas y lo interrumpió— lo siento.

Ella sonrió. El poder que sentía teniendo a Harry así debajo de ella era lo más sensual e intenso que le había sucedido nunca. Se agachó despacio hacia él y volvió a besarlo. Harrison enredó los dedos en su pelo, la retuvo donde estaba porque necesitaba continuar con ese beso, que fuese eterno. Había perdido el control de su cuerpo y lo único que le quedaba era eso: asegurarse de que se metía en su alma y de que se quedaba en ella para siempre.

El beso que tanto necesitaba Harry siguió hasta que sus cuerpos cedieron al orgasmo. Victoria tembló y se abrazó a él. Los latidos de su corazón marcaron el ritmo de sus caderas, el torso de Harry se pegó al de ella, los músculos se tensaron, el estómago se le encogió y se entregó a él sin

Donde empieza todo

quedarse nada para ella, sin ningún miedo y con la total seguridad de que ese hombre la cuidaría y la amaría durante el resto de su vida.

Harrison no dejó de besarla ni de abrazarla. Quería tocarla con ternura y delicadeza pero sus manos se aferraban a ella y la apretaban contra él para no perderla, desesperadas por asegurarse de que nunca más volverían a echarla de menos.

—Estás equivocada, ¿sabes? —farfulló él pasados unos minutos, interrumpiendo los besos que le estaba dando en el hombro.

—¿Eh? —No podía pensar. Harrison seguía dentro de ella, esos besos le estaban robando el aire de los pulmones y todo su cuerpo parecía dispuesto a volver a perderse en ese hombre.

—Yo no podría estar sin ti.

Victoria le acarició el rostro y le dio un suave beso en los labios. Por fin lo había entendido.

Harrison y Victoria se despertaron unas horas más tarde; él quería seguir en la cama y tal vez la habría convencido si no hubiese sonado su maldito teléfono. Meses atrás se habría planteado no contestar —en realidad, ni se le habría pasado por la cabeza—, pero después de los disparos le había prometido a sus padres y a su hermano que siempre les contestaría y se levantó resignado en busca del teléfono.

Era su hermano Kev. La conversación fue breve y Harry, desnudo como estaba, se sonrojó de la cabeza a los pies. Su entrometido hermano mayor quería asegurarse de que no había vuelto a meter la pata y de que había logrado recuperar su jodido sentido común y suplicarle perdón a la mujer que amaba. Tras despedirse de él con dos o tres insultos, Harrison volvió al dormitorio de Victoria y la encontró vestida con ropa interior y una camiseta blanca.

—Era Kev.

—¿Cómo está? —Recuperó del suelo la ropa que Harry le había quitado antes.

—Bien, ha preguntado por ti. ¿Qué estás haciendo?

—Ordenando, lo hago siempre que estoy nerviosa.

Harrison se plantó frente a ella con dos grandes zancadas y la besó apasionadamente. La rodeó por la cintura y los pies de Victoria dejaron de tocar el suelo durante el beso.

—¿Por qué estás nerviosa? —le preguntó sin soltarla.

—Porque estás aquí y yo ya no estoy casada y has dicho que quieres quedarte y... —se sonrojó al ver que él le sonreía como un loco—, ¿te das cuenta de que aquí es donde empieza todo de verdad?

—Lo sé.

—¿Y?

—Va a salir bien, Victoria. Los dos hemos luchado mucho para llegar hasta aquí. Te amo.

—Y yo a ti —susurró ella—, pero ¿dónde vamos a vivir? ¿Qué vas a hacer? Yo no quiero volver a Washington. ¿Y tu familia? A tus padres no parecía hacerles ninguna gracia lo de Ben y...

Harry volvió a besarla. El beso no tardó en llenarse de suspiros y de caricias más atrevidas.

—No, espera un momento —le pidió ella—. Necesito

saberlo, necesito saber qué vamos a hacer. No puedo volver a separarme de ti.

—Ni yo de ti, Victoria. —Entrelazó los dedos con los de ella y caminó hasta la cama—. He hablado con Dupont. Spencer también ha tenido que irse de Washington, está en Los Ángeles y probablemente tenga que quedarse allí mucho tiempo, así que Dupont ha decidido que nuestro departamento necesita una delegación allí y otra aquí, en Boston. Creo que buscará a uno o a dos informáticos inocentes como yo y como Spencer y los formará desde cero, dijo que intentaría que esta vez le salieran mejor. Dupont nos ha dicho que mientras nos reunamos con él mensualmente tiene bastante, siempre que accedamos también a sus malditas *call-conferences*.

—¿Y qué harás aquí en Boston? ¿No te aburrirás?

—Contigo nunca, cariño. Y en cuanto al trabajo, seguro que aquí en Boston nuestro departamento también puede ser de mucha ayuda al fiscal.

—No quiero que vuelvas a ponerte en peligro. Si te sucediera algo... —El temblor le impidió terminar la frase.

—Eh, no tengas miedo. —Harrison le sujetó el mentón entre dos dedos y le levantó el rostro hasta mirarla—. No me sucederá nada. Además, no volveré a aceptar ninguna misión de ese tipo. Nunca me han gustado y se le dan mucho mejor a Spencer.

—¿De verdad?

—De verdad. Yo tengo que asegurarme de vivir muchísimo tiempo, quiero ver crecer a mis niñas y presumir de ellas.

—¿Niñas? —Victoria se tambaleó.

Harrison la sujetó por la cintura y volvió a besarla.

—No iba a tener esta conversación ahora, pero supongo que es el momento perfecto. —Soltó a Victoria y, antes de que ella pudiese reaccionar, se arrodilló ante ella—. ¿Quieres casarte conmigo, Victoria? Podemos esperar tanto tiempo como quieras o, si lo prefieres, no hacerlo nunca, pero necesito que sepas que para mí tú eres para siempre y que quiero tenerlo todo contigo. Absolutamente todo.

Victoria se quedó en silencio. Amaba a Harrison, de eso no tenía ninguna duda, ninguna en absoluto, pero ella ya se había casado una vez y no había salido bien. Sí, lo que sentía por Harry no podía compararse a lo que había sentido por Ben, pero el miedo estaba allí.

—Di algo, por favor —le pidió Harry dándole un beso en los nudillos. Entonces levantó el rostro y, al ver de nuevo el de ella, se incorporó—. No llores, Victoria.

Ella ni siquiera se había dado cuenta de que estaba llorando.

—Lo siento... —farfulló—. Te amo, Harrison. Te amo tanto...

Él la abrazó con fuerza y le acarició la espalda.

—Lo sé, cariño.

—Yo también quiero tenerlo todo contigo, absolutamente todo, pero...

Harry se apartó un poco de Victoria y le sujetó el rostro con las manos. Le secó las lágrimas y la miró con todo el amor que sentía.

—Lo sé, tranquila. Solo quería que lo supieras. Esto es solo el principio, Victoria. Voy a tener que volver a Washington a por mis cosas y organizar la mudanza. Tenemos tiempo.

Donde empieza todo

—No vendas la casa de Washington. —Él la miró intrigado—. Me gusta. Podemos quedárnosla, ¿no?

—Si utilizas el plural podemos hacer todo lo que tú quieras.

Victoria le sonrió por entre las lágrimas.

—Entonces nos la quedamos y tú te mudas a vivir aquí conmigo. Y dentro de un tiempo, ya veremos. Quién sabe, tal vez algún día queramos volver a Washington.

Harrison deslizó las manos por debajo de la camiseta de Victoria y le acarició la espalda. Ella levantó los brazos y le rodeó los hombros desnudos, con los dedos le rozó la cicatriz de la herida de bala.

—No dejes que vuelvan a dispararte, Harry.

—Por supuesto que no.

Ella tiró de él y empezó a besarlo. Harry la levantó en brazos y la llevó hasta la cama, donde se quejó de que Victoria se hubiese «vestido». La desnudó y volvió a entrar en ella. Si de él dependiera se quedaría allí para siempre.

Victoria le besó y le susurró al oído que ella también.

EPÍLOGO

Washington, tres años más tarde

Victoria había tenido que ir a Washington por motivos de trabajo: a uno de sus clientes, una empresa familiar de restauración, le estaba tentando una gran cadena hotelera; querían comprarles y encargarles la gestión de las cafeterías de los hoteles. Victoria había entablado mucha amistad con la hija de sus clientes, ella no estaba a favor de la compra-venta, y le había prometido acompañarla a la reunión con el propietario de los hoteles.

A Harry le habría gustado mucho acompañarla, odiaba que Victoria estuviese en esa ciudad sin él, pero al final habían decidido que lo mejor para todos sería que se quedase en Boston; Matilda tenía clase de piscina y cita en el parque con sus amigos. Sí, Matilda, o Tilda como llamaban todos a su preciosa hija. Harrison había perdido por completo la cabeza por ella, y por su madre, por supuesto. Victoria solía burlarse de él por ello, pero a Harry le daba completamente igual.

Al final Boston había resultado ser una ciudad increíble, pensó Harrison mientras conducía en dirección a la guardería. Su departamento había sido clave para distintos casos y había entablado una gran relación profesional con la fiscalía. Además, Kev le había convencido para que se involucrase también en su fundación infantil y le encantaba dar clases de Matemáticas y de Física en el centro juvenil.

Sonó el teléfono móvil y contestó desde el micrófono del coche.

—Hola, preciosa. —Sonrió al ver el nombre de Victoria reflejado en el ordenador—. ¿Ya estás en el aeropuerto? Tilda y yo iremos a buscarte.

—No. —Sonó tan triste que Harrison buscó automáticamente un lugar donde aparcar y poder así hablar con ella tranquilamente.

—¿Qué ha sucedido? ¿Estás bien?

—Nos han anulado la reunión, o mejor dicho, nos la han cambiado a mañana por la mañana. Ese tipo es un cretino —farfulló furiosa—, creo que lo ha orquestado todo para invitarnos a cenar esta noche.

Harrison apretó el volante.

—¿El superhotelero os ha invitado a cenar?

—Técnicamente, sí, pero en realidad solo ha invitado a Lisa.

—¿No puedes volver?

—No —suspiró abatida—, le he prometido a Lisa que me quedaría. —Podía sentir el enfado de Harrison a través del teléfono—. He llamado a tu hermano.

—¿Has llamado a Kev? ¿Por qué? —El cambio de conversación sorprendió a Harrison.

—Porque quiero que vengas aquí conmigo. No quiero estar una noche sin ti.

Harrison carraspeó y se sonrojó al notar que la voz y la petición de Victoria le habían excitado.

—¿Quieres que vaya a Washington? —consiguió preguntarle.

—Sí. Kev y Susana pueden quedarse con Tilda. Será solo una noche, mañana por la tarde ya estaremos de regreso. ¿Puedes venir? Necesito verte.

—Voy hacia el aeropuerto.

—Gracias, Harrison. No tardes.

El tono de voz de Victoria le aceleró el pulso y tras llamar a su hermano y asegurarse de que tanto él como Susana estaban encantados de ocuparse de Tilda esa noche, condujo hacia el aeropuerto. No fue a su casa, era tarde y no quería correr el riesgo de no encontrar ningún avión hacia Washington, y no quería conducir hasta allí. Sería absurdo. Llegó al aeropuerto y en cuanto tuvo el billete —por fortuna salía un avión en menos de dos horas—, mandó la información a Victoria.

El vuelo se le hizo eterno y rápido al mismo tiempo. Harry había detectado algo en la voz de Victoria, en sus palabras, que le habían dejado los nervios a flor de piel, por no mencionar el deseo que habían logrado provocarle. Intentó encontrarle sentido, él sabía que Victoria estaba nerviosa porque era la primera vez que volvía a Washington en mucho tiempo, y era una ciudad que le traía muchos recuerdos. Recuerdos de una vida pasada que él había puesto patas arriba al enamorarse de ella.

Donde empieza todo

El comandante anunció que estaban aterrizando y Harrison tuvo que esforzarse por seguir sentado y no plantarse frente a la puerta de la aeronave. En cuanto esta paró los motores, fue el primero en abandonarla y cruzó tan rápido como le fue posible los laberintos que se entrometían entre la mujer que amaba y él. Cuando por fin llegó a la salida, la vio allí esperándolo y caminó hasta ella sin importarle las miradas de la gente que tenía que apartar a su paso.

La cogió en brazos y la besó desesperado.

Cómo amaba a Victoria.

Ella le devolvió el beso, le rodeó el cuello con los brazos y se pegó a él. Le necesitó igual que le había necesitado esa misma mañana antes de irse de casa.

—Hola —susurró Victoria cuando Harry la dejó en el suelo.

—Hola.

—Gracias por venir.

—¿Qué sucede, Victoria? —Le acarició el rostro y vio que ella se sonrojaba.

—Ven. —Ella le cogió de la mano y tiró de él sin contestarle—. Quiero llevarte a un sitio.

Harrison se dejó guiar y entró en el vehículo que los estaba esperando fuera. Victoria había ido a buscarlo en taxi y le había pedido al conductor que los esperase. El hombre se puso en marcha sin antes preguntarles el destino al que debía dirigirse, y Harry dedujo que Victoria le había informado del mismo. Ella parecía estar nerviosa, pero se negó a contestar ninguna de las preguntas que él le hizo y le pidió, por favor, que esperase a llegar al misterioso lugar al que se dirigían. Harry aceptó porque sintió que para ella era importante, y porque Victoria le besó y le frio las neuronas.

—Ya hemos llegado —anunció el taxista.

Harry buscó la cartera para pagar pero al ver dónde se encontraban sus manos dejaron de funcionar. Era el parque donde Victoria y él se enamoraron, el mismo donde ella solía correr cuando estaba casada y donde habían corrido juntos. El lugar donde se habían conocido de verdad.

Abrió la puerta y bajó. A lo lejos oyó que Victoria pagaba al conductor y cerraba la puerta del vehículo.

—Estamos en nuestro parque —dijo Harry girándose hacia Victoria—. ¿Por qué me has traído aquí?

Victoria le cogió de la mano y tiró de nuevo de él, en esa ocasión hacia el banco donde tantas veces lo había esperado años atrás.

—Hoy he visto a Ben. —Harry se detuvo al instante y Victoria se dio media vuelta. Lo miró a los ojos y continuó—. Quería contarme algo, pedirme consejo.

—¿Consejo? —Enarcó una ceja entre incrédulo y furioso—. ¿Sobre qué?

—Sobre una mujer.

—¿Y qué le has dicho?

—Que escuche a su corazón igual que hice yo contigo y que no vuelva a conformarse con un sucedáneo del amor. Vamos, quiero llegar a nuestro banco.

Harry reanudó la marcha a regañadientes. A pesar de que sabía que Ben no significaba ninguna amenaza, no le gustaba oír su nombre. Le recordaba que Victoria no había estado siempre con él.

El banco seguía en el mismo lugar de siempre. Habían

Donde empieza todo

pasado tres años, tiempo de sobra para que hubiese desaparecido o hubiese sido reemplazado por otro. Sin embargo, seguía allí como si estuviese esperando a alguien muy importante.

—Siéntate, Harry. Por favor.

Harry se sentó y observó a Victoria. Seguía nerviosa, se mordía el labio inferior y flexionaba los dedos.

—¿Qué sucede, Victoria? ¿Ha sucedido algo con Ben, con el caso?

—No. Sí. Yo... no debería haberte hecho venir, pero cuando he pensado en... He pensado que tenía que hacerlo aquí, que aquí era el lugar perfecto.

Harry le sonrío.

—Eh, tranquila, cariño. Soy yo. Estoy aquí. —Alargó las manos y cogió las de ella—. Dime qué te sucede.

Victoria lo miró a los ojos, le brillaron de lo intensos que eran los sentimientos que contenía.

—Te amo, Harry —afirmó. Esa era su verdad, su gran verdad.

—Yo también te amo, Victoria.

Ella cogió aire y le apretó los dedos antes de continuar.

—Hoy he visto a Ben y he comprendido por qué nuestro matrimonio nunca tuvo la menor posibilidad de funcionar.

Harry entrecerró los ojos, le dolía hablar de ese tema, pero siguió adelante por ella.

—¿Por qué?

—Porque no eras tú. Por eso no funcionó, porque no eras tú. Hace tres años, cuando me pediste que me casara contigo, me asusté. Pensé que si no me había salido bien a la primera tampoco funcionaría a la segunda, que estaba gafada para esa institución. Tú me lo pediste todo y yo... —Se secó una lágrima.

—Tú me lo has dado todo, Victoria. No me importa que no... Le silenció colocando dos dedos en sus labios y arrodillándose frente a él.

—¿Quieres casarte conmigo, Harrison MacMurray?

Harrison reaccionó de inmediato. Su cuerpo no podía estar tan lejos del de Victoria en un momento como ese, y la cogió por los brazos para levantarla del suelo y besarla. Tardó mucho en ser capaz de separarse de ella, sus labios opusieron resistencia y también su aliento. La necesitaba para vivir.

—Claro que quiero, Victoria. Te amo.

—Te amo, Harry.

Él la besó otra vez, ahora con dulzura, la sentó en su regazo y se quedó allí besándola, en ese banco, en el lugar donde había empezado todo.

AGRADECIMIENTOS

Quiero dar las gracias a todo el equipo de Harlequin Ibérica por haber creído desde el principio en las buenas historias de amor y en la capacidad que tienen para llegar al lector.

Gracias en especial a M. Eugenia, por confiar en mí y por dar alas a cada nueva idea que te propongo. Y gracias también a Elisa por estar a mi lado a lo largo de todo el proceso, por animarme y por estar pendiente de todos los detalles. Aprendo mucho con vosotras.

Y gracias a nuestros lectores, gracias de todo corazón, gracias por elegir un libro como compañía, por comprarlo en tu librería o por pedirlo en préstamo en tu biblioteca. Gracias por leer.

Me despido de estas novelas, de *Donde empieza todo* con Harrison y Victoria, de *Cuando no se olvida* con Tim y Amanda y de *Las reglas del juego* con Kev y Susana. Han significado mucho para mí, pero ha llegado el momento de dejarlas en tus manos. Yo estoy preparando algo nuevo, unas nuevas historias con personajes que buscarán el modo de enamorarte…

Últimos títulos publicados en Top Novel

Una luz en el mar – SUSAN WIGGS
Los Mackenzie – LINDA HOWARD
Una rosa en la tormenta – BRENDA JOYCE
Sabor a peligro – LORI FOSTER
Entre las azucenas olvidado – GEMA SAMARO
Cierra los ojos… – SUSAN WIGGS
Más allá del odio – DIANA PALMER
Historias nocturnas – NORA ROBERTS
Vacaciones al amor – ISABEL KEATS
Afterburn/Aftershock – SYLVIA DAY
Las reglas del juego – ANNA CASANOVAS
Luz de luna – ROBYN CARR
Cautivar a un dragón – LIS HALEY
Damas y libertinos – STEPHANIE LAURENS
Spanish lady – CLAUDIA VELASCO
Mi alma gemela (Mo anam cara) – CAROLINE MARCH
Corazones errantes – SUSAN WIGGS
Cuando no se olvida – ANNA CASANOVAS
Luces de invierno – ROBYN CARR
Nada más verte/Nunca es tarde – ISABEL KEATS
Amor en cadena – LORRAINE COCÓ
Una rosa en la batalla – BRENDA JOYCE
Tormenta inminente – LORI FOSTER
Las dos historias de Eloisse – CLAUDIA VELASCO
Una casa junto al mar – SUSAN WIGGS
El camino más largo – DIANA PALMER

www.ingramcontent.com/pod-product-compliance
Lightning Source LLC
LaVergne TN
LVHW031221080526
838199LV00091B/6401